中国少数民族文学发展工程
出版扶持专项丛书

白房子黑帐篷

（裕固族）苏柯／著

作家出版社

苏柯 原名钟进翔，又名苏柯静想，裕固族，1970年出生于甘肃省肃南裕固族自治县原明花区莲花乡绍尔塔拉，现就职于肃南县环境保护和林业局，为甘肃省作家协会会员，中国少数民族作家学会会员。八十年代后期初涉文学领域，九十年代部分文章开始出现在报刊，先后在《民族文学》《飞天》《西北军事文学》《甘肃日报》《驼铃》《北方文学》等国家和省、市报刊发表小说、诗歌近百篇（首）。其中部分小说、诗歌被收入中国工人出版社出版的《狂奔的彩虹马》，裕固族乡土教材《裕固族文学作品选读》和甘肃文化出版社出版的《裕固文艺作品选》等书籍。作品曾获得甘肃省第五届少数民族文学奖小说类二等奖、甘肃省黄河文学奖、全国"庆祝中华人民共和国成立60周年'祖国颂'征文大奖赛"小说类一等奖等奖项。

作者近照

目 录

红女人

祁连山深处一个幽静的松树林旁，满坡血红的山丹花争相斗艳，迎来只只彩蝶上下飞舞。

河水在这里拐了个弯，形成了一个天然的"小浴池"。

一匹膘壮的枣红马在"浴池"旁悠闲踱步，不时回头看看河水中沐浴的主人。

齐腰深的河水中是一位女子，如雕塑般静静地伫立着。她那双明亮的黑眼睛始终盯着远处肃穆的雪山，久久才会用手捧起清清的河水，缓缓洒落在裸露的胴体。水珠在长长的秀发上滚动着，在阳光下如颗颗珍珠，晶莹透亮，光彩熠熠。

此时，五匹浑身湿漉漉的军马，驮着疲惫不堪的国民党西北马家军巡逻兵，悄然走进了这片宁静的小世界……

五双因劳顿失去光泽的眼睛几乎同时发现了河中的裸女，也几乎同时瞪大了眼睛，勒住坐骑，一动不动。

也许这个时候，枪已经失去了它的作用。

河中的女人不会想到窥视的眼睛，也根本不会去想，坦然自若地结束了沐浴，缓缓走出了河水温暖的怀抱……

女人穿上了红色的长袍，戴上了一顶尧熬尔①特有的红缨尖尖

---

① 尧熬尔：裕固族语，裕固族的自称。

白房子黑帐篷／1

帽，披上了一件火红的斗篷，又顺手从草地上很老练地拿起了两支盒子枪和腰带，向枣红马走去……

"红女人！"五名马家兵中不知谁突然喊了一声。瞬间，马家兵惊恐地叫着这个可怕的名字，掉转马头，仓皇逃遁。

"红女人"此时才发现了逃奔的马家兵，但她只是看了一眼，便从容地骑上了枣红马，向康耀寺策马而去……

一

康耀寺，在整个祁连山草原也算是座颇有名望的寺院。

当中国工农红军西路军同国民党马步芳军队在高台激战的消息传到这片草原后，寺院香火顿盛，当地尧熬尔牧民陆续从祁连山中磕着长头来到康耀寺，祈求佛祖保佑，不要让战马的蹄印踏上这片纯洁的土地！

在喇嘛教格鲁派创始人宗喀巴金光闪闪的佛像前，"红女人"双手合十，静静地跪着。她不想脱离红尘，但更不想再次加入战火中去，为此，她每天都要来到这里，与佛祖进行心灵上的接触……

霎时，一声刺耳的枪声，传进了大经堂，佛教徒顿时混乱起来，周围人唤马嘶，此起彼伏。

寺院前的马道上，荷枪实弹的马家兵疾驰而来，将寺门围了起来。

寺院住持安喇嘛匆匆走出，说："阿弥陀佛。寺院禁地，不得随便闯入，更不可荷枪实弹……"

"日奶奶的！"马队中戴着狐皮帽的副官，扯着地道的河州话，叫了起来，"老家伙，少胡扯淡，我寺院禁地识不得呗，弟兄们，给我搜!"

"慢!"一直沉默的马队长官,此时大喊了一声,"这样吧,我们奉命捉拿红军残匪,如果你们谁看到了,请立刻通知我们。当然,你们也知道窝藏匪徒的后果,我就不细说了。我尊重你们的信仰习俗,不打扰了,告辞!"

"马连长,这……"副官刚一出声,马连长便挥了挥手。

"高台战役几乎消灭了整个西路军,他们那个董振堂军长的头至今不是还高挂在高台城门吗?再说面对祁连山如此恶劣的环境,几个残兵败将还能成什么气候!"马连长说着,转身引马而去……

"红女人"一直静静地跪在佛像前,连安喇嘛走到身边似乎都没有察觉。

"高台城也被马家军占了,红军损失惨重,几乎全军覆没。"安喇嘛轻声说。

"红女人"眼睛依旧盯着佛像,没有说话。

"听他们说,军长董振堂的头现在还挂在高台城门上示众。"

听到董振堂的名字,"红女人"的身体明显颤了一下,眼眶中开始涌动起泪花。

夕阳下的红大坂如披上了浸满鲜血的外衣,变得格外红。雄伟的"楼山"就挺立在眼前。"红女人"牵着枣红马像往常一样静静地目视了一会儿这大自然的杰作,走进了"楼山"旁一个隐蔽的山洞里。

山洞里寂静而昏暗,"红女人"没有点燃油灯,坐在了她平时睡觉的雪豹皮上。忽然,一阵不均匀的轻微喘气声,传进了她的耳中。

"谁?""红女人"大喊了一声,随即拿起了盒子枪。

"我是……好……"洞角嗫嚅的话刚传出,继而一声铁器落地的声音，便没有了一点动静。说话声音是一个男人。

"红女人"急忙点燃了油灯。在荧荧的灯光下，地下出现了点点殷红的血迹。

"红女人"一手捧灯，一手持枪，警惕地顺着血迹走去。在洞角一个大石头后面，斜躺着一位已经昏迷的小伙子，他身着红军军服，满身血迹，手中还握着一把张开机头的盒子枪。

"红女人"将他背到了平处，正要包扎伤口时，外面传来了急促的马蹄声……

马连长带着马队来到了"楼山"前。突然，一声长哨从山谷中传出，高高的"楼山"上，夕阳中挺立着双手叉腰的"红女人"，斗篷随风飘动着……

"红女人，快跑！"随着声音马家军乱成一团，争相掉转马头逃去。

"楼山"前只剩下马连长，凝望着"红女人"。

"草原不欢迎豺狼，你走吧。"

"你是……玉莲？"马连长努力睁大眼睛，想看清对方的脸，但刺眼的夕阳使他无法做到。

"红女人"没有说话，披着夕阳默默地消失了。

马连长仍目视着"楼山"，口中嘀咕道："玉莲……我的玉莲，我对不住你呀……"

这一夜，马连长没有回去，全然不顾悚惧的狼嚎，口中大叫着玉莲，独自围着"楼山"寻找着……

三条饿狼跟在疲惫的马连长身后已经多时了。当满月时，狼开始行动了，一条在前吸引视线，一条断后，另一条则埋伏在沟旁等待出击。

马连长在恍惚中发现了前方的两点绿光，从轮廓上已经可以肯定绿光发自端坐的狼。正当他的手刚触到腰间的手枪时，埋伏在旁边的狼向他扑了过来，也几乎同时，一声清脆的枪声，差点要他命的狼的头盖骨消失了。他将狼尸抛向了沟旁，霎时，另外两条狼似箭一般扑了过去，将狼尸撕咬得四分五裂……

马连长久久盯着同类间残忍的一幕，他似乎想到了什么，玉莲和他的关系真的太复杂了，当她们的队伍如难民般从这片戈壁地走过时，长官们没有容忍，用枪说了话。后来，像商品一样稀里糊涂把玉莲配给了他，而现在，两人又转化为敌我关系，这些情形，和狼还有什么区别？

蓦地，他开始四下张望，想发现开枪救自己的人，但四周只有茫茫的夜色。谁的枪法如此好？他想到了玉莲，是玉莲！只有玉莲才有这样的枪法，也只有玉莲在这片草原上救他这个人见人恨的马家兵。当年，玉莲出走时，拿走了他的盒子枪，而且玉莲确实是红西路军女子连中闻名的神枪手。

二

"红女人"的山洞里，多了一个人，便是那位受伤的红西路军战士。

他叫星红，是红西路军左支队第三支队警卫排战士。在祁连山北麓九个大坂与马步芳马彪部队近两个旅的兵马相遇，左支队大部分同志壮烈牺牲。星红是在被押往张掖活埋的途中，从被俘战友中逃生的，枪是从死尸堆里捡来的。

"红女人"对这位红军战士的了解只有这些，而且还心存疑虑。

星红平时从不多言语，这一天夜里他的话好像多了起来。

"听口音，你不是尧熬尔。"星红边擦枪边说道。

"你怎么肯定我不是尧熬尔呢？"

"凭我的感觉，凭你的枪法，还有……你的汉话说得很好。"星红的眼神始终盯着"红女人"。

"红女人"一时变得无话可说，尽量将脸转向侧面，不让星红看到表情。

"也许，你听说过玉莲？"

"不……没有！""红女人"急忙说道。

"玉莲和我是老乡，是个川妹子，我没见过她，只听说她是我们红五军中了不起的女神枪手。董振堂军长还给过她一把驳壳枪。"说到这里，星红叹了口气，"唉，听说她在倪家营子被马家兵抓走活埋了，那把军长送给她的枪，也被送到了青海马步芳的手中……"

星红再也没有说下去，两人都低垂着头，山洞里变得有点寂静，不时会从外面传来两声野狼的嚎叫……

月亮窥视着山洞，"红女人"思绪万分，无法入眠，脑海中闪现出那些激动和流泪的场面。

那次军事比武，她的手枪将全部目标击中，而且还是左右手轮换打。在阵阵掌声中，董振堂军长走到了她的面前，说一把枪对你来说是不是少了点，说着就将自己随身带的枪奖给了她……

倪家营子的那场战斗，她的右手负了伤，那把枪被她们连长接了过去，打得枪管通红……

马家兵高举着那把手枪大笑着，将连长误认为是可怕的神枪手，押去活埋了，其他人被押到了临泽城……

"红女人"再也不敢往下想了，她站起身走到洞口，仰望圆圆的月亮。记得随红军离家的那个晚上，也是一个满月的夜空，可如今自己算什么，红军不是红军，山民不是山民！

那天，天气特冷，西北风夹带着雪花，如刀子般拍打着脸。玉莲和姐妹们被押到了临泽城，大家都明白自己唯一的结局就是被活埋。其中有些小战士已经开始哭泣。第二天，敌人果然将她们带到了一个大坑里，前方是一排荷枪实弹的马家兵。

"看在你们都是些娘们，我给你们来个痛快的，先枪毙，后埋人！"马匪指挥官说着，便举起了手，口中喊到："预备……"

霎时，玉莲听到旁边有几个战士已经开始大喊起"红军万岁"的口号了。然而，没人能想到，指挥官"开枪"的口令一直没有出口，大家也没有听到枪声。指挥官笑了，示意士兵们放下了枪，把喊口号的女战士全部带走了，玉莲和剩下的姐妹们又被带到了一个稍大一点的房间里，里面几乎都是些军官。

"你们还等什么，这些女红匪赏给你们了！"一个胖脸军官的话音刚落，其他军官开始大叫着抓人。玉莲在乱混混的人群中，发现了马连长。当别人都在抢人的时候，他一直站在墙边，没有挪步。玉莲的双手已经被两个人抓住了，她使出浑身的力气，挣脱了一只手。

"我跟他！"当姐妹们都在惊叫躲闪时，玉莲却不由得喊了这三个字，同时，手已经直直地指向了马连长，在场的军官们惊呆了……

玉莲和马连长只生活了不到一个月时间。白天，玉莲坐在院子中央的石碾上，失神地望着天空，如果看到南飞的大雁，会禁不住落泪；夜晚，她会和衣而睡，警惕地注视马连长的每个举动。然而，她发现，马连长不是她想象中的那种人，他每晚都会打地铺睡觉。他不同于其他马家军，他也恨战争。有一次，马连长手下的狐皮帽子副官兴奋地来找他，说抓了个红军伤员，让他去看。一会儿，马连长气冲冲地回来了，他告诉玉莲，"狗日的狐皮帽子这哈孙（方言，指人特坏的意思）根本就不是人，居然把那个伤员给活活钉死在了树上，我一气之下扇了他两个耳刮子。"玉莲猛地站了起来大声说，"你们马家军真不是人！"说完，拿出拼命的架势大步出门。马连长看情形不对，赶忙拦住了她，说，"你这一出去只会起乱，甚至送命，而且送命的不只是你一个，也许，这里的被俘战士都会因你而死。"玉莲哭了，她转身趴在炕上大声地哭。那天夜里，玉莲突然被马连长摇醒了，他手里拿着一套马家军士兵服让玉莲换上，跟他出去。马连长已经不知从哪里弄来了一辆大轱辘牛车，赶车的是经常给玉莲送饭的哑巴马夫。没用多长时间，三人赶车来到了一棵大榆树前，在手电光下，玉莲第一次看到了钉死在树上的红军战士那痛苦的脸。玉莲呆呆地看着哑巴马夫硬是从树上扯下了死尸，搬到了牛车上。在城外一片野草丛生的荒滩上，玉莲依旧呆呆地站着，失神地望着马连长和哑巴挥锹挖坑。当新的坟茔建成时，玉莲终于有了反应，豆大的泪水悄然而下，她静静地走到马连长面前，摘下军帽，替他拭去脸上的汗水。

玉莲很清楚地记得，她走的那天是个大雨天。头天下午，马连长又告诉了她一个不好的消息，说那些喊口号的红军女战士被活埋了。"为什么？"玉莲急问。马连长说，"因为她们是军官。"玉莲又问，"你们凭什么确定她们就是军官？"马连长说，"我们长官区分红军军官和士兵的办法很简单，就是看谁喊口号。"玉莲激愤了，也突然产生了要逃离的想法。翌日天刚麻亮，马连长就被叫去执行任务了，不久，天开始下起了瓢泼大雨，玉莲拿出了上次马连长给她的马家兵军服，还顺手拿走了马连长的手枪。她只知道向南走，因为南边是连绵的祁连山。如今，玉莲已经在这片草原上生活了接近一年，好客的尧敖尔人民也接纳了她。

三

尧熬尔乃曼部落的察汗草原上昨晚也淅淅沥沥地下了一点雨，现在正是晌午，太阳从叶勒嘎牙山顶上探出了头，阳光下草原一片翠绿，空气中到处弥漫着草地的清香。

"红女人"独自策马走在山道上，此行她主要是为星红找一个安全的地方。昨晚，"红女人"专门到康耀寺，和住持安喇嘛彻夜长谈，谈话的主题就是星红的处境和今后。他们提了很多种意见，包括到寺里当小班弟，但都被一一否决。最后，安喇嘛提到了察汗草原的妹妹家，说那里南临青海，属祁连山中的后山地区，相对僻静一些。再说，妹妹家就她和姑娘银召尔，即便将来有麻烦，也可以把星红说成是女婿，起码可以应付一下。为了防止夜长梦多，安喇嘛让"红女人"天亮就出发，先到察汗草原探听一下情况，顺便给星红找套尧熬尔服装，如果安全，马上送星红过去。

"啪——"山梁后突然传来一声枪响，"红女人"很警觉地跳下马背，拔出了手枪，向山梁靠近……

进入"红女人"视线的是一个平坦的草地，一顶牛毛帐篷前，一位姑娘跪在地上，抱着一个人失声痛哭，四周围着几个持枪的马家兵，其中就有马连长和狐皮帽子副官。狐皮帽子副官手里提着手枪，直往姑娘面前冲，马连长在前面使劲阻挡着，乘势还夺了狐皮帽子的枪。

"啪啪"随着两声枪响，两名马家兵应声倒地。他们同时看见了从山梁上冲下一团红色的火，"火"越接近，士兵也一个个毙命。狐皮帽子在惊恐中已经知道了这个红色的"火"就是"红女人"，他本能地站在了马连长的身后，双手紧紧抓着马连长的胳膊。

"红女人"端坐在马背上，手中的枪直直地盯着马连长和身后的狐皮帽子。

"你让开！我要让他偿命。""红女人"向马连长大喊。

"你真的是玉莲呀。"马连长的眼睛始终盯着"红女人"。

"这里没有什么玉莲，有的只是仇恨，让开！"

"不能再死人了。"马连长说着，欲向前走，却被身后的狐皮帽子拉住了。

情急之下，"红女人"一下从马背上跳下，急冲冲向马连长走去，狐皮帽子一看情形不好，一把将马连长推给了"红女人"，而后向身后的马匹跑去。"红女人"正要举枪，却被马连长紧紧地抓住了手枪，顷刻间，"红女人"眼睁睁地望着狐皮帽子飞马仓皇而逃。

"红女人"将枪指向了马连长，说："现在只有你了，你替他偿命！"

"如果我的死能阻止以后的杀戮，我愿意偿命。"马连长抬头闭上双目。

"你认为可能吗？"

"我不想管那么多。"

"可你已经在管呀。""红女人"放下了枪，转过身说，"只要是草原牧人都知道，豺狼永远是豺狼，本性难改，你今天给它肉吃，当明天没肉的时候，他就会吃你。"

"不会的，他不会的，他和我是一个庄子的，已经跟了我好几年。"

"请你记住草原人常说的一句话，失去良心的人，比豺狼还狠毒！""红女人"说完，就走向那个姑娘。

她先摸了下躺着的女人，身体已经变冷，然后，蹲在姑娘的身边，边替她擦拭泪水，边问道："你叫什么名字？"

"银召尔。"

"什么，你是银召尔，这是你阿妈？安喇嘛是你舅舅吗？""红女人"猛地站起来，接连问到。

银召尔乌黑的大眼睛挂满泪水，脸上略带疑惑地点了点头。

"红女人"一下跪倒在银召尔母亲旁，拍打着尸体仰头大喊："为什么……为什么……？"

声音在山谷里久久回荡……

很快，"红女人"和银召尔在马连长的帮助下，在离帐篷前不远的地方，呈扇形挖了几个坑，将马家兵的尸首一一埋葬。

"知道为什么吗？"当坟堆起来后，"红女人"问马连长。

"我不太懂，也许是这里的习俗吧"。马连长回答。

"不，我要让你们的马家兵永远守候在银召尔阿妈的身前，替她站岗，为她赎罪！"说完，愤然转身走向帐篷。

三人将银召尔阿妈的尸体移到了牛毛帐篷的中间，四周放了很多酥油，最后将剩下的酥油全部抹在了帐篷上。"红女人"相继点燃了三盏酥油灯，每人手握一盏，走出了帐篷。

夕阳开始在山顶上拉开了鲜红的纱巾，三人用手中的油灯点燃了黑色的牛毛帐篷。

熊熊的大火前，三人长时间跪地叩首。久久，"红女人"拉来一匹军马，将缰绳递给马连长，说："我要带银召尔走，你也回去吧。"

"你要去哪里？我想跟你走。"

"不，我都不知道我要去哪里。你是军人，必须回到自己的部队，那里是你的家。我想回家，可我的家又在哪里呢？"说完，"红女人"的眼眶中已经有了泪水，但她努力控制着。

"那好，我现在就回去，说清楚我要退伍，然后和你一起去找你的家。"马连长说这些话的时候，"红女人"已经和银召尔跨上了马背，没有说话，打马疾驰而去。

马连长虽然没有听到"红女人"的答复，有点失望，但他还是心满意足，毕竟见到了日思暮想的玉莲，毕竟"红女人"没有否定他的想法，这些已经够了。于是，他兴奋地策马离去……

四

临泽城孤独地屹立于祁连山梨园口外的空旷戈壁滩上，炮楼高挺于城角，城四周是足有六米多宽、三米多深的护城壕沟，城墙虽高，但到处可以看到山炮轰击留下的豁口。刚刚过去的隆冬，这个小城几乎遭受了一次浩劫。马家军前总指挥马元海调集五个骑兵旅、两个步兵旅、炮兵团和民团两万多人，利用山炮狂轰临泽城，四天后，城西北角被炸开，骑兵吼喊着、如潮水般涌入城中，马刀飞闪处，人头落地，血流成河。

今天的临泽城前异常安静，当马连长骑马快要接近城门时，护城河上的吊桥被自动缓缓放下。马连长对这一细节，虽然略感到有点奇怪，但还是没有放在心里，就进入了城门。随着身后"哐啷"的关门声，从四周一下子蹿出了七八个马家兵，枪口直指马连长。

"你们要干什么？"马连长说这话的时候，手已经不由自主地按在了枪套上。

"干什么，只有你自己清楚！哼哼。"随着说话声音的传出，狐皮帽子阴笑着从墙角后走了出来。

"真的是你，这种阴险的事情你也能做出来！"

"你和共匪合伙，枪杀我弟兄，难道不阴险？现在我奉长官之命，正式接任你的职务，得罪了。弟兄们，把他的枪下了！"马家兵纷涌而上，将马连长从马背上拽下来，夺下了手枪。

"我当时怎么就不听玉莲的话呢，真主啊，这都怎么了？"马连长仰天长吼。

"去你妈的玉莲，还有什么'红女人'，就让她再多活一天，明天我要血洗康耀寺，他们全得完蛋！"说完，狐皮帽子向士兵们挥了下手，"带走！给我好好看管。"

晚上，被关押在一个石磨房中的马连长，焦急万分。狐皮帽子血洗康耀寺，而"红女人"今晚肯定就在那里，不知道情况的他们，明天必定成为狐皮帽子的活靶子，必须尽快通知他们。想到这里，马连长快步走到窗前，外面不远处的一个石桌前，坐着两名抱枪欲睡的马家兵。

半夜过后，前方黑暗处突然出现了一个人影，他缓缓向马家兵接近。距离不过三五米时，马家兵从睡梦中惊醒，不约而同地喊道："谁？"

人影一个劲地呀呀直叫，手中还高举着两瓶酒和一个羊腿。

"原来是哑巴呀，你可真成了我们肚里的虫子了，知道我们想干什么，哈哈。"马家兵笑着，急忙拿过哑巴马夫手中的酒瓶。哑巴一边点头，一边很快将羊腿放到石桌上，麻利地撕成小肉块，又打开酒瓶，陪马家兵喝起酒来……

马连长刚开始看到哑巴的到来，还以为是个很好的机会，他可以让哑巴带信。但后来看到哑巴和他们喝酒，就痛苦地摇了摇头，离开窗子，无精打采地坐到了石磨上。

不知过了多长时间，睡梦中的马连长突然被开门声惊醒。哑巴马夫浑身散发着酒气，深一脚浅一脚地来到了马连长面前，脱下了衣服，又拉了拉马连长的军服，使劲比划着。马连长从哑巴的动作中已经明白，哑巴是让马连长穿上他的衣服，然后从城西北角的豁口出去，那里有哑巴提前准备下的一匹马。

很快，两人互换了衣服，哑巴将马连长推出了房门，转身坐在了石磨上，从窗户望去，俨然就是马连长的背影。马连长回头望了了一眼趴在石桌上熟睡的马家兵，就迅速消失在茫茫夜色中……

天刚麻亮时，康耀寺的大门被人擂得"咚咚"直响。"红女人"首先听到了声音，迅速提枪跑到了大院，继而，星红、安喇嘛、银召尔还有寺里的其他僧人，都匆匆赶了过来。

寺门打开后，马连长踉跄着走了进来，披着一头汗水。

"快……快离开这里，他们……他们要血洗……血洗康耀寺。"马连长上气不接下气地说。

"谁？谁血洗康耀寺？""红女人"急问。

"狐皮帽子，就是那天跑了的马副官，他现在已经正式接任我的职务了。"

"阿弥陀佛，康耀寺看来是躲不过这场血光之灾了，你们赶快收拾东西，从后门走，到祁连南山吧。"安喇嘛说。

"那你怎么办？""红女人"问安喇嘛。

"不要管我了，我生是佛家人，死也要和佛在一起，我要和康耀寺共存亡。"说完，他转身走到银召尔面前，"我苦命的孩子，舅舅看来是不能保护你了，你跟他们走，但愿能走到白泉门，找到你的义父张大成，他会帮助你的。"

这时，已经能很清晰地听到寺院外传来的马蹄声了。

"快走！再迟就来不及了。"安喇嘛大喊。

"红女人"静静地走到安喇嘛面前，双手合十，说："您多保重！"说完，向其他人挥了下手。"跟我走！"大家纷纷走向后门。

很快，狐皮帽子就带着大队人马，闯进了寺院。

"给我搜，发现共匪格杀不论！"狐皮帽子大喊着，指挥士兵搜院。

当士兵们一个个回来报告，说寺院里没有共匪的时候，狐皮帽子掏出了手枪，甩手一枪就打死了安喇嘛身旁的一个班弟，然后枪口顶着安喇嘛的脑袋，说："人哪？"

安喇嘛不以为然，一直紧闭着双眼。

"啪"一枪，又一个班弟倒了下去。

"说话！"狐皮帽子大吼。

安喇嘛仍紧闭双眼，口中隐隐约约传出诵经声。

狐皮帽子疯狂地枪杀班弟，最后寺院里仅剩下安喇嘛和马家兵。

"日奶奶的，看你个老家伙还能撑多久，给我把他连寺院一起烧了！"狐皮帽子带着人马撤出了寺院，熊熊大火瞬间吞噬了整个康耀寺……

五

"红女人"一行人马此时刚刚走到康耀寺侧面的大坂上，从山脚下传来的一声又一声的枪响中，他们已经感觉到寺院遭受的劫难。当大火燃起来的时候，银召尔再也控制不住了，大喊着舅舅，欲往山下冲，"红女人"和星红赶忙一个拉马，一个拖人，连拉带拖登上梁顶。

火越烧越大，狐皮帽子眯着眼睛，已经发现了梁上的人马，他拿出望远镜又仔细看了一边，口中骂道："我说他们怎么知道了，原来是这个狗日的哈孙报的信。"说完，挥动着手中的马鞭。"弟兄们，给我追，往死里打！"

大队人马向山上移动，马蹄声震天动地。

"红女人"跳下了马，回头望了一眼山脚下黑压压的人马，说："我们这样走恐怕很难出去，必须分开走。银召尔和星红把马留下，你俩徒步从老虎沟出去，我和老马把所有的马拉上，把敌人引到海牙沟，如果行的话，最后在白泉门会合。"

星红走到"红女人"面前，说："这样做，你们太危险了！"

"来不及了，快走吧！""红女人"说完，便和马连长跨上了马背，一人又拉了一匹马，向东侧的山道飞奔而去，银召尔和星红也消失在侧面的灌木林里。

正如"红女人"预想的，马家兵很快就赶上了她和马连长，双方开始了枪战。

"红女人"枪中出去的子弹，就像长了眼睛一样，让马家兵望而却步。但敌人凭着人多马强，攻势一次比一次猛。

下午，"红女人"最终被敌人逼到了石窝山顶。此时，马连长已经和她走散，手枪里的子弹也彻底打完了，最严重的是她的右臂和左腿都中弹，鲜血直流。看着脚下的石窝山，"红女人"有了一种到家的感觉，是啊，她已经从别人口中得知，当时突围出来的西路军，就是在这里召开了重要的会议，然后离开了祁连山……

"红女人"缓缓站了起来，拖着受伤的左腿，走到悬崖边。马家兵已经猜测到她没有子弹了，就慢慢把她围了起来。

狐皮帽子冷笑着走到"红女人"面前，用枪顶着她的头说："跑呀，你跑呀，日奶奶的，堂堂有名的'红女人'最终还不是被我拿了，没想到呀，哈哈……"

"红女人"把目光转向了山下深崖，平静地说："我算是到家了，这下面有无数我们红西路军的魂，也是我的家！"

"胡说八道……"狐皮帽子边说边疑惑地走到崖边，探头张望。蓦地，"红女人"一个大步冲向了狐皮帽子，两人瞬间掉下了万丈悬崖……

　　银召尔带着星红很顺利地到达了白泉门，找到了淘金的义父张大成。

　　几天后，星红请求张大成出去打听"红女人"的消息。张大成回来后告诉星红和银召尔，"红女人"身中数弹，跳崖自尽，老马听说也被敌人枪杀。

　　星红听后流泪了，每天都会背来一些柏树枯枝，在地下画一个圈，点燃树枝，看着慢慢升起的青烟，向东方双手合十，默默祈祷。

　　此后，祁连山似乎又回到了从前，马家军的巡逻兵也逐渐少了。在张大成的主持下，星红和银召尔正式成亲。两人很快跟张大成学会了淘金技术，星红从河水中采砂背砂，银召尔站在河边，熟练地甩动手中的涮金木斗，不时还传来几声嬉笑声，似乎从前的一切都在这里被遗忘，俨然就是标准的淘金人。

　　时间又过去了大约半年，草原深处一片金黄，天气也逐渐冷了下来，标志着冬季就要来到了。星红依旧在河边淘金，银召尔挺着微微隆起的腹部走出了帐篷，向星红挥了挥手中的饭勺，这时，张大成刚好也骑马从张掖城出售沙金回来了。吃过饭后，张大成递给星红一张报纸，说上面好像有西路军的消息。星红的记忆似乎又回到了从前，他急忙打开报纸，仔细地看着。报纸有些残破，但还是看出了西北"剿匪"第1路军第5纵队司令马步芳就八路军驻兰州办事处解救西路军被俘战士发表的一些言论。虽然报纸是敌方的，但仅仅一个"八路军驻兰州办事处"就让星红兴奋了，仿佛点燃了心头熄灭多时的灯，再次看到了光明。

　　夜里，几个人围坐在牛粪炉旁，谁也不愿意提起其实已经很明了的话题。久久，张大成开口了，说："兰州我去过一次，从我们这里走是很远的，不仅要翻山越岭，还要过黄河。这一路上马家军不知设了多少道卡子，我看难呀！"

星红刚准备说话，却看到了银召尔正在用手抚摩着自己隆起的腹部，就马上将话咽了下去。

"如果真要去，钱也是大问题，一路上的花费不会少的。"张大成说。

银召尔站了起来，走到星红的身后，说："你真的特别想去？"

"我……唉……"星红扭头望了银召尔一眼，然后大叹了一口气，就垂下了头。

"你如果真想去就去吧，我知道你这一走就不可能再回来了，没事，孩子我会照顾的，至于钱吗，大不了我们从明天开始，通宵挖，通宵采，应该没有问题。"银召尔说完就转身上了炕。

"见鞍思骏马，滴泪提亲人，去吧，车到山前必有路的。"张大成拍了下星红的肩膀也睡了。

星红眼里浸满泪水，呆呆地坐着，脑子里想了很多。这一夜，他没有睡觉，将炉火烧得旺旺的，一直坐到了天亮。

同样是这一夜，张大成和银召尔却睡得相当惬意，特别是后半夜，帐篷里热乎乎的，以至于迷糊到了天大亮。

银召尔首先醒了过来，一看帐篷里不见了星红的身影，急忙下炕，叫醒了义父张大成。张大成一听情形不好，赶忙趿拉着鞋几步跨出了帐篷……

远处河水边，出现了星红忙碌的身影，他已经在河边堆起了很多砂，现在正拿起木斗涮金。张大成和银召尔虽然暂时放下了刚才提到嗓子眼上的心，但依旧从星红的干劲中看出，这里不属于星红，星红看来是铁了心要离开草原的啊！

从这一天起，三人很少说话，只知道起早贪黑地猛干。银召尔的脾气也变得越来越坏，不顾腹中的胎儿，依旧涮金，谁说也不听，有时候还大发脾气。

六

银召尔走的时候天气很冷，河面上结起了白色的冰。

那天，张大成又一次到张掖城兑换沙金，星红和银召尔继续淘金。夜里，草原上下起了大雪，不巧的是星红到半夜开始发烧，昏迷不醒。

天亮了，星红仍然处于昏睡之中。银召尔非常着急，她多希望此时有一匹马，可以到山背后的邻居家找药。但家中唯一的马匹被张大成骑走，她只好挺着肚子，徒步去找药了。

平时走惯的路，去的时候还算顺利，但回来的时候她明显感觉力不从心。路越走越没有了尽头，腹中也开始出现了一丝痛感。而此时，银召尔又作出了一个大胆的决定，她要走捷径，从冰河上穿过，以节省时间。

这个时候河面上虽然有冰，但并没有完全冻实，局部地方很难载人。银召尔走了上去，小心地选择厚实的地方行进。

当走到河中心时，不幸发生了，"咔嚓"一声，银召尔的下半身顷刻间进入了冰冷的河水中，身体被紧紧地卡住……

星红是在接近傍晚的时候醒来的，火炉里堆满了牛粪，帐篷里热得像蒸笼一样。满头大汗的星红，喊了两声，没有银召尔的声音，就跌跌撞撞地走到帐篷外看，也不见银召尔的身影。他想到了邻居家，银召尔肯定到邻居家去找药了，可她的身子，何况腹中还有胎儿。星红不敢想了，赶忙踏上了去邻居家的路……

邻居家的人听说银召尔还没回家，感觉情况不好，很快召集了一些牧民，骑马引犬开始大规模寻找。

银召尔已经成了冰人，拿药的手高高地举着，几个牧人砸开冰面，将她抬了出来。星红眼睛通红，抱着尸首仰天大吼着……

张大成回来后，草原上举行了盛大的葬礼。银召尔被裹上了白布，身上盖着崭新的一套尧熬尔服装，平放在了柏木柴上，在喇嘛的诵经声中，柴被泼上了熬制好的酥油点燃了……

三天后，邻居的牧人们又聚到了张大成的帐篷前，来为银召尔举行拾骨立坟仪式。仪式结束后，尧熬尔牧民们纷纷捐出了自己仅有的银元，凑了总共十四块，供星红上路。而就在此时，张大成也作出了一个让星红意想不到的决定，要亲自送星红到兰州，理由是这条道他熟。

星红流泪了，他跪倒在众人面前，磕了整整三个头。

后来，听说他俩千辛万苦到达了兰州，找到了八路军办事处。在那里张大成才知道，星红其实不是一般的战士，是红西路军的一位中层领导。在他的建议下，张大成又到了革命圣地延安，参加了抗日军政大学，还成为尧熬尔第一位中国共产党党员，随后又被派到祁连山，开展革命武装斗争。

全国解放后，尧熬尔对外正式更名为裕固族，同时成立了裕固族自治县。张大成一直在政府工作，八十年代初因病去世……

尾 声

八十年代后期，我有幸从部队转业被分配到了这个县宣传部，担任新闻宣传干事。当时，这个祁连山下的裕固族小县，为了缅怀红西路军先烈，表达对红西路军的敬慕之情，在县城旁边幽静的松树林里，建起了一座高大的红西路军纪念塔。在随后举行的隆重的落成典礼上，特意从成都请来了已经离休的军队高级干部星红同志。按照县委的安排，星红首长的生活起居由我照管。我就像他的贴身警卫员，时刻跟随着他。

那天，参加完县上安排的活动，我随星红首长回到了宾馆。他已经很累了，进门就躺在了床上，我坐到办公桌前，开始整理一天的文稿。

笃笃笃，这时，传来很轻的敲门声，我赶忙走上去打开了门。

门前站着一位戴回族小白帽的中年汉子，脸色黝黑，身上的黑皮袄油光可鉴。

"这里是星红……大伯住的房子？"他说话时明显腼腆，声音很小。

"是的。你是？"我说。

"我叫哈盖，是我妈让我找星红……大伯的。"

"你妈？你妈是……"

"我妈……叫玉莲……"

"什么？你妈叫玉莲，玉莲还活着，你的意思是说'红女人'还活着！"似乎已经熟睡的星红，突然在床上大叫着，连鞋都没得及穿，就跑过来抓住哈盖的双手。

哈盖越发紧张，只是一个劲地点头。

"太好了，她在哪里，你快告诉我呀？"星红急问。

"我们家在红石窝乡。"哈盖说。

星红几步跑到床前，边穿鞋边对我说："快，愣着干什么，我们赶快走！"

"红石窝乡很远的，就是当年突围出来的西路军干部召开著名石窝会议的地方，后来改成了红石窝……"

"我不想听这些，你赶快让县上派车，不管多远，我现在就走！"还不等我说完，老爷子就开始发脾气了。

很快，县委唯一的一辆北京吉普载着星红、哈盖和我出了县城，向红石窝进发……

一路上，从哈盖的讲述中我们基本知道了"红女人"的经历。那次从山崖跳下，狐皮帽子直接毙命，"红女人"刚好落在了一棵松树上。虽然捡了一条命，但也伤得很重，昏厥过去。

当她醒来时，已经躺在一个牧民的帐篷里，旁边站着马连长。马连长告诉她，他当时掉进了一个牧民狩猎用的陷阱里，等他爬出来时，马家兵已经散去。他开始寻找玉莲，最终到傍晚时，在崖下找到了不省人事的玉莲，将她背到了附近的一户尧熬尔老阿奶家。

后来，他俩正式拜老阿奶为干妈，生活在了一起。

自治县成立后，他们有了自己的草原和牲口，也有了自己的孩子——哈盖。

车停在了一顶黑色牛毛帐篷前，跟着哈盖我们走进了帐篷。帐篷里一片昏暗，炕上躺着一位满头白发的老人。

哈盖摇了下老人，说："阿妈，星红大伯看你来了。"

老人很艰难地翻过了身子，眼里噙满泪水，点了下头，声音很微弱："我快不行了，能再次……见到你，我很……高兴。"

"我也是，没有你就没有我的今天。"星红坐到炕边，握住了"红女人"的手。

"我都死了几次的人了，不提当年了。"

"老马他现在……"

"早死了，'文革'期间没有挺过来。"

"你是老革命，为什么不找政府……？"

"谁能证明我是老革命？我的证件在跳崖前，都藏在了石头缝里，后来再也找不到了。再说，政府对我们也好，有了自己的草原，我知足了。"

"不！我现在就找政府，给你恢复名誉，享受流落红军待遇。"星红说着，站了起来。

"真的不需要了，我都是没几天的人了，要这些名誉做什么呢？回去吧，我想静静地走，很高兴你能来看我。""红女人"说完，慢慢闭上了眼睛，眼角上挂着泪水……

几天后，我们再次来到了"红女人"的家，这次来的人很多，有地区的领导，还有县上的领导。我们这次来是参加"红女人"的葬礼，县上还组织了一个简单的追悼会。

听哈盖说，他阿妈临终前，才拿出了一顶红军八角帽，要他献给县博物馆……

白骆驼

一

海子湖静卧在巴丹吉林沙漠边缘的沙海中，远处依稀可见的北山仍像从前一样，在阳光下如长长的白飘带，横亘威武。

苏柯尔躺在一个较高的沙丘上，眼前便是传说中由裕固族顶格尔汗①的眼泪变成的海子湖。在如此焦热的天空下，走进海子湖湿润的环境里，已经是一种享受。而享受美丽海子湖的，此时只有苏柯尔和他的那匹白骆驼。

白骆驼健壮、高大的躯体像座小山一样挺立于湖边，脖颈似弯弓般伸向水面，大口地汲水。久久，它抬起了头，惬意地打了个很响的饱嗝，看了下主人，而后，扭头长时间地盯着北山。白骆驼不经意的举动，并没有逃过主人的眼睛，苏柯尔也望着北山，脑海中渐渐浮现出白骆驼的身世……

那一年，自治县正在筹备成立庆典，锅头井子草原一片忙碌，人人都想为新成立的人民政府做点贡献。千户贺郎格家也人头攒动，驼队往来。苏柯尔刚刚十六，但仍像个小孩，跟在大胡子舅舅可可

---

① 顶格尔汗：顶格尔是裕固语天之意，顶格尔汗是裕固草原统领裕固人民的首领。

的屁股后面，领到了千户家运输货物的驼队木牌。走出门后，苏柯尔才知道，这次的任务是将这里的芨芨草运到肃州，再把肃州的煤炭运到这里，送给人民政府。如果顺利，来回得需要半个月时间。这样的路程，对于曾拉骆驼到过内蒙古包头的可可舅舅来说，真算是牙长的一节。

十二峰骆驼头尾相连，驮着芨芨草，打着驼铃，浩浩荡荡地进发了。路上很顺利，在肃州城郊的一家造纸厂卸下芨芨草，拿到收条后，一位身着中山装、干部般模样的老头还塞给了苏柯尔一块钱，笑眯眯地说："好娃娃，辛苦了，拿去买块糖吃。"出了大门，钱很快被舅舅没收了，说小孩儿拿钱没用，等会儿我给你买饼吃。

走到煤场门口，已经是大中午了。大门紧锁，问看门老头，老头几乎是连唱带说："上什么班？都开公判大会去了……这反革命分子，今天可是死定了，哈哈……"舅舅忙问："那下午有人吗？"老头边走边说："谁知道，也许一高兴，就到明天了，后天也说不上……"

离煤场不远，有个宽阔的集贸市场。因为公判大会，市场内人并不多，但却有两名穿军装的公安战士很醒目地来回转悠。可可舅舅将驼队拴到门前的电线杆上，让苏柯尔守着，便进了市场。苏柯尔眼瞅着舅舅高大的背影渐渐消失，心里顿时紧张了起来。再看两名公安战士，时不时还朝这里看上一眼，苏柯尔更加害怕，不由得蜷缩到骆驼肚子底下了。一阵油香扑面而来，旁边是一个炸油条的，金黄色的油条冒着热气，十分诱人。苏柯尔看看油条，又看看公安，胆怯得只能使劲往肚子里咽唾沫。等了好长时间，还是不见舅舅的影子，苏柯尔着急了，口中不停地念叨："快点，快点，快点回来。"这时，两名公安战士突然向这面走来。苏柯尔头顶直冒冷汗，眼睛紧紧盯着公安腰间棕色手枪套外的红色，那是一条绸带，足有四十厘米长。不知不觉中，红色已经来到了面前。"娃娃，干什么呢？"

公安说话了。苏柯尔打小在牧区长大，很少到外面，也不太懂汉语，加上害怕，只是一个劲地摇头。公安又问，娃娃是从哪里来的？苏柯尔还是摇头。看到苏柯尔身着裕固族服装，公安便拿出一张大大的照片说，你肯定是北山口子里的，路上见过照片上的这个人吗？照片上是一个笑眯眯的老头半身照，头戴礼帽，但却从没见过。苏柯尔仍在摇头，而且急得尿憋，直往后退。谢天谢地，舅舅从远处跑了过来，苏柯尔也乘机躲到骆驼后面撒了泡尿……

当苏柯尔来到舅舅面前时，公安已经走了。舅舅可可正将一张白色的纸折了又折，装进兜里，并拿出一张大饼，分了少半个给苏柯尔，说，先吃点，等会儿到了西关，舅舅让你喝碗羊头汤。说着，还从随身的手绢中小心拿出两粒圆球水果糖递给苏柯尔，并嘱咐看好驼队，他去看煤场上班没有。

真是感谢那个时代。煤场工人在极度兴奋中，并没有如看门老头说的那样放假庆贺，而是齐刷刷地按时出现在工作岗位上，以埋头苦干这种特殊的方式，来庆贺镇压反革命的成功。很快，十二峰骆驼驮着二十四袋煤炭走出了煤场，在西关稍加停留，两人吃完羊头汤，又买了点路途上吃的大饼，便向北山挺进了……

走出肃州城，可可舅舅埋怨起苏柯尔来，说在城里不该那么胆小，公安是人民政府的公安，可好哩！那照片上的老头是个土匪头子，叫什么陈二梅，听公安说逃窜到北山一带了，要我们多加注意，这次肃州镇压的头号反革命叫陈大梅，就是陈二梅的哥，还是个蒋匪中校参谋哩，唉，真是该杀！

二

几天后的傍晚，驼队终于到达号称驼户之家的"骆驼城"。这是一个到处能看到残破城墙的小镇，是南来北往驼户人经常中途休息的地方，也是口里口外的分界线。可可舅舅看起来心情异常舒畅，精神振奋。驼队直接进了佘家客栈，老板娘打老远就喊着可可的名字，客套话喋喋不休，不时还说几句过分的话，看起来两人很熟。这次，可可舅舅很是大方，竟要了四大碗牛肉面，要苏柯尔放开来吃。老板娘和舅舅差不多一样年纪，脸很黑，出出进进，走路很快，虽然脸上一直在笑，可苏柯尔心里总感觉不舒服。

饭很香，吃得也快。当两人打着饱嗝走进睡觉的屋子时，老板娘手里端着壶酒，也跟了进来。她还是那个笑脸，对苏柯尔说："你舅舅是个大好人，他曾经帮助过我，每次我见到他，都会送一壶酒。"可可开玩笑说："你什么意思，是不是想把我灌醉，陪我睡觉啊？"老板娘脸上在笑，嘴上可不饶，呸，别以为给过两包黑炭，就想占我的便宜，等着吧！

老板娘走后，苏柯尔从舅舅的话语中才知道，驼队每次经过"骆驼城"都要休整两天，时间长了，就认识了这里的老板娘。老板娘家在北山口外的东纳佘家庄子，离这里还有四十里路，老头早死了，家里有个十七八岁的儿子叫更登，看她一个人不容易，可可每次都会给他一点煤炭。同时，舅舅吩咐，我们在这里休息两天，从明天开始他会出去办事，晚上可能不回来，苏柯尔的吃住已安排给了老板娘。

翌日，可可舅舅真的不见了。苏柯尔胆小不敢出去，只能站在客栈大门口，呆呆地盯着人吼驼鸣的马路两边，希望看到舅舅的身影，但每次都会让他失望。好在老板娘会按时叫他吃饭，只要肚子不受罪，两天日子也算过得快。

走的头一天夜里，舅舅还是没来。苏柯尔有点紧张，害怕舅舅不要他了，整夜胡思乱想，没有一丝睡意。

其实，可可舅舅就在离这儿只有一里路的驼户茶社里耍牌。整整两天时间，他身上的一点盘缠，出了又进，进了又出。今天最算倒霉，不仅输得一塌糊涂，还欠了不少。抱着最后一搏的心理，可可此时的眼睛布满血丝，瞪得像灯泡一样。

突然，从外面闯进苏柯尔和老板娘。苏柯尔气喘吁吁地说："驼队被蒙面人抢了。"可可从炕上跳起来就跑，可茶社老板不饶，非要让他把欠账结了，嘴里还凶巴巴地说，你这种找借口跑的人我见得多了，骗鬼去吧！还好，老板娘出来作证，总算走了出来，但茶社老板还是派了两个壮汉在后面跟着。

十二峰骆驼全部被抢，只有二十四袋煤炭还整齐地码在墙角边。可可傻眼了，一下跪倒在地上。听苏柯尔说，他听到驼叫声，壮着胆走了出去，看见几个人在赶驼，他大喊了几声，就看到一个人跑了过来，踢了他一脚。当时，月色很亮，那人脸上蒙着布。后来，老板娘出来了，就带他去了茶社。

看到此情，两个壮汉悄然离去。一会儿工夫，茶社老板领了一伙人，还赶来了一辆大轱辘车，二话不说，就往车上搬煤炭。可可大吼着扑了上去，哪是人家的对手，被几脚撂翻在地。

天很快麻麻亮了。对下一步的打算，可可说什么也要报官，老板娘却极力反对，说什么这里是肃州、甘州和高台的交界，属三不管地区，你找谁去？可可说："现在是人民政府，是解放军，不是过去的国民党！"老板娘说："咦，你以为你是谁，山里面现在还有土匪，解放军愿意为你的几峰骆驼动刀动枪？"可可沉默了。老板娘继续说道："你们还是回去吧，让你们的千户长来处理此事，我想可能会好点。"同时，老板娘异常大方地给他们准备了干粮和水，送两人上路。

路越走越没有尽头，腿越走越沉。到了第八天，两人已经没有任何能吃的东西了，伴着雨雪交加的鬼天气，跌跌撞撞找到了一个废弃的简易羊舍。天空一片白色，大片大片的雪花落到地上，很快就会融化，而且，身体已明显感觉到冷了。两人正准备捡点柴禾生火时，不远处传来阵阵凄惨的驼鸣声……

三

这是一个让人流泪的场面，一峰纯白的成年驼死在泥泞的山坡下，身旁一峰幼驼后腿流着血，边凄惨地向天长鸣，边低头用嘴轻摇着成年驼，几只高大的野狼就端坐在驼的四周。苏柯尔还没有反应过来，可可已经不知从哪里弄了一条大棒，大吼着冲了上去。狼瞬间被赶跑，小驼的伤也得到了简单地处理，可对于成年驼死尸的处理上舅舅和外甥发生了分歧，可可要求用死尸充饥，并度过以后的路程。苏柯尔说什么也不乐意，要求就地埋葬，看来他已经对幼驼产生了感情。争执非常激烈，苏柯尔甚至趴在驼尸上，大声哭吼。舅舅妥协了，就地找了个山洞，将驼尸推了进去。回来后，两人和幼驼围在火堆旁，静静地目视着跳动的火苗，因为饥饿让他们无话可说。到后半夜，睡梦中的苏柯尔被一阵喷香的味道弄醒，抬头一看，舅舅正自得地抱着火堆烤肉吃。苏柯尔彻底明白了，面对舅舅递过来的烤肉，他倔强地转过了身子。

又是一段艰难的跋涉，一路上可可应该说没有受多少罪，他为行程准备了大块大块的驼肉，并驮在幼驼身上，饿了就吃。苏柯尔硬是没吃，他用山果充饥，虽然脚步越来越蹒跚，但却坚强地走着。当海子湖呈现在眼前时，苏柯尔跪倒在湖水旁，大哭了起来，他们终于回家了。

家里并不安宁。很快，可可舅舅被五花大绑押到了千户长面前。

对于可可赌钱、骆驼被抢的事，千户长全然知晓，听别人讲，是东纳佘家庄子的人通风报的信。按照驼户族规，丢骆驼可以赔，但要钱万万不可，要先被割舌，然后用骆驼拖死。随着千户长的大手一挥，可可满嘴是血，凄惨地呻吟着。当他被拖到骆驼身后时，已经面无表情，跟死人没什么两样。突然，前方尘土飞扬，几匹马疾驶来到面前。马上几乎都是黄绿色的军人，挎着盒子枪，领头的是个头戴礼帽，身着中山装的汉子。大家都认识，他是本族郭家的三儿子，听说现在是自治县人民政府筹委会的副主席。千户长赶忙请人上台，郭主席大发脾气，说："现在都到了什么社会，是新社会呀！是人民当家做主的社会，你们还拿老一套的东西管人，还在实行自己的王法，想过没有，其实你这样做，就是违反人民的法律——新中国的宪法！"可可被郭主席救了，此后在明海寺出家当了和尚，忏悔自己的罪过。

四

如今的苏柯尔已经长大成人，幼驼也变成了高大、膘壮的白骆驼。苏柯尔常拉着它到海子湖边饮水，还会惬意地躺在沙丘上，等待一个人的到来。

清清的海子水哟

湖滩上流淌

家乡的羊群哟

像天上的白云

清清的海子湖哟

滋润着草原

裕固人民的日子哟

像蜜糖一样甜

……

　　熟悉的歌声如草原上的暖风一般扑面而来。苏柯尔倏地坐了起
来，前方是一个背水的姑娘，边唱着歌，边款款向海子湖走来。是
苏姬斯，是苏柯尔天天想见到的苏姬斯，也是千户长的干女儿。

　　苏柯尔每天都要听到苏姬斯的歌声，要不身边总感觉少了什么。
而苏姬斯好像是专门为歌生的，她的歌就像海子湖水一样多，像
蜜糖一样甜。两人依旧像往日一样，一个投入地唱，一个静静地回
味……

　　此时，有个人急匆匆地向这边走来，紫红色的喇嘛服十分耀眼。
苏柯尔一看就知道是舅舅可可，他肯定有重要事要告诉自己。是的，
可可使劲给苏柯尔连哼带比划着，想说明什么。苏柯尔一时半会根
本没办法了解。可可着急地突然从怀里摸出一张破旧的纸，并回头
指了指明海寺的方向。破纸正是肃州城里公安给的那张传单，上面
有陈二梅的照片。苏柯尔一下明白了，问道，你是说你看到了陈二
梅？可可使劲点头。是在寺院里？可可兴奋地直点头，并拉起外甥
就跑。苏柯尔跑了几步，又回头走到苏姬斯身边，交代了几句。其
实，此时苏柯尔的心里已紧张到了极点，但脸上仍表现出平静的样
子，毕竟他对土匪太陌生了，只听大人说很是凶残。他慢慢走到可
可舅舅面前，思忖片刻，说道，你先回去把人稳住，我马上报告千
户长。说完便骑上白骆驼，飞奔而去……

　　千户长听到苏柯尔的报告，变得犹豫起来，半天不说一句话。
其实，作为领地草原的首领，他还从没听到过如此大的土匪头子，

虽然只是个蒋匪中校参谋的弟弟，但已经让他出了一身冷汗，心里异常紧张，拿不定注意。还是苏柯尔提醒了他，让他尽快找政府，找郭主席汇报，人家人民的军队还怕收拾不了一个土匪！千户长茅塞顿开，赶忙找来最好的骑手，向人民政府报告。打发了骑手，千户长的心如释重负，平静了很多。苏柯尔问道："我们现在怎么办？"千户长长长地出了口气说："等，等政府的人。"

傍晚，草原上牛羊已开始进圈，炊烟从帐房上空袅袅升起。大汗淋漓的骏马，驮着千户长派去的骑手，疾驶而来。身后是滚滚尘土和十几匹马，马背是全副武装的军人。然而，一切都晚了，明海寺里一片宁静，可可像诵经般靠坐在佛像前，胸前深深地插着一把军用匕首，手里还紧紧地攥着半张纸，仅仅是陈二梅的照片。

草原上为可可举办了盛大的葬礼，政府郭主席和草原千户长亲临主持和下葬，随着淡淡青烟，舅舅可可走完了他坎坷而磨难的人生。随后，郭主席将苏柯尔叫到了千户长面前，在对苏柯尔的表现进行表扬的同时，指出了这次行动的错误方面，不该不依靠当地力量，将时间浪费在路上，人家陈二梅可不能小瞧，是受过专业训练的高级土匪，你们的骏马跑得再快，也赶不上陈二梅的狡诈！郭主席还前所未有地对千户长发了脾气，并将礼帽甩到了地上。

苏柯尔在舅舅的坟前静坐了一个晚上，虽然四周传来阵阵狼嚎声，他却没有了一点胆怯的感觉。他向舅舅发誓，再也不怕了，一定抓住陈二梅，为舅舅报仇。

五

这件事情发生后，千户长终于开始关注起苏柯尔来。他将苏柯尔请到了自己的家里，端上手抓肉进行招呼，还客气地给他敬了一碗酒，说，从今天开始，你长大了，也就是成人了，可以干自己想干的事情，同时，我宣布你正式成为这片草原的一名驼户，你出去后就可以领到你自己管理的驼队。说完，递给苏柯尔一块木制的驼户执照牌。

能领到自己管理的驼队，在这片草原上是件大事，是荣誉的象征，你就算苦干了一辈子，拥有了成群的牛羊马匹，但如果没有自己的驼队，人们还是会另眼看你，取笑你。驼队就像现在的运输队，等你有了一定的财富和地位，才能经营自己的驼队，逐步壮大后，才可以像千户长一样，让别人成为你的驼户，颁发执照牌。领到驼队的苏柯尔异常兴奋，他迅速跑到海子湖，很快见到了苏姬斯。苏柯尔像出示宝贝疙瘩一样拿出了执照牌，双手一挥，又像检阅部队一样，指了指身后的驼队。同时告诉苏姬斯，他已被千户长派往包头，可能会很长时间。等有了自己的积蓄，他会拉着白骆驼，迎娶她的……

草原黄了又青，青了又黄，整整一年的时间过后，在海子湖边天天期盼的苏姬斯，听到了悠扬的驼铃声，苏柯尔终于回来了。

翌日，看起来有点黑瘦的苏柯尔出现在了千户长的面前，他要向千户长提亲，要迎娶心上人苏姬斯。此时，千户长正同一位身着东纳藏装的小伙子喝茶，听到苏柯尔的来意，千户长大笑了起来，手指着身边的小伙子，对苏柯尔说："你知道他是谁吗？他是东纳佘家庄子的更登，同时也是我的干女婿，下个月的今天，苏姬斯将成为他的新娘，你这是凑什么热闹？"苏柯尔惊呆了，半天说不出什么话来。千户长继续说："你是一个称职的驼手，但你没有迎娶苏姬斯的条件，我只问你一句，你有自己的驼队吗？你还很年轻，回去吧！"

苏柯尔自己也搞不清楚，为什么没说一句话就走了出来。他在自己的小窝棚里整天借酒消愁，醉生梦死。直到有一天夜里，他隐约听到了白骆驼的长鸣。仍有点醉意的苏柯尔，踉跄着走了出去，他简直不敢相信自己的眼睛，白骆驼不知从什么地方，领来了整整一链、十二峰骆驼。

兴奋的苏柯尔手提马灯，围着群驼转了好几圈，太熟悉了，真的太熟悉了，感觉就是自己的驼队，这种感觉只有优秀的驼户才具备。特别是有两三峰分明就是他们在"骆驼城"丢失的骆驼之一。这就是优秀的驼户所具备的素质，哪怕到老，也会记住自己所放养过的每一峰骆驼。

天刚麻麻亮，一夜没有合眼的苏柯尔，就拉着驼队雄赳赳气昂昂地站在了千户长的面前，希望他兑现承诺，答应将苏姬斯嫁给他。千户长没有过分说话，按照草原上的规矩，要求苏柯尔等上半个月，如果在规定期限内，没有人找骆驼，你就是骆驼的主人，可以迎娶你心爱的姑娘。

半个月啊，苏柯尔虽然感觉很长，但充满信心，因为只有他知道，这些骆驼现在的主人，也肯定不是什么好东西，作为贼贩子，谁还敢到这里来要"贼骆驼"？苏柯尔不仅熬过了规定的时间，还做好了迎娶苏姬斯的一切准备。

六

这是一个很好的日子，天空格外的蓝。苏柯尔打扮一新，驮着山货，脸上挂着惬意的笑，走进了千户大院，正式向千户长提亲。

千户长仍然以笑相应，看到一长溜高大的骆驼，他问道："这些骆驼真没人领吗?"苏柯尔回答:"领不领你应该最清楚,反正我没有看到。"千户长继续说:"你以为便宜事能落到你的头上!"苏柯尔有点急了,大声说道:"你什么意思,是不是想反悔,你知道你说话不算话的后果吗?草原人民会笑话你的!"千户长沉思了片刻,向屋内大喊了一声:"有请东纳佘家庄子的更登!"

苏柯尔纳闷了,更登直直走向了驼队,围着骆驼转了几圈后,向千户长点了点头。千户长莫名地问苏柯尔:"你还有什么话说?"苏柯尔满脑子糨糊,你们什么意思?这时更登说话了,这些骆驼是我们佘家庄子的,上面有我们庄子的印记。苏柯尔犹如受到晴天霹雳,一下子蒙了,口中大喊:这不可能……不可能……然而,围观的牧民也证明,印记确实是佘家庄子的。

更登笑眯眯地拉走了骆驼。苏柯尔也曾质问更登骆驼的来历,也曾向千户长极力说明这些骆驼有可能就是当年在"骆驼城"丢失的骆驼,但没有说服力的证据,同时,千户长也不想为几峰骆驼得罪同样有势力的邻户。

苏柯尔拖着如灌了铅的双腿,拉着仅有的白骆驼,回到了自己的小窝棚。静静地躺在炕上,他想了很多。此时的苏柯尔已经不是当年的毛头苏柯尔了,这一年来的驼户生活锤炼了他的意志,他开始有了思维,有了遇事三思的脑子。很快,他站了起来,他要用自己的方式,到佘家庄子找证据,而且越快越有利。

伴着明亮的月光,白骆驼很快将苏柯尔带到了东纳佘家庄子。高大的东纳佘家庄子依然灯火通明,并传来阵阵吆五喝六的猜拳声。苏柯尔顺利翻进了驼圈挨个检查骆驼屁股上的印记,希望能发现有用的证据。突然,他听到了更登有点醉意的吼叫声,苏柯尔急忙翻过矮墙,藏在了一个暗处。顺着声音望去,大院中间明亮的灯光下,更登正在向一个女人发火。苏柯尔一眼就认出,女人就是"骆驼城"

佘家客栈的老板娘，听可可舅舅说过，她有个儿子叫更登。联想到老板娘和更登的关系，以及丢失的骆驼在佘家庄子出现，苏柯尔似乎明白了其中的曲曲道。啪的一声，更登的脸上挨了老板娘一个重重的巴掌，一下子沉默了。老板娘大吼道："你个不争气的东西，如果不是你的那些馊主意，老娘我还能陪你偷骆驼，害得人家几年睡不好，吃不好，就怕出事，这下好了，还说我没看住骆驼，你却天天喝酒，早知如此，我说什么也不干。"这时，他俩身后的房门咯吱一声开了，在灯光的逆照下，一个黑黑的、高大的身影出现了。他戴着礼帽，缓缓走到了更登身边说，吵解决不了事情，尽快将骆驼处理掉，卖或者杀都可以，越快越好，最好是明天一早就行动。说完，黑影转身又走进了房子。不愧为驼户的眼睛，苏柯尔在黑影转身的一刹那，还是看到了他的脸。是他，是可可手中传单上的陈二梅，原来他躲藏在佘家庄子。苏柯尔恨不得立即上前，宰了这个杀害舅舅的凶手。但仔细一想，自己根本不是人家的对手，何况还有佘家庄子的护卫，贸然行动只能添乱。苏柯尔悄然从原路返回，迅速跨上白骆驼，向政府的方向疾驶而去……

　　来回近八十里路，白骆驼表现出了超常的速度和耐力。当天刚麻麻亮时，它不仅健步如飞将解放军的骏马统统落在了后面，而且到达佘家庄子时，驼身上基本没多少汗。

　　解放军迅速包围了庄子，但搜遍了所有屋子，没有发现陈二梅的踪迹。当更登母子被带到解放军面前时，两人颤抖得要死，就差瘫软了。解放军刚把陈二梅的照片拿到了他俩面前，两人便迫不及待地交代起来。早晨天还没亮，陈二梅便在驼圈外发现了陌生的驼印，匆忙收拾东西，说是到山里躲几天，就离开了庄子。

　　当解放军进行部署，还没开始上马进山的时候，苏柯尔已经骑着白骆驼行进在山中，他要亲自活抓陈二梅，替舅舅报仇。

东纳佘家庄子就坐落在一个山口上，前面是广阔的平原，而身后便是连绵的祁连山。苏柯尔整整找了两个小时，越往里走，山势越险，骆驼已不能行进，只好扔下，独自前行。前面已经有了积雪，路也更难走了，但苏柯尔抱着不抓到陈二梅誓不罢休的念头，继续寻找着……

突然，身后传来白骆驼阵阵吼鸣声。苏柯尔想到，一定是白骆驼发现了什么，急忙往回赶。面前的白骆驼用驼掌使劲拍打着地面，还不时向天空鸣叫。白骆驼已经将陈二梅控制在了一个小山崖边，下面十几米的地方是滔滔的黑河水。苏柯尔瞪着喷火的眼睛，向陈二梅一步一步地走去。陈二梅慌忙从身上掏出了一把小手枪，要求苏柯尔止步，否则开枪。苏柯尔很激动，压根就没有听到陈二梅的话，以草原人的勇猛继续向前走着。陈二梅被激怒了，有点惊慌地扣动扳机……

砰的一声枪响，白骆驼已经不知在什么时候，站在了敌我两人的中间，挡住了子弹。就在陈二梅发愣的刹那间，白骆驼胸前流着红丝带一样的血，大吼着向陈二梅扑去……

解放军是循着苏柯尔凄惨的吼叫声赶到的，山崖上伫立着满面泪水的苏柯尔，面前只有淡淡的山风和滔滔的黑河水。

七

几天后，人们在黑河下游找到了白骆驼和陈二梅的尸体，苏柯尔将白骆驼葬在了海子湖边。

又过了几天，自治县召开了隆重的表彰仪式。郭主席在会议上当场宣布，根据苏柯尔在这次抓捕陈二梅的行动中的突出表现，县政府决定，吸收苏柯尔为国家干部，到畜牧部门工作。

此后，县政府进行了政权改革，在锅头井子草原成立了海子人民公社，公开选举产生了公社主任，草原最后的一位千户长，没有当选。千户长病倒了，在临终的前几天，他亲自派人将苏姬斯送到了苏柯尔的面前，还举行了盛大的婚礼。

苏柯尔后来从一位专门研究野生动物的专家口中得知，白骆驼其实就是野骆驼，十分珍贵，在我国新疆一带曾出现过，但在祁连山发现，实属罕见。

白房子黑帐篷

一

　　这是一个到处都能望到绿色的盛夏，满坡的山丹花如点点珍珠，争奇斗艳。谁都知道，祁连山深处的阿尔可草原又遇上了好年景。

　　赫藏牧场背后的山坡上，两匹马悠闲地吃草。马的主人塞特尔和英男此时就坐在不远的草地，牧场里的人都知道他俩是一对小恋人。

　　赫藏牧场这地方以前是个佛教圣地。听老人们讲，牧场山后的崖上建造的马蹄寺，开凿于东晋时期，原先规模很大，仅僧人就达百人，在祁连山中被誉为第一寺。1958年反封建斗争时，寺院遭到严重破坏，老和尚一个个用卡车押走了，小和尚返乡还俗，在寺院附近娶妻生子。

　　塞特尔家族是阿尔可草原有名的猎户，他的阿爸曾为了一只瘸腿的母狼，整整追了三天三夜，最终将狼尸拖到了牧场。但后来在野狼沟，还是被狼群围攻而死。听人说，狼并没有吃他的尸首，而是围坐在四周，等待取尸的人。牧场谁都不愿去，阿妈为此哭瞎了眼睛，当时的塞特尔刚满十三，默默地给阿妈磕了个头，连杆枪都没带，就骑马走了。傍晚，他踉跄着拉马走进了牧场，马上驮着他阿爸的尸体。

牧场上的人们惊呆了，奔走相告，将塞特尔视为自己心目中的英雄。英男就是自那时爱慕上塞特尔的，塞特尔后来告诉英男，他当天到镇上乞求店主便宜买了成挂的鞭炮，连在马尾上引燃后冲进了野狼沟，从狼群中抢回了阿爸的尸体。

英男的父亲是个流浪儿，当年差点饿死在祁连山中，被马蹄寺住持收养，后逐步成了寺里负责采购的小班弟。他人虽小，但脑子灵，很快取得住持的赏识，所以，也就时常能分得一些信徒们上供的钱和物。英男的母亲兰花是牧场口子外的汉人，长相虽不出众，却很会引诱人，不久，便和经常下山采购的小班弟好上了，时间不长又怀上了孩子。正当小班弟为这事大为头痛时，反封建帮了他的忙，顺利返俗成家。他俩在山后的窑洞里生下了英男，这个名字也是小班弟起的，他太想要个男孩了。后来，在牧场场长的安排下，凭着自己也是寺里人，懂得点风水，在牧场旁一个地势极佳的高台上，盖上了只有山下的汉人才有的白色土坯房，和牧场周围的绿草地以及众多的牧民黑帐篷相比，显现出明显的对比和不协调。好景不长，英男生下没满月，小班弟却莫名其妙地死了。此后，牧场上的人时常能看到场长的枣骝马拴在白房子前，在场长的细心照料下，加上英男父亲留下的几个钱，兰花娘俩的日子总算过来了。

阿尔可草原青了又黄，黄了又青，当年的小马驹，都已经长大了。塞特尔和英男相互说笑，惬意地享受着这鸟语花香的环境。太阳尽力从云缝里探出了头，让阳光洒满山坡。远处一个人策马疾驶而来，两人赶忙站了起来。

枣骝马上下来的便是场长。他矮胖的身上穿着代表领导的灰色中山装，头戴鸭舌帽，那张被高原紫外线晒得黝黑的脸上，扣了很大的一个石头镜，加上有点卷曲的络腮胡子，显得更加威严。

场长首先使劲瞪了一眼塞特尔，然后温和地对英男说："你阿妈又病了，快去看看吧，你巴特哥已经过去了。"说完，又瞪了塞特尔一眼，骑马走了。

英男的家建在高高的草坡上，白色的墙俨然像个城堡，格外醒目，从这里放眼望去，牧场上如牦牛般的黑帐篷尽收眼底。房子里光线很暗，兰花躺在炕上，两眼盯着呆坐在炕沿上的巴特，流下了感激的泪水。

巴特是场长的独生子，人老实得有点木讷，看见英男走进房间，也不敢正视一眼。

"巴特哥来了？"英男给巴特打了声招呼，又倒了杯水，便转身开始照顾起母亲。

"妈，我还是把场部的大夫请来吧。"英男说。

"不，也没什么大病，还是请口子外的'土地爷'吧，我看他吼两声还管点用。"兰花说完，叹了口气。

"又是他，请他还不如到马蹄寺里烧香拜佛。"英男有点生气。

"对，英男说得对，我们尧熬尔人就相信佛爷。"巴特低着头，闷声闷气地说。

"好了，听我的，怎么说我也是山下的汉人啊。"兰花说着，轻轻地握住了英男的手，眼睛盯着始终低着头的巴特，"巴特，让你费心了，又来看大妈，回去替我谢谢老场长。"

"不，没有……"巴特慌忙站了起来，说话也变得有点结巴。

"真的，没有你们家，没我的今天呀！说实话，大妈要是有你这么个女婿，也就心满意足了。"兰花边说着，边擦起了眼泪。

"妈，说什么呢！我出去了。"英男扭头出了房门。

巴特仍然木头般地立着，兰花赶忙示意巴特去看看英男，意思是给他俩一个单独相处的机会。巴特此时才反应过来，“哎”了一声，便冲了出去。草坡下，英男的马已经远去了，巴特摇了摇头，便牵马向回家的方向走去……

当年受到破坏的马蹄寺，如今已经没有了木鱼声和琅琅的诵经声，飞鸟在悬崖的佛龛上安上了家，三十三天①很长时间也没有多少人上去过了。但是，山崖下的求子泉边却时常有信徒们的身影，泉旁传说为天马蹄印的一块石板已被他们摸得锃亮锃亮。塞特尔静静地注视着马蹄寺，心中盼着心上人快快到来。随着由远而近的马蹄声，英男有点生气地走到了塞特尔的身边。

“你怎么了？”塞特尔关切地问道。

“我阿妈她又让我去请‘土地爷’。”英男噘着嘴。

“什么？这个老封建！”塞特尔说。

“不许你骂我妈！”英男表情一下子严肃了起来，继而又低垂着头说，“他又来了。”

“是你巴特哥吗？看来他对你比我对你好呀。”塞特尔仍开着玩笑。

“你！”英男气得追着要打他。

塞特尔边跑边不住地说：“对不起……对不起……”

顷刻间，两人来到了求子泉边，塞特尔突然站直了身子，紧闭双眼，双手合十，默默地祈祷。

英男静静地注视着，看到塞特尔转过身来，问道：“这是求子泉呀，你干什么？”

“我在祈求菩萨，让美丽的英男做我的新娘，并生很多很多的木

---

① 三十三天：开凿在马蹄寺的红沙岩壁上，距地表四十三米，共七层二十一窟，下大上小，呈宝塔形，这种结构的石窟造形独特，难得一见。三十三天也是佛教用语，即六欲天之一，谓在须弥山顶中央为帝释天，四方各有八天，合为三十三天。

拉①和格孜达②。"

"你……真坏!"英男嘴里说着,头却依偎在塞特尔胸前。塞特尔看看四周,抱住英男苗条的身子,倏地在她粉嫩的脸蛋上亲了一下。

<h2 style="text-align:center">二</h2>

夜里,英男的家中格外热闹。屋里四角点着油灯,中间燃烧着一堆柴火,满脸横肉的神汉"土地爷"装扮得阴阳怪气,手舞足蹈,口中念念有词,不时将手中烧得通红的剑头指向躺在炕上的兰花。英男和巴特脸色紧张地注视着"土地爷"和兰花,而塞特尔却蹲在旁边,偷偷地笑着。

"土地爷"突然大叫一声,将一张写满字的黄表纸盖在盛着清水的碗上,提出通红的剑,向碗刺去,顿时,碗中的清水变成了红色。"土地爷"将碗里的水泼在兰花身上,擦了擦脸上的汗水,对英男说:"好了,附在你妈身上的鬼已被我赶走,你妈会好的。"

正当英男拿出准备好的"红包"放到"土地爷"手中时,站在旁边的塞特尔不由得说了句"骗人"。

霎时,"土地爷"大眼一瞪,提起手中的剑指向塞特尔,喊道:"鬼!漏网的小鬼在他身上,待我土地爷捉拿他!"

"土地爷"紧闭双眼,挥动着手中的剑,向塞特尔站的方向乱砍。塞特尔大笑着跑了出去,"土地爷"紧跟着追了出去。

英男和巴特也跟了出去,但茫茫的夜幕下看不到什么,只听见

---

① 木拉:裕固语,小男孩。

② 格孜达:裕固语,小女孩。

"土地爷"啊唷啊唷的跌跤声。

经过"土地爷"的"神疗"，兰花的病不但没有好转，反而愈加严重。

此时，巴特的阿爸，却迫不及待地带着巴特，提着礼品，正式登门提亲了。

兰花面对旧相好，却懂得儿女的事不能父母说了算，何况，自己和"小班弟"的事虽不光彩，但也是自愿的，便征求英男的意见。

英男不高兴地说："我暂时不想考虑，再说，我有心上人了。"

听完英男的话，房间里变得格外寂静，兰花知道女儿的心思，而巴特父子俩却异常吃惊，也极为尴尬，只好不欢而散。

老场长回去后，气得睡了几天。他一直坚信，作为赫藏牧场的当家人，自己想办的事，一定得办到，也能办到，哪怕使用见不得人的手段，要不他怎么能爬上兰花的炕头？全场数我有权有钱，有钱能使鬼推磨，还怕娶不到一个小小的英男？想到这里，他跨上枣骝马，向口子外疾驶而去，他要找"土地爷"，让"土地爷"去说服兰花，因为兰花相信"土地爷"。

翌日，被病痛折磨了一宿的兰花，不得不又将"土地爷"请了回来。

"土地爷"照旧一阵发疯，突然，双手将剑猛地往地上一插，瞪着阴森森脸上那对似铜铃的大眼，口里大叫道："玉皇大帝下来圣旨，有一小鬼私下凡间，命我选个吉日捉拿他……"随后，紧闭双眼，口里的嘀咕声谁也听不明白。片刻，似从梦中惊醒一般，走到兰花身边，说："兰花嫂子，这几天你身上是不是很痛，特别是晚上？"

"对，有时痛得想死了算了。"兰花急忙回答。

"土地爷"继续问道："你最近见过塞特尔了吗？"

"见了，他最近经常到我们家来。"

"这就对了。"

"什么意思？"兰花有点纳闷，英男也急忙走到了跟前。

"土地爷"喝了口茶，慢吞吞地说："塞特尔身上有妖气，所以，你只要见到他，就会加重你身上的病，包括你女儿也要避开他。"

"不会吧……"兰花似信非信，而英男更是直截了当地大吼道："你胡说，这不可能！"并递上红包，让"土地爷"走人。

"土地爷"走到门口，又说了一句："不信，走着看。"

兰花沉默了，英男的心里也七上八下，十分矛盾。她虽然知道这是迷信，但生活在这个家庭里，耳濡目染已经受了影响。加上她太爱母亲了，常言说不怕一万，就怕万一，如果母亲真有个三长两短，做女儿的可怎么活人啊！是母亲独身累死累活养大了她，她不能再给母亲带来一丁点痛苦了！但是，她又不能没有塞特尔。

英男的心里痛苦到了极点，默默地走出了房门，兰花看着，痛心地摇了摇头，眼眶中闪动着泪花。

英男发疯般地跑向了山坡，双膝一跪，双手使劲拍打着草地。少顷，她慢慢抬起了头，泪眼蒙眬地望着坡下一个很小、却很熟悉的黑帐篷，那是塞特尔的帐篷。

最后她还是走了下去，去找塞特尔，哪怕再见最后一面也行。

帐篷里只有塞特尔瞎眼的老阿妈，手持转经轮，默默地诵经。塞特尔为了找熊胆医治阿妈的眼睛，已经进山好几天了。桌上布满了灰尘，水缸里的水也见了底。英男给老阿妈梳理了头发，收拾了一通房子，还打来了水。当她走出帐篷时，塞特尔也骑马走到了不远的地方。英男在犹豫中突然选择了离开，但塞特尔已经看到了她，策马追了过来。

塞特尔这次虽然又是空手而归，但见到英男，依旧兴奋，说个没完。英男没有说话，低垂着头，直到塞特尔说完，突然抬起了头，双眼布满了泪水。

"你怎么了？出什么事了？"塞特尔急问。

"没……没什么。"英男想转过身去。

"不！你肯定有事。"塞特尔紧紧抓住了英男的双肩。

"塞特哥，咱俩以后能少……少见面好吗？"英男哭了，抽噎着说道。

"为什么？为什么这样？"

"你不要问为什么！"英男几乎是大吼着说道。

正当塞特尔发愣的时候，英男已经跑下了山岗……

三

草原上的夜色也是美丽的，圆圆的月亮高悬在空中，显得格外大格外亮，星星眨巴着眼睛，像调皮的小马驹。而此时的英男家里，却是另一种情形。兰花正被病痛折磨得死去活来，呻吟着在炕上滚来滚去，英男在旁边干着急，不知所措。

这个夜变得异常漫长，英男躺在炕上，身旁不时传来母亲阵阵低沉的呻吟，脑海中不断闪现出"土地爷"狰狞的面孔，还有塞特尔紧抱她双肩的身影，以及母亲痛苦的面容，英男彻底被击垮了。她完全相信了"土地爷"临走时留下的"忠告"，仅仅见了塞特尔一面，就让母亲遭受如此大的痛苦，责任在自己，自己不该见塞特尔，不该不听"土地爷"的话。整整一夜，英男辗转难眠。到天亮时，她终于痛下决心，为了母亲，再也不能见塞特尔了。

从第二天开始，英男总是找各种理由离开家中，不是去寺里许愿祈祷，就是到后山坡牧羊，故意躲开塞特尔。整整过去了半个月时间，却如同过了一年，塞特尔像丢了魂一样，天天在英男家门口徘徊，特别是后来几天，塞特尔几乎是天天饮酒，酒醉后仰卧在英男门前的草地上，如死人一般。而英男也是天天以泪洗面，看到塞特尔如同流浪汉躺在草地上，无人问津，她的心像刀割一样，恨不得冲下山去相见，哪怕抱头痛哭也行，但一想到母亲，她只能将痛苦留给自己。

这又是一个难熬的夜晚。英男静坐了一夜，想了很多，与其让塞特尔痛苦，还不如来个彻底了结。快天亮时，她拿出了纸和笔，在昏暗的灯下，费了很大的劲，才写成了几句话：

> 塞特哥，我对不住你了，不要问为什么，我不得不跟
> 巴特结婚。也许，我们没有缘分，等来世我一定嫁给你。
> 爱你的人。
>
> 英男

英男将信细心折好，放进贴身的衣兜里。

天亮了，英男已经烧好了酥油茶，端给了母亲。看到英男红肿的眼睛，母亲关切地问了几声，但英男就像没听到一般，眼睛始终盯着手中的银碗，没有吭声。一会儿，她又莫名地开口说话了。

"妈，我有话要对你说。"

"说吧，什么事？"

"我想好了，我想……我答应和巴特结婚。"英男还是死沉着脸，"与其让塞特哥受罪，还不如让他死心。我已经想好了，今天提亲，明天就嫁过去，但他们得答应我，把你也带过去。"

"丫头，你不该这样啊，你考虑得太多了呀，我的病就这个样

了，你不要再管我了……"兰花了解姑娘的心情，都是自己害的呀。

"我已经决定了！"英男说话虽坚决，但眼眶中明显有了泪水，不得不将头扭了过去。

"也好，也好，巴特这孩子也老实，再说，他阿爸是场长，今后靠他，你会过上好日子的……"还没等兰花说完，英男已经跨出了房门。

兰花哭着使劲拍打着自己的胸口。

四

东方的太阳升起来

一个吉祥美好的日子来临

养育了十九年的姑娘要出嫁了

左邻右舍亲戚朋友都来送行

……

在尧熬尔老人特有的、听起来让人心酸的出嫁歌声中，马队缓缓前行着。领头的是高昂着头的场长和狂躁的枣骝马，披红的马背上是穿着一新的英男，新郎巴特脸上挂着灿烂的笑容，手中紧牵着新娘的马缰绳。四周都是送亲和迎亲的人，大概十来匹马。兰花硬撑着骑上马，跟在最后。

为讲究排场，按照场长的安排，马队没有直接向目的地走，而是绕了很大的弯子，在马蹄寺前面宽阔的草坡上，举行了迎亲仪式。这里聚集了很多人，羊背子端放在小方桌上，鼻烟壶在老人们的手中传来传去。人们开始互相高歌请酒，敬献哈达。马队到达场长家的帐篷前，新娘很快被新郎背进了旁边的小帐篷里，四周响起了震耳的鞭炮声，场部民兵朝天鸣枪，策马踏房，一时间人欢马嘶，场面异常热闹。

声音传到了塞特尔的耳中，他还在自己的帐篷里睡大觉，头天的酒气还没完全过。看到阿妈在旁边转经轮，便问道：

"阿妈，外面怎么了，怎么这么吵？"

"你个败家子，就知道喝酒，人家英男今天都出嫁了……"

"你说什么？"塞特尔不等母亲说完，就一个蹦子从炕上跳了下来，跌跌撞撞地跑了出去。

巴特家的婚礼场面尽收眼底，但塞特尔还是不相信自己的眼睛，他要亲自到英男家证实。塞特尔发疯般地跑到了英男的房子前，门前却已经挂上了铁锁。在茫然间，一个木拉走到了塞特尔的旁边。

"塞特哥，这是英男姐让我交给你的信。"木拉说着，把手中的纸递了上来。

塞特尔匆匆看完信，一下子跪倒在草地上，大哭了起来……

下午，巴特家的羊圈里，空气中虽然还有很浓的羊粪味，但这并不影响人们前来吃席。一长溜的小方桌，摆放在正中，上面放着热气腾腾的手抓肉。场长也披红挂彩，满面笑容地招呼着客人，他走到"土地爷"的身旁，还很怪异地拍了拍他的肩膀，伸出了大拇指。英男面无表情地跟在巴特的身后给客人们敬酒。在此起彼伏的猜拳声中，人们的脸逐渐变得紫红起来。

突然，门前一阵躁动，在人们的互相推拉中，塞特尔出现了，他左手拿着那封信，右手提着一瓶酒，眼睛仔细地扫着每一个人，最后停在英男的身上。

"你……你到底什么意思？"塞特尔用拿着酒的手指着英男，眼睛红红的。

英男没有说话，掉头跑进了旁边的小帐篷。

砰的一声，酒瓶被塞特尔摔到地上，他的手逐个指着场长、"土地爷"、巴特，口中一遍遍说道："都不是人，你们都不是人！草原上没有你们这样的人……"

他边说着边将那封信撕成碎片，抛向天空，缓缓转身走了出去，在临出门时还提走了桌上的一瓶酒。

场长如梦初醒，赶忙招呼大家继续吃喝，装作没事走到民兵队长旁边，低声吩咐："晚上带几个民兵来，有必要的话，把家伙带上！"

夜幕下的场长家，羊圈里已恢复了往日的宁静。旁边的大黑帐篷里，仍留下了几个重要的亲戚，"土地爷"、兰花、场长等一些场里的长辈，被安排坐在炕上，继续吃肉喝酒。炕下还单独摆了一张小桌，坐着几个民兵，怀里抱着长枪。巴特坐在炕沿，不时喝几杯别人递来的酒，英男站在炕前忙着敬酒倒茶。

"土地爷"就坐在兰花的身旁，已经有些醉意蒙眬了，手里拿着块羊干把骨，嘴里说着不干不净的话，手不时拍在兰花的大腿上，输了酒就大吼着让巴特喝，巴特也是不言不语，一饮而尽。

巴特很快喝醉了，"土地爷"高兴地跳了起来，让英男赶快扶巴特睡觉，好好伺候男人，说什么明天他要检查，等等。

回到自己的小帐篷，巴特像一摊泥，躺下便睡死了。英男坐在炕沿，心情异常烦躁，总感觉要发生什么事。过了一会儿，大帐篷里的人们也休息了，没了声音。英男也有了一丝睡意，突然，恍惚中帐篷帘子被揭开了，满脸杀气的塞特尔跳了进来，向着熟睡的巴特举起了手中的牛角刀……

英男见势不妙，一蹦子跳到了塞特尔的前面，紧紧抓住了塞特尔握刀的手臂。

塞特尔咬着牙，低声说："让开！一山不容二虎，我要宰了他，然后带你走。"

"塞特哥，你不要逼我了好不好，我俩没有缘分，你回去吧……"

"不！是他们逼你的对不对？"

"塞特哥，我求你了。"

"不！今天我要不宰了他，我就不是人。"

英男脸色一变，大喊道："出去！再不出去，我要叫人了！"

看到这一阵势，塞特尔惊呆了，手中的刀也掉在了地上。

这时，民兵队长带着民兵大吼着扑了进来，扭住了塞特尔。英男看到没人注意，将刀踢进了桌子底下。

场长背着双手走了进来，点着头微笑着对塞特尔说："我知道你会来的，年轻人不行呀，想跟我斗，门都没有。看来你今天犯大错误了，如果我不高兴，你下辈子就得在牢房里生活，带走！"

塞特尔被带走了，帐篷里又恢复了刚才的宁静，英男却再也控制不住自己了，她将脸捂在被子上，大哭起来。

五

草原青了又黄，黄了又枯，在不知不觉中，已经入冬了。前两天，赫藏牧场迎来了它今年的第一场冬雪，蓝天下到处是茫茫的白色，天气也骤然冷了起来，牧民们赶着牛羊，开始了艰辛的转场，要从遥远的秋牧场搬到冬窝子，也就是牧场场部定居点。草原人将冬窝子称为真正的家，辛苦一年，到头来就是为了回到冬窝子，享几个月的清福，也可以说是休整，为春天开始的又一轮游牧做好准备。

巴特和英男也赶着羊，牛背上驮着帐篷等生活用具，来到了黑河岸边，虽然草原上已经降了一场大雪，预示着冬季的到来，但河面上并没有结冰，牦牛很快走了过去，成年羊也缓缓走了过去，留下了二十来只小羊和乏母羊，只能靠人来运送。巴特让英男先骑马过河，说着左右手各夹了一只老母羊，跨进了冰冷的河水中。此时的英男，已经找不到一丝少女时的风采，脸上有了明显的"高原红"，长长的秀发已变成了略有点凌乱的短发，身上穿着肥大褪色的裕固族长袍，上面还套了件黑色的男式皮夹克。结婚让她遗忘了一切，从那天晚上起，塞特尔神秘地失踪了，一个月后她便陪着巴特，走进了夏牧场，开始了真正的牧人生活。

英男将两匹马牵到河边，思忖了一下，便把缰绳缠到了马鞍上，赶马下了河，接着，也学着巴特的样子，抱了两只小羊，走下了河。巴特转身时，英男已经在河水中踉跄着行走，他心酸了，赶忙上前接应。当他再次回头时，英男又夹着羊，走下了河。就这样一次又一次，当最后一只老母羊被背到河中心时，两人已经精疲力竭，几乎是连蹚带爬到了对岸。衣服上结着碎冰，变得异常沉重，英男蜷缩在一块青石板上，脸色发青，身体颤抖。巴特赶忙找柴生火，两人静静地依偎在火旁，休息了一阵子。

场长在家中也是干着急，不时走到兰花身边，安慰几句。当夜幕降临时，他再也坐不住了，骑上枣骝马，向巴特和英男的方向奔去。

此时，两人已经离场部不远了，虽然骑上了马，可以缓解一下疲惫，但夜幕下的寒冷仍然折磨着他俩，特别是英男瘦弱的身体。越是接近家门，越感觉到寸步难行，而且羊群也开始躁动起来，到处乱跑，气得英男真想大哭一场。好在场长及时赶到，凭一个老牧人的经验，很快将牛羊赶到了家。家里准备了丰盛的晚餐，有干牛肉、酥油茶、油饼子，还有烧酒，但英男没有一点兴趣和食欲，她走进自己的小帐篷，倒头便睡。

第二天开始，英男就病倒了，整天躺在小帐篷里，不能下地，时而发烧，时而昏迷。正当此时，母亲兰花又病倒了，整天呻吟，胡话连篇。巴特两头照顾，忙里忙外，请来了场部医生，看完英男后，又领到了兰花的帐篷，可兰花根本不配合，一个劲地嚷着要"土地爷"来。巴特看到英男仍在熟睡，便自己做主，骑马出口子，去请"土地爷"。

下午，"土地爷"很威风地骑着一辆摩托车来了。巴特递上钱，说了几句客套话后，就走进了小帐篷去照顾英男了。"土地爷"走进了兰花的帐篷，房子里光线很暗，他吩咐兰花平躺在炕上，在她身上压了四床被子，随后，嘴里嘀咕着，手里挥动着剑，跳起舞来。一会儿，也差不多跳累了，便坐在炕沿上，擦了擦满头的汗，揭开了盖在兰花身上的层层棉被。兰花一动不动地躺在炕上，满头的汗水一点一点地向下滴着，脸色红扑扑的，格外耐看。"土地爷"看着看着，不由得心动，伏下身子在兰花的脸上亲了一口。蓦地，他感觉不对，赶紧用手在兰花的鼻子前试了试，没有一丝呼吸，他慌忙又听了下心跳，也没有。"土地爷"知道干下了蠢事，镇定了一下情绪后，他收拾好被子，背上家什，一本正经地走出了帐篷。

巴特看到"土地爷"出来了，急忙迎上来，问病人的情况。

"土地爷"摇了摇头，装着很悲伤的样子，把巴特拉到旁边，说："我没办法呀，英男她爹喊得紧，我想拉也拉不住，只好……""什么！怎么可能……"巴特似信非信，边说边跑进了兰花的帐篷，随后又慌里慌张地跑了出来，摇醒了英男，两人跌跌撞撞地进了帐篷。一时间，帐篷中传出英男哭天喊地的声音，"土地爷"见势不妙，悄悄溜了……

六

英男在母亲的坟前，点燃了最后几张纸后，哽咽着向家中走去。突然，前面出现了一位身着绿军装的人，越是走近越感觉熟悉，走到跟前，英男一下子惊呆了，面前的解放军战士，分明就是消失了很长时间的塞特尔，她瘫坐在草地上，脸上挂着泪珠。

两人在草地上坐了很长时间，从塞特尔的讲述中，英男完全明白了。原来，那天晚上塞特尔被带到了场长办公室，场长明确说明，给他两种选择，一是进公安局，二是参军入伍，并说了很多恐吓的话，也谈到了英男的今后。最后，塞特尔选择了后者，离开了家乡，离开了牧场。走进军营后，他开始恨英男，恨场长，恨巴特，甚至恨草原，将一切怨恨和不幸都发泄到训练中，成绩优异，很快当上了班长，并逐渐喜欢上了那里，感觉到那里才是自己真正的归宿。后来他从朋友的来信中，慢慢了解到英男匆忙出嫁的原因，也理解英男的苦衷。这次探家也是有原因的，新闻中频频出现南疆边境吃紧的话题，很可能要进行自卫还击。作为一名裕固族战士，他给军区司令寄去了请战书，上面明确写到，作为人口很少的裕固族，到现在还没有一个人上过战场，保家卫国，他坚决要求到南疆前线，参加战斗，填补裕固族战士"杀场"空白。请战书得到了军区首长的高度赞扬，要求塞特尔调整好心理，做好参战前的一切准备，尽快奔赴前线。对此，他们部队的领导也很重视，特批他回一趟家，看看家乡，看看阿妈，回去后为他壮行。

英男听得很认真，眼睛始终盯着地下的小草，默不作声。

塞特尔叹了口气，说："我想了很长时间，也考虑了很多，其实，仔细想想，场长做得也对，我能给你什么？我们这里太闭塞了，人们不会考虑幸福，只是考虑怎么过日子。你到他们家，应该说是明智的选择，我们真不该考虑那么多了。对场长，我是不会恨他的，我走后，他将我阿妈接到了场部大院，专门腾了一间房，按五保户对待，从这点我就得感激他。所以，我没有了任何后顾之忧，完全可以放心地走了。"

塞特尔的说话中，英男还是隐约听出了一些伤感的意思，好像某种暗示，仿佛他的这次离开就是永别。她想放声大哭，但极力控制着自己的情绪。她心里想，已经到了这个地步，还能说什么，只有默默承受。

第二天，英男提了一桶稠奶子，来到了塞特尔阿妈住的小房子，想让塞特尔吃碗自己亲自做的稠奶子。进门一看，只有老阿妈在轻轻地摇动着转经筒。塞特尔在天刚亮时，已经走了。

英男没有直接回家，而是来到了赫藏牧场背后的山坡上，这里曾是她和塞特尔经常相会的地方，她哭了，而且是号啕大哭，让压制了好长时间的情绪发泄出来。她想到了塞特尔的悄然离去，耳边传来了塞特尔说的话，恍惚中仿佛看到了塞特尔全副武装的身影，他敬了个军礼，转身便跑进了硝烟弥漫的战场，从此再也没有出现。

她仰卧在松软的草地上，眼睛盯着蓝天上的朵朵白云，真希望这片云快快游走，让塞特尔也能看到，因为这是家乡的云，是草原上的云。不由自主地，她轻轻地唱起了塞特尔最喜欢唱的歌——草原上的云：

> 那草原上飘荡的云
> 是阿爸给我的帐房
> 生生息息一辈子

心中难忘是草原

云飘过来哟

云荡过去哟

里面有故乡的语言

小伙的骏马

姑娘的蓝天

那草原上飘荡的云

是阿妈给我的夹袄

长大行走在他乡

心中才知是温暖

云飘过来哟

云荡过去哟

敞开是故乡的胸怀

父亲的高山

母亲的草原

此时，蓝天上突然出现了一只雄鹰，凄惨地啸鸣，久久盘旋，不愿离去，英男的心里更加产生了不安，她向马蹄寺的方向双手合十，心中祈求佛祖保佑塞特尔平安回来。

英男回到家的时候，已经是大晌午了。巴特看到英男的眼睛有些红肿，便问道："怎么了？"

"没……没什么。"英男说着，用凉水冲了把脸。

"你肯定见到了塞特尔。"

英男手上的动作明显停顿了一下，但她没有说话。

巴特长长地叹了口气，说："其实，我是对不起你的。本来，我也蒙在鼓里，还以为你是真心嫁给我的，让我高兴了好长一段时间。后来，我终于知道了，是我阿爸和'土地爷'捣的鬼，是我阿爸害了塞特尔，我也有责任……"

"不要说了！我不想再听到这些。"英男打断了巴特的话。

这时，场长带着满身的酒气，摇摇晃晃地走了进来，跪倒在英男的面前，说："英男，我求你了，不管我以前做得对不对，你得给我生个孙娃娃呀，不然，我堂堂一场之长的老脸往哪里放，你让我……可怎么做人呀，啊，我求你了……"

英男看了下巴特，希望他能说话，但巴特压根就没有说话的意思。

场长继续说道："英男，我求你了，常言说的是，养鸡还知道下蛋，何况……"

"屁话！你求我干什么，你应该求你儿子才是！"英男听着场长的话，气不打一处来，几乎是大吼道。

场长如梦初醒，眼睛呆呆地盯着巴特。

巴特低着头说："是的，阿爸，我有……毛病。"

场长大叹了口粗气，便瘫坐在地上哭了起来。

七

自从巴特的难言之隐说出后，情绪受到了很大影响，整天闷葫芦一样不出声气，但是格外照顾起英男来。他专门买了个小收音机，让英男听新闻，还时常到他阿爸的办公室，取来《中国青年报》，让英男看整版的"战斗英雄谱"。当两人看到上面没有塞特尔的照片时，沉重的心便放了下来，据说那上面出来的照片，不是烈士，就是重伤者。

此时，英男已经被场长安排到了场部奶粉厂上班，白天基本不在家。巴特为了自己的难言之隐，不敢到正规地方看病，而是趁英男上班之际，请来了"土地爷"，为自己"神疗"。"土地爷"因为上次的事，虽说没人发觉，心中也有点胆怯，但看到巴特拿出了厚厚的一沓钱，眼睛一下子亮了起来，就答应了。

这次的"土地爷"俨然又成了一个针灸师，他在巴特的身上插满了银针，还让巴特吃了自己亲手配制的药丸。然而，"土地爷"万万没有想到，在他使尽浑身解数后，巴特的两腿麻木了，没有一点力量。"土地爷"虽有点担心，但仍表现出没事的样子，给巴特留下了几粒药丸，让他继续吃，说过两天会恢复的，就赶忙走了。

当英男回到家的时候，巴特的两腿已经彻底没了知觉。此后的几天，英男没有再去上班，整天抱着巴特的双腿，使劲搓擦、按摩，但都无济于事，她伤心地哭了。

场长看到儿子的样子，便绝望地整天沉迷于酒中。英男从场部借来了架子车，推着巴特，先后去了场部卫生所、乡卫生院，以及县医院，看到的都是摇头叹息。她没有失望，反而越挫越勇，坚定了信念，一定要治好巴特的腿，哪怕到天涯海角，哪怕自己受天大的苦。

这一天下午，场部管理员拿出了已经很久没有使用过的铜锣，走门串户，边敲边大喊道："塞特尔上报了，我们场出战斗英雄了，塞特尔上报了……"身后是一群起哄的孩子，乡亲们的脸上都露出了自豪的笑容。然而，英男的心却咯噔一下，凉了一截，她感觉不对，因为她懂得，上报意味着什么，战斗英雄又意味着什么！她拔腿向场部跑去……

那张报纸已经被放进了场部会议室门口的阅报栏里，塞特尔身着军装的4英寸照片格外引人注目，旁边写着几个大号黑体字："战场猛虎——塞特尔"。

英男以最快的速度，大致看了一遍事迹介绍后，差点瘫坐在地上。事迹中写道：

　　塞特尔是一名来自祁连山脚下的裕固族战士，他的连队本来不属于参战部队，但他多次向军区首长写信，要求参加战斗，填补裕固族战士没有上过自卫还击战场的空白。不久前，军区特批他走上了硝烟弥漫的前线。在战场上，他似一头猛虎，不顾个人生死安危，带领全班战士，向敌军占据的高地猛冲。先后歼灭敌军七十四人，并带领班战士收复了五个高地。在收复无名高地时，为掩护战友，不幸被敌军炮火炸伤双眼。目前，他正在昆明军区总医院疗养。近日，中央军委决定授予塞特尔同志"战斗英雄"称号。据悉，有关部门已发出通知，号召全军及各级共青团组织积极开展向塞特尔同志学习的活动。

英男跟跄着，不知不觉回到了家。巴特躺在炕上，看了一眼英男，问道："塞特尔怎么样？"

英男走了过去，捶着巴特的腿说："塞特尔……他……他的眼睛被炸伤了，还在医院里。"说着，眼泪已经夺眶而出。

巴特思忖片刻，说："英男，你去看看他吧。再说，他也需要人照顾。"

"不，我不能丢下你不管，我还要带你去看病。"

巴特叹了口气："我的病是不可能治好了，你还是去吧。再说，腿治好了，也是个废人。"

"别说了，他肯定有护士照顾。"

"可……你总比护士好吧！也可以说说话。"

"好了，咱们不提他，药都凉了，吃药吧。"英男说着，把药端了过来，巴特却一把将药打翻在地，气呼呼地转过身去。

英男轻轻地捡起地上的碗片，便坐在板凳上，呆呆地盯着炕上的巴特。

就这样，英男坐了很长时间，连夜幕来临她都没有察觉。月亮又挂在了赫藏牧场的上空，显得格外亮堂，一缕月光硬是从帐篷上方的天窗里钻了进来，直直地照在英男的脸上。

她站了起来，点亮了灯，看到巴特熟睡了，便拿出了纸，给塞特尔写了封信，从母亲的去世，一直谈到巴特的瘫痪，并希望塞特尔好好养伤……

其实，巴特并没有睡着，他的脑子里想了很多，不能再让英男受罪了，应该让她找到幸福，但他又舍不得让她离开，巴特的心情极为矛盾。

八

不久，"土地爷"在县城被公安局逮捕的消息传到了牧场，牧民们到处议论，却怎么也找不出个为啥来，只有英男脸上有了一丝快慰。

几天后，从不热闹的赫藏牧场，一下子来了很多车，有法院的吉普车，也有公安局的警车。他们在场部门口挂上了"公捕大会"的横幅，牧民们没见过这样的场面，都围了上来。

几名全副武装的武警战士，押上了几个人，其中也有"土地爷"，他光着头，脸上没以前肥了。

台上的公安局长宣布完逮捕令后，法院副院长走上了台，开始向牧民们讲话。他说了很多要求牧民们行动起来，破除迷信，解放思想的话，最后严厉地说，这个被你们捧为"土地爷"的人，接连害了两个人，却没人告他，难道你们就甘心上当受骗吗？要不是一位叫塞特尔的解放军战士，从云南那么远的地方告他，还不知道这个"土地爷"又害了几条人命？！

人群里一下子变得安静起来，少顷，大伙开始大骂"土地爷"，有的干脆向他吐口水……

汽车走了，英男回到家后，感到如释重负，眼泪不由得流了下来。是啊，塞特尔说得对，我们这里太闭塞了，老观念老思想还深深地扎根在人们的头脑，这里太需要外面的思想了！巴特万分悔恨，也开始感激和佩服起塞特尔来，他终于想明白了，英男应该跟塞特尔，塞特尔才是她的幸福。

这个夜晚，巴特无法入眠，他想了很多，与其让英男受罪，还不如来个彻底解决。而解决办法的关键还在于自己，从上次的谈话可以看出，英男是不会那么容易离开自己的，此时，是到了自己痛下决心的时候了，只有自己离开，彻底地离开这个世界，才能让英男解脱，找到真正的幸福。

巴特是几天后走的。当时，英男从奶粉厂下班回来，看到巴特静静地躺在炕上，炕桌上端端正正地放着一个褐色的空瓶，帐篷里弥漫着刺鼻的药味。英男赶忙拿起瓶子一看，正是上次草原灭蝗时剩下的一瓶，听当时的技术员说，这东西危险，是毒药。

英男大声喊着，使劲摇巴特，但无济于事。也许太悲伤了，英男此时才看到桌子上还有一封信，信中写道：

　　我心爱的英男，我走了，我不能再连累你了。以前，我恨过塞特尔，后来，阿爸骗了你我，使我俩结了婚，我也高兴过。但是，当我知道阿爸的行为后，非常内疚。我也逐渐明白了，你的归宿在塞特尔那里，你受罪了。塞特尔是个好人，我打心眼里佩服和感激他，他不但不恨我，还从那么远的地方替我着想，你见到他时，替我谢谢他。

英男，你一定要到塞特尔的身边，好好照顾他，不然我死不瞑目！

看完信，英男号啕大哭，她曾经深爱的是塞特尔，当和巴特结婚后，她也开始用心爱巴特，毕竟一日夫妻百日恩。而此时，巴特却从容地走了，没有听到她的心里话，其实，在英男的心里，早已经没有了塞特尔和巴特之分，好像他俩本来就是一个，还说什么幸福？她认为自己已经很知足了。然而，现实告诉她，她必须要回到塞特尔的身边，替巴特照顾他，她不能失去巴特后，再失去塞特尔了！

在巴特下葬的时候，英男打开了一个大包，里面全是她从场部卫生所买回来的治疗腿病的药。她将药放进了坟墓里，她希望巴特活着没能治好腿，死了也要治好，做一个可以正常行走的鬼！

九

几天后，在塞特尔母亲的陪伴下，英男走出了生她养她的赫藏牧场。

草原上吹过丝丝微风，塞特尔的母亲伫立在一个稍高的草坡上，久久不愿离开。转经轮在老人的手中轻轻地转动着，满头的白发在微风中像挥动的手，在她的前方，很远的地方，有条小路，英男的身影变得愈来愈小，愈来愈模糊……

再见了我的赫藏牧场，再见了我的阿尔可草原，英男心里默默地在说。

红石窝

因为红西路军历史上至关重要的"石窝会议"，这里后来被当地群众叫做"红石窝"。

——题记

苍茫的祁连山深处，峰峦叠嶂，坂坡起伏。

红石窝山顶上一座崭新的西路军石窝会议纪念碑，在瓦蓝瓦蓝的天空下像一面高耸的红旗永远飘扬。旗面左上方金黄色党徽下从左至右镶嵌着"红西路军石窝会议纪念碑"十一个大字，金光闪闪，格外醒目。

银本草老人已经在这里伫立了很长时间了。虽然海拔达到了三千四百多米，但今日红石窝山顶上天高云淡，太阳当空，异常温暖。前些日子当地政府在这里新建了这座纪念碑，以此来缅怀红西路军将士浴血奋战、英勇顽强的革命业绩，铭记和见证那个重大的历史事件。

山顶突然有了一丝山风，舞动了银本草额头的白发，也让老人憔悴深陷的眼窝里有了泪水。放眼周围，近处山势巍峨嶙峋，远处群山环绕，树木郁郁葱葱。一条长长的雪线，似白色的哈达，将蓝天和群山分隔。虽然现在是祁连山最热的季节，但那条养育草原人民的"生命线"，就和红石窝"红色精神"一样永远不会消失……

一只苍鹰在蓝天上盘旋着，不时发出一声脆耳的叫声。看着苍鹰，银本草突然想起了仁青，那个做事神秘，独来独往，神出鬼没的"草原侠士"；那个后来在黑河东岸被传得神乎其神的"雪鹰"。银本草想到他的时候，她那布满沧桑和皱褶的脸上有了些许笑容。是的，她应该高兴，没有仁青就没有银本草的今天，仁青可是银本草的救命恩人啊！

远处依稀可见的大孤山顶，让银本草仿佛看到了湍急的黑河，看到了大依马龙草原，看到了班达沟，看到了熟悉的黑帐篷。那里是银本草的老家，生活着和她一样的藏族人民。

1936年的腊月感觉格外寒冷，印象中班达沟好像天天都有刀子般凛冽的西北风，阴坡里的雪从来就没有消融过——银本草的思绪渐渐回到了那个让她永远不能忘记的冬天……

一

大依马龙滩是一片肥沃的草原，和祁连山中很多高山不同，这里是一个宽阔的沟谷，一马平川。中国第二大内陆河——黑河，就从侧面的峡谷中一路向下，穿过张掖，到达内蒙古额济纳旗的苏泊淖尔。

这里传说是格萨尔王大战霍尔的古战场，而今却因为草原丰腴，水源富足，成为了"张掖王"——马家军三百旅韩起功旅长的军马场。

班达沟，大依马龙草原上一条极其普通的山沟，因为藏族班达部落居住此地而得名。这里向南直通青海，听老人说，班达部落最早就是从青海迁过来的。自从大依马龙滩成为了韩起功的专用军马场后，班达沟很多年轻牧民都被征去放马了，能留下牧羊的不是老人就是小孩。

一群羊从一个金黄色的草坡上慢慢走过。这是一个午后，银本草牵着枣红马，带着心爱的藏獒"赛拉"，跟在羊群的后面。这个天气真的糟透了，干冷干冷。虽然此时感觉不到一丝风，但脸皮好像是钻进去了什么东西一般刺痛刺痛。前几天这里刚刚落了一场雪，现在正是最冷的时候。今天早上，阿咪阿依①就坚决反对银本草出牧，毕竟她才十六岁。可倔强的银本草就是不听，像个大人似的，非说自己天天放羊，已经有了经验，再说，有赛拉跟着，还怕什么。其实，她是心疼老人岁数大，已经干不了这种苦差事了。

银本草不知道自己有没有父母，记得刚懂事时，她就跟着阿咪阿依生活。有人说她的阿爸阿妈被马家军征去放马了，后来死在黑河里了。对于此事，阿咪曾经也默认过，但没有多说。

银本草穿着有些褪色的氆氇长袍，吃力地行进着。按照平日，这个时候日头正足，羊群会惬意地食草。可今天这天气，不要说人了，羊群都受不了，到处乱跑。银本草看看天空，只好提前收羊回家。这个时候，马是不能骑了，为了御寒，银本草只能艰难地步行……

坡下已经依稀能看到自己家的黑帐篷了——赛拉突然盯着前方，竖起了耳朵。顷刻间一溜烟冲下了坡，莫名地留下主人。银本草反应过来后，大声呼唤着赛拉，可传来的只是不间断的犬吠声……

啪啪两声枪响后，赛拉的声音瞬间消失，银本草彻底惊呆了。她赶忙跨上马背，向坡下的黑帐篷疾驰而去……

黑帐篷前一下子有了很多人和马，他们着装各异，有人拿着长

---

① 阿咪阿依：藏语，爷爷奶奶。

刀，有人端着长枪。其中一个头戴国军黄色皮帽，身着黄色军大衣的年轻人，右手拿着一把驳壳枪，枪口直指地上的赛拉。

银本草看到了人群中的阿咪阿依，他们相互搀扶，脸色茫然。她几步上前，大喊着赛拉。可赛拉静静地躺着，身下流出的血将白雪点点染红。银本草跪坐在地上，将赛拉的头放到她腿上，不停地抚摸着。

"什么狗东西，还敢咬我！"年轻人边说边用左手捂着右胳膊的伤，指缝中已经渗出了血，一个手下急忙上前进行包扎。

年轻人继续说："我杨三是代表张掖甘州府来征收军马税的，你们这狗也太不自量力了，敢咬官差，这能怪我吗？"

阿咪上前两步，说："军马税是应该缴，可我们银本草的阿爸阿妈就是给你们放军马的，按理说，照你们的规定，被征去放军马的可以不缴税啊？"

杨三："可他们现在人呢？"

阿咪："他们为了给你们打鹿截茸命都丢了，这还不够吗？！"

"这个我不管，你们必须缴税。"杨三说着看了下哭泣的银本草。

"可现在你让我们到哪里弄钱去……"阿咪摊开了双手。

"如果有好点的鹿茸、雪豹皮，也可以顶税。"杨三俯身抓弄着银本草满头细细的小长辫。

阿咪："我们老的老，少的少，怎么可能弄到那东西啊！"

"那这样吧，这小姑娘跟我们走，我做主，你的税都免了！"杨三说完，就开始拉银本草。

银本草边喊叫边推搡，情急之下的阿咪阿依也上前阻拦。杨三抽身向后挥了下手，手下几个人上前，几枪托就将两个老人打倒，阿依的头上流着血。

眼看着银本草被拉到了马前，阿咪挣扎着站起来，跟跄着回头走进黑帐篷……

哭喊着的银本草已经被杨三的手下捆住了双手，抬上了马背。

"放开！"一声大吼，杨三等人都为之一怔。黑帐篷前，阿咪挺立，手中多了一把叉子枪，枪口指向了杨三……

当大伙还在发愣的时候，杨三以极快的速度将一个手下拉到了前面。一瞬间，阿咪的枪响了，那个挡箭牌手下慢慢倒了下去。阿咪的这个叉子枪是钢珠土炮，打一枪就得装一次钢珠，间隔时间很长。

杨三的枪响了，而且是连发，阿咪的身上血色飞舞。银本草在马背上哭喊着，阿依几步上前抱住了阿咪，可阿咪已经气绝身亡……

杨三跨上了马，挥了下手，手下人全部上马，拉着银本草，马蹄响彻，在尘土中慢慢消失，黑帐篷前只留下哭泣的阿依……

二

再过几天应该就是新年了，往年这个时候的祁连山到处是走家串户的人马，可今年这天气，加上前一段时间，有传闻说临近的永昌、山丹来了什么"红军"，马家军基本都调防到了那里，天天围剿，战事频频，死了很多人，所以牧民们都窝在家里，很少出来走动。而今天，这条沟谷里能大张旗鼓、大摇大摆走路的不会只有杨三的一队人马吧？

杨三骑着马，双手互揣在大衣袖筒里，回头望了下还在哭泣的银本草，说："别哭了，你们草原人是不是牛羊肉吃得多了，脾气就是大。本来啥事都没有，谁知道老人家火气那么大，都一大把岁数了，还玩枪！说老实话，我也是被逼无奈啊，不得已才开枪的。"

银本草抽泣着，气得一时说不出话来，只能用泪眼瞪着杨三。

"多大的事？我父亲杨应昌那可是高台有名的富商，你跟我过去，随便指头动一下，就有你享不完的福，何必窝到这个山沟里。"

"吃人不吐骨头的狼，你迟早会被草原上的猎人消灭，等着吧！"银本草根本就无心搭理杨三，抬头望着两边的山崖。

"哈哈，反正你也跑不掉了，等到了高台，看你还敢嘴硬，我还收拾不了你个毛丫头！"杨三脸上充斥着阴笑。

"你休想，大不了我一死……"话还没说完，银本草的眼睛直勾勾地盯着前方。那里出现了一面鲜艳的红旗，还有不多的几个人马……

红旗？莫非这就是他们说的红军！杨三迅速在心里确定了对方的信息，他一下子从马背上跳下，指挥手下拉着银本草躲在了山坡后。前方的人马也迅速消失了……

趴在山坡后的杨三突然笑了，对手下喊道："弟兄们，机会来了，前面一定是红军，而且看情况也是残兵败将，等会儿大伙儿以我的枪声为号，冲出去给我狠狠打，不论活的死的，拿到甘州府领赏去！"

杨三说完将头探出去，朝前随意开了一枪。那些手下互相望了望，又看了看杨三手中晃动的枪口，一个个佝偻着身子冲了出去——瞬间，山谷里传来噼里啪啦的枪声……

坡后就剩下了银本草和杨三，还有保安队的全部坐骑。杨三点了一支烟，脸上布满了笑。他感觉这几个人经不住他们的打击，应该很快会手到擒来。甘州府现在到处都贴有告示，上言抓到"赤匪"不论死活，均有赏金。今天他真算是喜上加喜，不仅绑到了漂亮妹子，还让他碰上了这几个"倒霉鬼"……

突然，前面的枪声猛增，杨三刚感到疑惑时，一个手下慌慌张张跑了下来。

"不好了，他们……他们后面有埋伏，又上来了很多人，火力太猛，我们的人基本都完了……"手下上气不接下气地报告道。

杨三拉着银本草的手刚准备起身，几颗枪弹劈头盖脸就打过来了。他慌忙低下头示意手下看住银本草，自己去牵马。等手下再回头的时候，杨三已经飞身上马，策马而去。手下看此情形，也扔下银本草，快步向战马奔去，不料还没跑几步，就被飞弹打死了……

枪声戛然而止。银本草看到面前的坡上出现了几面红旗，前后左右突然冒出了很多人，手里全部都提着枪。他们衣衫褴褛，有的头戴八角红星帽，有的头戴皮帽，身上有穿单衣的，有穿羊皮的，也有将毛毡套个洞，直接绑在身上的，但基本离不开灰色。

银本草蜷缩在坡下，不知道是极度紧张，还是天冷的缘故，一直在哆嗦。一个手拿短枪、脸盘较大的红军走上前，解开了银本草手上的绑绳，还将自己的灰色大衣披在了她的身上。

"小姑娘不要怕，我们是中国工农红军西路军先遣特务连的，我是连长岳红清。"

"红军……红军……"银本草口中不断重复着，将快要冻僵的手放到嘴上不停地哈气，然后又插进袖筒。

"是的，红军！我们是人民群众的队伍，是解救劳苦大众的。"岳连长说着，突然想起来什么，"咦，对了，刚才的那些人是干什么的，他们为什么要绑你。"

"他们说是保安队的，打着专门保护草原的旗号，到处收缴税费，不给就抓人，我阿咪刚才就被他们打死了……"银本草说着，眼眶中又开始闪动起泪花。

"一切强迫、压迫人民的做法都要被推翻，打倒！小姑娘不要哭，泪水是暂时的，我们一定会为你报仇的！"岳连长擦拭了一下银本草的眼泪，又说，"走，我带你去见我们的首长。"

很快，银本草被岳连长带到了前面的一个山坡后。哎呀——坡后的情形完全让银本草惊呆了，将近几百人的红军将士聚集在这里休整，放眼一片瓦灰，点点红旗格外鲜艳。在一面书写有"中国工农红军第四方面军"字样的红旗前，电台声滴滴答答，一张地图被铺在了一个大石头上，旁边几个身披灰色大衣的红军凝神细观。

银本草在这里见到了一位比较瘦弱的首长，岳连长说是徐总指挥。徐总指挥很随和，说话就像自己的阿咪，不过岁数很年轻，看起来不到四十岁。他就像拉家常一样，问了祁连山的大致情况，问了大依马龙草原的地方风俗，问了去临泽和高台的最佳路线。不要小看年少的银本草，也许自小就干大人的活，她其实很是聪慧，知道很多草原上的事情。有些是在阿咪那里听到的，有些是自己亲自掌握的，因为他弟弟就在黑河那边的石窝山下，在尧乎尔人①部族的康隆寺当班弟，她去过好几次呢。尧乎尔人聚集在祁连山北麓的大片草原，他们也信奉藏传佛教，民风淳朴，人心善良。和银本草班达部落毗邻的是尧乎尔大头目家的草原，他们以黑河为界世代和睦相处。那里的石窝山就和大孤山一样，很高很高，犬牙交错。大头目家草原下去，进入平川就到了临泽，再过去就是高台。总指挥听得很认真，不时在地图上标记，还和其他人商讨着什么。

在这里，银本草感受到了红军不是坏人，听到了他们是从山丹沿山走过来的，也看到了他们的艰辛，他们缺少食物，他们有很多伤病员……

---

① 尧乎尔人：裕固族语，裕固族的自称。

白房子黑帐篷／71

三

这几天，大依马龙草原格外热闹。大家都听说了小姑娘银本草带来了红军队伍，而且就住在她家的黑帐篷。班达部落的人们，起初还躲躲闪闪，毕竟他们从没见过这么多的人马，还都带着枪。他们都是抱着试探心理，从侧面打听这支队伍的底细和做法。很快，他们听到了红军不同于马家军的不少传言，说红军战士食宿全部在草棚、树下或寺院外，从来不随意进主人的房子；他们还帮牧民家或寺院砍柴、打水、扫院子。最让大家信服的是，红军首长还亲自拜访了正在转轮寺讲经祈福的青海支扎寺智华大活佛，他们谈得很投缘。临别时，智华大活佛还向红军赠送了两土布拉①炒面和三根长皮绳，说炒面可以路上吃，皮绳可以渡河用。大师将红军首长一行送出寺院门外，还对围观的僧俗百姓说，红军不害人，放心让他们住下，没有害怕的必要！

银本草的黑帐篷俨然成了作战指挥所，牛粪炉烧得通红，奶茶锅冒着热气。徐总指挥等总部人员就住在这里，天天趴在地图上研究路线。电台忙碌着，不时有人向总指挥递上电报，报告情况。

银本草跑进跑出，一会儿往炉子里添牛粪，一会儿给首长们倒茶。遇上红军，她心中已经完全淡忘了爷爷离去的苦痛了，红军答应给她报仇，她坚信这个日子不会太远！

两天后，又来了一支几千人的红军队伍，徐总指挥和这支队伍中一个姓陈的，好像也是一个指挥，进行了一次激烈的争辩。他们说话夹杂着很多方言，银本草根本无法明白。没过多长时间，所有的人马陆续开始出发。银本草在疑惑中不知所措，赶忙跑进帐篷问

---

① 布拉：方言，布袋子。

情况。徐总指挥告诉她，部队得赶快转移，尽快打通临泽和高台。他还不忘给银本草许下的承诺，说她的仇一定会有人清算的。银本草说她愿意带路当向导，总指挥摇了摇头，说她家里还有奶奶，再说一个小女孩，路上的情况谁也说不准，凶险难料。

徐总指挥他们是最后走的。走前他将一匹衰竭不能行走的青马留给了银本草，说红军还会回来的。那天，附近的牧民都来欢送红军将士，班达沟里可谓济济一堂，观者如云……

银本草挽着阿依，伫立在帐篷前的高坡上，泪眼盯着前方如一条灰褐色的长龙一路向西的红军队伍。一些牧民也呼喊着骑马跟着队伍相送——此刻，长风呼啸，马蹄声碎……

那天夜里，班达沟里一片寂静。一轮明月悄然出现在天际，远处黑色的大孤山如一道密不透风的幕布，貌似让冬季的草原在压抑中喘不过气来。

黑帐篷里牛粪炉已经没有白天那么欢实了，但现在还是努力奉献着自己的余温。年老加劳累的阿依正在发出轻轻的鼾声，银本草却怎么也无法入眠，她身体里还是充斥着一种莫名的冲动或兴奋。红军——人民——救星——这些陌生而又与人们息息相关的词语，都是银本草这两天才知道和理解的。人民需要红军，红军离不开人民，银本草想给这支可亲的队伍做点事，她决定要跟上这支队伍。想到这里，银本草的心里一下子变得释然，平静了许多。

突然，帐篷外传来异响，银本草一下子坐了起来，喊了声"谁"。

"老乡，不要害怕，我们是……红军，迷路了。"外面传来虚弱的女声。

"红军！"银本草赶忙点灯，几步跑出了帐篷。月光下，帐篷外站着九个人，有几个相互挽扶着……

帐篷里，银本草这才看清楚，这些都是女红军。看起来一个个身体极度虚弱，蓬头垢面，衣履寒碜，不说话根本看不出是女人。

银本草将炉火加旺，阿依端上了炒面糌粑。几个人你看着我，我看着你，都不敢动手。银本草端过去一碗茶，刚示意吃，她们就迫不及待地抓起来就吃，不时听到有人呛得直咳……

这夜，她们就围坐在暖融融的牛粪炉旁，等待天明。在攀谈中，银本草万万没想到，这些红军女战士里居然还有和她年龄相仿的，有些已经参军几年了。银本草想跟着这支队伍走的心火再次被点燃……

天刚破晓，银本草突然听到了急促的马蹄声，她急忙将红军女战士送进了帐篷后的那片灌木丛中，让她们顺沟一路向西追赶大部队。不一会儿，随着马蹄声的到来，杨三嘶吼的声音也传了过来。

"人呢？你把那些人都藏到哪里去了！"杨三问银本草，他的身旁围满了荷枪实弹的马家兵。

"马连长，前天红军就是被这小丫头带走的，她肯定知道他们的下落。"杨三侧身向一个军官模样的汇报。

"说，他们人呢？"马连长一口河州话问银本草。

"什么他们？我不知道。"银本草回答。

"红军！"

"我不知道什么红军，也没看到。"

马连长望了望四周，大喊道："给我搜！眼睛睁大了仔细搜！"

一时间，四下里到处都是马家兵，其中几个径直走向了帐篷后的灌木丛，银本草的心提到了嗓子眼上，眼睛直直盯着那里……

"报告，这里发现一匹军马，是红军的！"随着一声报告，惊醒了银本草，她看到了那匹青马，那个发现马的兵指着马屁股，跟马连长说着什么。

"说，这匹马是怎么回事？"马连长用马鞭指着青马问。

"这就是我们家的……"

马连长怒道:"胡说,你们家的马怎么会烙有红军军马的印记!"

"这……这是我前天在沟里发现的,就拉来了。我不知道……"银本草万没想到,这匹马的屁股上还有专门印记。

真是一波未平一波又起,想什么就来什么。马的事情还没解决,灌木丛又出问题了,随着几声清脆的枪声,马家兵全部跑向了灌木丛。顷刻间,那里枪声大作……

四

一辆越野车行驶在盛夏的马场滩,这里是石窝山下最美的一片草原,平坦开阔,远处可以看到皑皑雪峰。当年红西路军就是从这里走进了石窝山,召开了那次红西路军历史上至关重要的"石窝会议"。而如今,马场滩已经被当地政府打造成了旅游风景区,一方面是让人们休闲度假,另一方面也是为了记住那段红色的历史。

银本草在红石窝乡党委常书记的陪同下,行进在开满金露梅银露梅的花海里。这种花生长在编麻丛中,当地人称作哈尔夏纳。九排松已经依稀可见,它整齐划一,静静地排列在草坡上,等待太阳的照耀,等待西北风的吹拂……

银本草突然双膝跪地,两手合十,默默注视着那九排祁连青松,口中嘀咕道:"我看到她们了,看到那九个女红军了……"

常书记急问:"女红军?她们后来……"

"全死了,全部被马家兵打死了……她们有的才十来岁啊!"银本草边挥舞着手,边擦着泪水说……

银本草快步跑进了灌木丛中,那些熟悉的面孔已经枕着冬季的祁连山土地睡去。她们虽然着装褴褛，头发凌乱，但脸上依旧平静。那个脸上还充满稚气的小姑娘，双腿好像被打断了，血已经在薄裤上形成了冰渣。她不断哭泣，向前挪动着身体，为每个死去的战友整理乱发，擦拭脸上的血迹。马连长手中的短枪再次响起，打断了还略显稚嫩的哭泣声，小姑娘缓缓倒在了同伴还有一丝暖意的身体上，脸上挂着泪水……

黑河峡谷陡峭狭长，两侧灰褐色的断壁悬崖，恐怕连青羊看见都望而生畏。黑河水冰面如白色的飘带铺满峡谷，在阳光下闪闪发亮，一路向下。一条钢索将峡谷两侧相连，这是"雪鹰"仁青飞越黑河的"天桥"。此时，银本草和仁青就坐在钢索旁的大青石上，他们的身后是大孤山，而前方就是石窝山。银本草眼睛红肿，眼眶浸满泪水……

就在刚才，银本草的阿依被马连长绑在黑帐篷中间粗大的帐房杆子上，然后点燃帐篷，活活烧死了。银本草被杨三死死拉着，歇斯底里的哭吼响彻山谷。后来，随着几声刺耳的鹰唳声，周围的树林里好像快速移动着什么，是人是鬼谁也捉摸不透。啪啪几声枪响，几个马家兵眉心中弹，倒了下去。

"雪鹰……雪鹰，是雪鹰！"杨三面色苍白，极度恐慌。

"什么雪鹰？你倒是说清楚啊！"马连长站在人伙里，质问道。

"雪鹰……草原上的……魔鬼……神出鬼没……"杨三还没说完，一声枪响，他大睁着惊恐的眼睛缓缓倒地。

"撤！"马连长一看情势不对，根本无暇顾及银本草，立马带队跑得无影无踪……

空落落的草地上，银本草就像根孤独的拴马桩，定立在那里，她呆呆地盯着林子，一切仿佛幻觉。印象中仁青好像是从林子里飘落下来的，似落叶，似雄鹰，又恍惚是影子。银本草眼神呆滞，始终没有眨眼，可他步履轻盈，只是一瞬间就出现在了面前……

仁青瘦小，但不失精干。他将那把"汉阳造"立在了大青石旁，站起来指了指眼前的钢索，说："我就是从这儿练出来的，都是他们马家军逼的。你信不信，我现在单手抓锁链，可以飞速穿越黑河峡谷。"

"我信！"银本草丝毫没有犹豫就回答道，她一直盯着仁青的脸，瘦削，黝黑，虽年少，但饱经沧桑。

"你叫啥？"仁青有些不好意思了，赶忙转移话题。

"银本草。"

仁青急问："银本草？你阿爸阿妈曾经给马家军放过马？"

银本草疑惑中点了点头。

仁青看起来很是亢奋，在原地转了几圈，仰望着天空，大声说道："强巴高高①、拉姆嫂子，我找到银本草了，你们可以瞑目了！"

在这里，银本草才真正听到了她阿爸阿妈的确切消息……

大依马龙滩里放养着"张掖王"韩起功的大量军马。他们将马匹分群，每群固定两人看护。军方专门派一个班的士兵驻守这里，几乎天天都要巡查。强巴和拉姆被分到了索南湾，他们支着一顶白色小帐篷，强巴牧马，拉姆做饭，生活其乐融融。仁青是猎户，和强巴一家关系极好，劳动之余，隔三差五套上两个野兔，拿到强巴的帐篷里，拉姆嫂子手底下很麻利，很快会端上一盆兔肉炖土豆。几个人如同一家，有时哥俩还抿上几口水酒，听听拉姆的藏曲。

事情变化是从刘参谋的到来开始的。上面不知道为什么，派来了一个说话阴阳怪气的刘参谋，说是为了保护牧民和军马不受豹狼侵害，决定在这里成立狩猎队。凡是青壮年必须加入，轮流跨越黑河打猎。强巴和仁青理所当然被编了进去。

---

① 强巴高高：藏语，哥哥。

后来慢慢才知道，狩猎队名义上说是保护牧民，实际上主要是给韩起功筹集贡品。他需要大量的上等豹皮和鹿茸，来参拜马家军的首领，号称"西北王"的马步芳。仁青早就发现刘参谋不是个好货色，那双鼠目贼眼老是在拉姆嫂子的身上滚来滚去，心怀鬼胎。

夏季的黑河峡谷，来往仅凭钢索。猎手过河还要考虑监兵，每次都是由猎手双手抓握钢索，然后把腿挂上，再让监兵趴到猎手的肚子上，一点点移过去。为了狩猎，刘参谋可是动了脑子，他每次会派两个猎手，还要跟上两个监督的兵。猎手配备了崭新的"汉阳造"，但子弹是有限制的。他要求监兵到达打猎区域后，每次只给猎手一发子弹，当听到枪声后，再凭弹壳领一颗子弹，这是怕猎手打死监兵逃跑。

那天，仁青和强巴被分到了一组。他们在黑河峡里意外地看到了一头骄傲的雄鹿，在悠闲地领着几头雌鹿散步。这是一头长着十八叉鹿角的雄鹿，那指向天际、硕大的茸叉在太阳下散发着诱人的光芒，同时，也压得雄鹿走路摇摇晃晃。仁青向监兵指了指看到的鹿，监兵很是兴奋，他破例多给了仁青四发子弹，为的是必须拿下这个宝贝。监兵心里十分清楚，刘参谋看到这东西，肯定会高兴，高兴就会有奖赏。作为祖辈靠猎谋生的猎手，仁青没有让监兵失望，他身轻如燕，消失在山白杨里，寻找着有利地形。不一会儿，一声枪响打破了峡谷的宁静。河边的树林里扑啦啦飞出一群鸟，峡里那几头惬意的雌鹿没命地飞奔，根本无暇顾及枕着"宝贝"安详死去的"爷们"。这该死的"叉叉"，最终让雄鹿付出了血的代价。它应该早就想到，这个上天赐予的美丽的东西，虽然让自己有了"身份"，有了同类艳羡的资本，但注定是累赘，是枷锁，是陷阱，蕴藏杀机。面对四处垂涎的目光，它曾经想到了割舍，它曾多次努力在石缝里、林木间用近乎自残的方式，想把这种"美丽"抛开，但没有成功，好像这东西原本就是看护它生命的。结束了，现在一切结束了，它再也不会为每天背着这个沉重的"身份"而烦恼了。拿去吧，该拿的都拿去吧，还是让我静静地在这个大青石上睡一觉吧……

当他们四人兴高采烈地驮着"宝贝"就要回到索南湾时，眼尖的仁青看到不远处蹲坐着几个牵马抽烟的马家兵，强巴抑制不住内心的激动和狂躁，对着白帐篷猛喊了几声拉姆的名字。帐篷布帘被掀开，刘参谋边整理衣服边走了出来，表情尴尬，还故作镇定地梳理了一下头发。当看到马背上的东西，他眼神一下子直了，几步跑了过来，抓住"宝贝"不撒手。仁青和强巴听到了帐篷内的异响，急忙跑进帐篷，里面的情景让他们目瞪口呆……

"拉姆嫂子受辱自杀了。当我们跑出门时，那帮畜牲一个比一个跑得快，你阿爸眼睛通红，想追赶，我怕他追上去也是送死就拦下了。可谁知到了晚上，他还是悄悄跑了。我是第二天才找到他的，已经死了，身上中了好多枪。我把他们两个埋葬后，就一直寻机会报仇。我表面上假装服从他们，再说我给了他们那么大的宝贝，他们也特别需要我这样的人再给他们弄个大家伙。多亏上次他们因为高兴而遗忘的三颗子弹，我再次狩猎的时候，打死了监兵，又马不停蹄赶过去击毙了刘参谋，也算是为你阿爸阿妈报了仇。然后我就进了山，四处流浪。"

黑河峡谷突然来了一丝风，是从东南吹来的风。这风只有家乡有，因为，银本草闻到了班达沟冬日凄凉的味道。她闻着这风的滋味，听着仁青的讲述，将头深埋在双膝间大哭。她的眼中已经流不出泪水了，她的心正在哭泣。

五

1937年3月10日入夜，临泽倪家营西北方二十公里处的三道柳沟，已经遭受第二次重创后的红西路军，正伴着满天的星星，悄然行进着。这些生死突围的指战员们不知道前方是坦途还是崎岖，但他们都知道，等待他们的是白雪覆盖的祁连山。队伍在萧萧寒风中先向东过沙河堡、小河滩、沙井驿，又折向东南到达黑河西岸。此间，红三十军政治部主任李天焕指挥一部在沿河村伏击敌手枪团，遏制马家军尾追的速度。然后又转向西南方向，朝祁连山北麓进山必经之地梨园口疾驰。天刚麻麻亮时，总部及直属部队和红三十军已进入梨园堡。徐向前登上堡楼用望远镜观察方圆十平方公里的地域，只见敌军骑兵已尾随进入梨园口，正沿梨园河两岸狂奔而来。他立即命令红三十军利用梨园河东岸河床坎坡构筑阵地阻击，使敌军不能攻击梨园堡东面和哱啰口右侧。让红九军占领梨园堡西北面的南山梁，居高临下阻击东侧沿西岸上来的敌骑，同时防止从闪佛寺西侧山口进入的敌人。命令刚刚下达，带领军部一行人上山勘察地形的红九军二十四岁的政委陈海松就在半山腰与抢先爬上山脊的敌人打了起来。很快，红三十军也加入阻击战，几个山头全面开战。此时，西路军虽然保持两个军的番号，但实际上每团只剩下二三百人了，很多同志都是带伤作战。红九军兵力已不足千人，军部还有一挺轻机枪和每人三十发子弹，战斗部队大多每支枪只有几发子弹。尽管这样，红九军还是把大部敌人吸引了过来。没有子弹，指战员们高举大刀和敌骑肉搏。激战中陈海松率警卫排的十几名战士先后消灭了几批冲上来的敌人。机枪手牺牲了，他抱起机枪又猛烈扫射，引起了三百米外几个山头上敌人的注意。一时间，敌人几处火力居高临下全部集中射向红九军的这挺轻机枪。一阵扫射后，身中数弹的陈海松倒在血泊之中。这天牺牲的还有二十五师师政委杨朝礼，军政治部宣传部长黄思彦，七十三团团长孙汉言及八十一团团长、政委等中高级指挥员和数百名战士。红九军失利后，总部立即调红三十军八十八师两个团返回接替九军阻击敌人。山下的骑兵师则在梨园河西岸与敌骑来回冲杀。妇女独立团和其他各部队的红军也投入阻击战。下午五时，凶猛的狂风裹挟着青土黄沙向梨园口扑来，不到一刻钟数米之内已难辨人马。敌人停止进攻，徐向前和陈昌浩当即决定乘此机会撤离梨园口进入祁连山。西路军四五千名指战员除留下数十人在梨园堡内阻击掩护外，其余都向堡后集中。李先念政委指挥红三十军战士们排成两行守在哕啰口，保护总部首长和兄弟部队从中间道路上通过，不断有战士被流弹击中倒下。西路军大部队入山后沿梨园河西行至榆木庄，又折向南进入大肋巴沟，于3月12日上午到达马场滩。红三十军留下二百六十三团和二百六十四团阻击尾随的敌骑兵，掩护大部队进入柏树沟。午后，妇女独立团八百多名战士接替红三十军防务继续阻击敌人，战至黄昏大部分壮烈牺牲。次日，红三十军一部和剩余的女战士又在康隆寺周围几个山头阻止敌军围追，总部和其他各部先后经头道沟、漫草沟、寺大隆河谷上了石窝山。此时部队连伤员在内只剩下三千多人……

颠簸的山路就像是颠簸的岁月，让银本草老人浮想联翩。她紧抓着外孙塔克的手，一会儿指着远方左右两座山，一会儿又指着面前的康隆寺，喋喋不休。

"知道吗？前面是东牛毛山，后面是西牛毛山，中间驮着石窝山，当年红西路军就是经过康隆寺去了石窝顶。当时马家军为蛊惑民心，烧毁了康隆寺，然后嫁祸于红军。"银本草长叹一口气，"唉，那么好的一个寺院就被他们毁了，那么多红军战士被他们杀害。还有你岳阿咪，也是在去石窝山的路上差点送了命的……"

康隆寺是祁连山尧乎尔地区最大的藏传佛教格鲁派寺院，始建于清康熙年间。这里夏季草木茂盛，山花争妍，林涧花香鸟语，幽雅清静，山脚下清澈的河水弯弯曲曲泻玉喷银，河对岸林壑崎岖，松柏苍葱，是一块清静极乐之地。寺院坐北向南，依山傍水，金碧辉煌，气势宏大。平日里整天香烟缭绕，鼓钹叮咚，海螺声声。

然而，随着这两天的一场雪，康隆寺的大门再也没有打开过，四周变得一片寂静。无数只麻雀在门前的雪地里努力拨拉着，想找寻一点从前的施舍。几只喜鹊在对面的大树上忙碌地跳上跳下，"喳喳"声此起彼伏，脆响山谷……

一个年少的小班第从门缝里向外张望着，他看到了那些饥肠辘辘的小麻雀，它们肯定在等待寺院的布施。他就是银本草的弟弟桑杰，是一个干杂活的小班弟。他每天会按照寺院管家的安排，按时在寺院门口抛撒五谷，让普天下的有缘众生感受佛的惠泽。可是，最近听说这里来了红军，管家要求紧闭寺门，任何人不得进出。这都几天了，四周没有任何动静，哪来的红军？

管家看到门旁的桑杰，摇了摇头，说："桑杰，去吧，把门前的雪扫一下，然后布施吧，佛祖保佑！"

桑杰哎了一声，就像个脱缰的小马驹，端个小盆，连蹦带跳出了寺门。麻雀呼的一下飞上了树梢，蹿上蹿下，叽叽喳喳，眼睛始终盯着地面。桑杰先用扫帚扫出了一块空地，撒上五谷，然后开始扫其他地方的雪。麻雀争先恐后飞落下来，欢快悠然地啄食，不时回头望望忙碌的桑杰。

桑杰发现红军队伍是在打水的时候。当时，桑杰刚刚扫完门前的雪，脸色红扑，头冒热气。管家给了他一个煮鸡蛋，然后递给他一个牛皮桶。桑杰边剥着鸡蛋，边提着牛皮桶走向寺院旁边的河谷。

这条沟叫塔尔沟，上游的大草滩河分分汊汊，到这条沟的时候只是一条小溪了，现在已经结上了厚厚的冰壳。

桑杰将最后一口鸡蛋塞到小嘴里，走到经常打水的冰窝，找了一块石头，开始吃力破冰。突然，前面有异响，桑杰看到冰面上走来两个身着灰色衣服的人，还背着枪，他赶忙往回跑。

"小孩子，莫怕，我们是红军。"红军挥手喊着，满面笑容。

桑杰停下来，回头望着。他看到那两个红军战士，拿起了石头，几下就砸开了冰，将牛皮桶盛好水，放到旁边，然后又挥了挥手，指了下水桶，就回头走向对岸崖下稀疏的灌木林里。桑杰依然心怀志忑，缓缓走到牛皮桶前。此时他才发现，对岸的灌木林里有很多红军，还有马匹。他们有的依偎在一起烤火，有的干脆躺在地上休息，还有很多受伤的人，顺崖一长溜子。桑杰惊慌中提起水桶一路小跑进了寺院，还不等喘息，就将看到的情况一五一十告诉了管家。管家急忙牵马出寺，他要将情况尽快报告给大头目……

六

暮色降临，天阴沉沉的，西方大块大块的乌云，把天空压得很低很低，几乎分不清哪是天哪是地。迎面的寒风，呼呼地吹着，掀起坡根的碎雪，扫打着银本草和仁青冻紫的脸面。他们鞍马劳顿，从黑河东边一路向西，终于走进了塔尔沟。走出前方的沟口，应该就是康隆寺了。银本草挥鞭敲了一下马鞍，她想快快赶过去，让冻麻的身体得到温暖，更重要的是，想见到弟弟桑杰。

"快看，火……"就要穿过沟口，仁青大喊了起来。银本草紧赶两步，前方一片通红，火光整个照亮了布满乌云的天空，那里正是康隆寺的方向。两匹马不约而同疾驰而去……

当银本草他们赶到寺院前面时，燠天炽地，热浪滚滚，大经堂三层高的歇山式金顶在火焰中若隐若现，慢慢融化；熊熊烈火肆无忌惮地扩张着它的爪牙，爬向周围八十一间不同风格、依山而建的居巴扎仓和措钦扎仓。此时塔尔沟弥漫着浓浓的烟雾，人声嘈杂，四周牧民们不断赶来，到处可以看到忙碌救火的人，包括银本草和仁青。

几天来，银本草始终没有看到桑杰的身影。问那些灰头土脸、正在忙着从废墟里整理东西的僧侣们，都说没有看到；问管家，也说不知道，她开始担心起来。更让她难以相信的事随之而来，不知道怎么传过来的，草原上牧民都说火烧康隆寺是红军所为，很多牧民涌到残破的寺院前想知道事情始末。他们群情激奋，背着土枪，提着长刀，大喊着让大头目做主，惩办凶手。其间有一个尖头长脸之人已经将袖揎拳，挥舞着叉子枪，说要即刻追杀"红汉人"。

大头目抬头望着大家，思忖了片刻，说："凡事还是要谨小慎微，我不想让我们的草原遭受战火纷争，寺院没有了可以重建，家园没有了我们怎么生活？大家都散去吧……"

"可我们不能就这样放过红汉人啊！"管家说。

"对！他们烧了我们的寺院，我们不能就此罢手！"刚才挥拳的尖头长脸之人又大喊道，"走！大家跟我走，绝不能饶过那些红汉人……"

"等等！"随着洪大的声音，从侧面走上来几个红军，还带着面色憔悴、衣衫不整的桑杰。

"岳连长！"银本草不由得叫了一声。她看到了上来的红军中领头的正是从杨三手里解救自己的红军先遣特务连连长岳红清，那张大脸虽然有点脏，但她再熟悉不过。

岳连长循声望了一眼人群中的银本草，走到大头目前，双手合什做欠身礼，大头目起身还礼。

岳连长转身面向人群，大声说："大家不要被坏人的阴谋蒙蔽了双眼，你们有谁亲眼看到火是红军放的？红军是来保护贫苦人民的，怎么可能无缘无故毁坏寺院呢！再说，红军有政策，尊重民众信仰，不干扰百姓正常生活。你们也听说了，他们经过这里时露宿林谷，就没有进驻过寺院。而且这里起火前他们早就已经离开了……"

"说得也是……"

"对啊，红军是已经走了……"人群里开始议论起来。

尖头长脸之人看了看四周，冲岳连长大声问道："你说这火不是红军放的，那是谁放的？"

"对，对，谁放的？"人群里又大吼起来。

"这个还是让桑杰小班第告诉大家吧。"岳连长将桑杰拉到了前面。

可桑杰望一下人群里的尖头长脸之人，又望一下管家，唯唯诺诺，就是不敢说话。银本草看此情形，几步走上去，抚摸了一下弟弟的头，又拉着他的手，看着大头目说："努义①，有大头目给你做主，你放心说！"

大头目微笑着点了点头。

"是……是……管家让我放的火，他……还让我放完就……跑，不要回来……"桑杰虽然声音很小，但这里的每个人都听到了，而且听得清清楚楚。

大头目望着管家，脸色铁青。

"是他……"管家惊慌失措，手指着刚才尖头长脸之人站的地方，可此人早已经不见踪迹。管家擦了一下汗，"是马家军派人逼我做的，说嫁祸红军，挑起事端，制造矛盾，让红军无处……"

---

① 努义：藏语，弟弟。

"你！"大头目虽言无语，众人齐声惊呼。

"打死这只披着羊皮的狼！"下面的群众叫嚷着，一下涌上来。

大头目赶忙举起双手连连摆动，叫大家不要嚷。停了一会儿他才说道："这样吧，咱们先想办法把寺院修复起来。好汉不吃眼前亏，现在我们还惹不过马家军，以后一定会算这笔账！"

姐弟团圆有诉不完的话语。这一夜，他俩全无睡意，依偎在寺院还有一丝暖意的断壁残垣下，互诉自己的经历和辛酸，或喜悦，或悲伤。当银本草说到阿爸阿妈被马家军杀害时，桑杰本来就"高原红"的脸庞更加通红。他牙齿咬得吱吱作响，挥舞着小拳，几步跳到岳连长面前，非要参加红军。岳连长看到小孩子不依不饶，就随口说先跟上吧。他看到桑杰耳朵冻得像个红纸片，还将自己的棉帽扣在了桑杰头上。桑杰笑了，银本草笑了，连岳连长和战友们也笑了。他们面前站着身着僧袍，头戴灰色军帽的桑杰，这装束格外奇特，由不得不笑……

蓦地，远处传来几声清脆的枪声，还伴着急促的马蹄声。仁青疾步跑上来，说马家军的搜山队又上来了，还打死了几个走散的红军战士。岳连长带着大家匆忙向石窝山的方向转移……

七

1937年3月14日正午，祁连山有了久违的阳光。远处披着积雪的群山，貌似一个个被打得遍体鳞伤的巨人，身上白一块，青一块，紫一块，红一块。石窝山顶就在眼前，一侧光秃秃而又平缓，一侧是悬崖峭壁，崖下堆积着嶙峋乱石。

此时天空瓦蓝瓦蓝，没有一丝风，一轮淡淡的白色月亮高挂在天的尽头，格外清晰。

"明月出天山，苍茫云海间。"徐总指挥伫立前沿指挥所，望着明月，内心不由得感慨伤楚。是啊，从梨园口退守祁连山石窝山顶，才仅仅几天，可西路军遭受到了前所未有的考验，说经历劫难一点都不为过。暂且可以忽略不计环境的极度艰苦，单单马家军一拨跟一拨、近乎疯狂的追杀就使本来就势单力薄的红军遭到重创。一路上，凶残的马家军已经杀红了眼，漫山遍野都是由青、白、红、杂色组成的四个骑兵营。狂啸的战马掀起的尘雾漫卷祁连山谷，明晃晃的战刀泛着森森冷光，疯狂的喊杀叫嚣声撕心裂肺。时下汇总的情报是，担任掩护任务的红三十军二百六十五团全团覆没，二百六十七团也遭受很大损失。西路军供给部部长郑义斋下落不明，八十八师政治部主任张卿云等十多名团以上干部牺牲。

"你们现在处于特殊情况之下，已不是用一般方法就能解决问题的，必须立即采取特种方法，达到保存一部分力量之目的。因此我们向你们提出下列方案，请你们考虑决定一种：率现存之三团人员向外蒙冲去；率现存之三团人员打游击战争。"徐总指挥的脑海中中央军委致西路军电文内容挥之不去，该是做最后决断的时刻了！稍前已经得到通信员的报告了，陈昌浩政委通知师团以上干部今晚在石窝山顶召开军政委员会议。这次会议将有可能决定西路军的命运，徐总指挥仰天长叹了一口气……

郑义斋此时正率领十余名战士大步流星地行进在去往石窝山顶总指挥部的路上。早上，他已经接到参加军政委员会议的通知了，作为红西路军军政委员会委员、总供给部部长的他管理着西路军仅有的资产。临出发前，他已经估计到形势将会更加恶劣，路途凶险，便将总供给部分散保存的金子、银元集中起来，让妻子杨文局用针线缝牢，打算在参加会议时交给总部，作为将要回延安的同志的路费。

然而，还没走多远，就被尾追的敌人包围起来。郑义斋沉着应战，边打边指挥战士们向山坡上撤。枪声引来了更多增援的敌人，进攻一次比一次凶猛，包围圈越缩越小，身边的战士一个个倒下。此时，他的腿已经被敌人的子弹打断，警卫员奋力将他拖到了山坡后……

郑义斋将经费交到警卫员手中，让他骑马突围，务必将东西送到总指挥部。可警卫员就是不走，正当两人推搡之时，旁边枪声大作。郑义斋抬头看到，岳连长带人边打边冲了过来。仁青的枪法实在了得，枪枪毙敌，压得敌人被迫后退。岳连长带着银本草和桑杰赶到了郑义斋的身边。简单交流后，郑义斋还是提出让警卫员突围送经费，可警卫员早已经跑到仁青旁，一起战斗。郑义斋心急如焚，又无可奈何，沮丧中使劲拍打着已经无法行走的双腿。银本草也是看在心里，茫无头绪干着急。她望了一眼不远处的仁青，又环视了一遍远处随处可见，佝偻着身子不断涌来的马家军。突然，她在人群中发现了在康隆寺前捋袖揎拳、大呼小叫的尖头长脸之人。他身着黄军装，手挥盒子枪，指挥马家军前行。

仇恨一下子充斥着银本草的躯体，她几步跑到仁青身边，指了指侧前方的"尖头长脸"。仁青顿悟，掉转枪口，屏声息气——一声枪响，"尖头长脸"瞬间毙命……

此时，焦急万分的岳连长一把将银本草拉回来。

"你们骑马如何？"看着银本草姐弟俩，岳连长问道。

"我们生活在草原，就是马背上长大的。"银本草回答时有些惊诧。

"好，就你们俩了。"岳连长一把将经费袋塞到银本草的手中，"立即骑上马赶到石窝顶，将东西务必交给徐总指挥！"

银本草还想说什么，早已经被岳连长托上了马背。他顺手在马屁股上一巴掌，两匹马瞬间疾驰而去……

激战持续了近一个小时，时年三十六岁的郑义斋在石窝山上为保护党的财产，献出了宝贵的生命。正是依靠这些黄金，徐向前、陈昌浩、王树声等总部首长安全返回陕北，李先念、李卓然、李特、程世才等率领西路军余部西进新疆。

夕阳西下，万籁俱寂的石窝山顶，天空渐渐暗淡了下来。北极星慢慢凸显，似宝石般镶嵌天际，发出耀眼的光亮，仿佛是浩瀚的太空有人打开了通向光明的灯光。

徐总指挥望着参加会议的人员，内心不由得伤感。按要求由师团以上干部参加的会议，如今只剩下二三十人，屈指可数。他看了陈昌浩政委一眼，陈政委也表情凝重。这些所剩无几的师以上干部，平时在战场上顽强得像钢铁一般的汉子，此时却一个望着一个，眼圈发红，眼眶噙满泪水……

会议正要开始，警卫员带着风风火火的银本草姐弟俩上来。捧着银本草递上来的经费袋，总指挥急忙问郑义斋的近况。银本草说腿部受伤严重，被马家军团团包围。总指挥低沉着头，挥手示意让警卫员把姐弟俩带下休息。他内心深知，西路军的总供给部部长凶多吉少，可能已经阴阳相隔了。

在陈昌浩政委的主持下，石窝山顶上召开了中国工农红军西路军历史上决定命运的重要会议——石窝会议。会议传达了中央指示后认为，西路军团以上干部牺牲较多，战斗部队加上后勤人员共剩余三千多人，必须设法保存骨干。会议作出三项决定：一是徐向前和陈昌浩离开部队回陕北向党中央汇报；二是成立西路军工作委员会，由李卓然、李先念、李特、曾传六、王树声、程世才、黄超、熊国炳八人组成，李先念和李卓然分别负责军事指挥与政治领导；

三是将现有人员编为三个支队，就地分散游击。随后，西路军工作委员会决定由骑兵师政委张荣率特务团一部、伤病员、妇女团余部及总部干部一千余人，带枪百余条，为干部支队，就地坚持游击战；副总指挥王树声带九军余部和两个骑兵连约七百余人为右支队，到右翼大山打游击；李先念率领红三十军剩余五个营约一千五百余人为左支队，到左翼大山打游击。西路军工作委员会随左支队行动。

此时，银本草心急如焚，坐立不安，心里时刻惦念着仁青他们的安危。不过还好，不一会儿，仁青在几个战士搀扶下跌跌撞撞来到了银本草的面前。看到满身血迹的仁青，银本草哭了，她以为仁青身负重伤。可仁青笑着告诉她，他没事，衣服上的血是岳连长留下的。郑义斋和所有留下的红军全部阵亡，岳连长身受重伤，仁青拼死将他背了出来，现在已安全藏匿在大夹沟，就在上次和银本草躲避风雪的石洞里。

当晚，伴着满天繁星，三个支队的战士眼含泪水，互相道别，三步一回头，从东南方的架鸡儿岭分路突围。仁青作为向导，加入干部支队同行；银本草姐弟俩留了下来，他们要照料重伤的岳连长……

八

这是祁连山深处的一个小山城。这里四周群山环抱，蓝天、白云相辉映，远处雪山、松林清晰可见，清爽的空气沁人心脾。雪水融化后形成的三条河在此交汇，将山城分割为四个板块，形成一个较为宽阔的不规则"X"形河谷小盆地。这里因过去有一座禅定法旺寺背倚红色山壁建造，故称"红湾寺"。自治县成立之前，红湾寺和康隆寺不分上下，都是裕固族的大寺。如今，这里叫红湾寺镇，已经成为了裕固族自治县的政治、经济和文化中心。

当年，红西路军在石窝顶召开了"石窝会议"后，那里便被当地群众称作"红石窝"，后来也就有了裕固族自治县的基层政权——红石窝村和红石窝乡。

八十年代后期，这个祁连山下的小县城，为了缅怀红西路军先烈，表达对红西路军的敬慕之情，在县城红湾寺镇旁边幽静的松树林里，建起了一座高大的红西路军纪念塔。在随后举行的隆重的落成典礼上，银本草见到了特意从成都请来的军队离休高级干部陈明义同志。

银本草向面前这位当年红西路军总部警卫参谋提起了岳红清，陈老居然记忆犹新，用四川话直问：岳大头？是不是那个岳大头啊……银本草流泪了，她将已经不能行走的岳红清用轮椅推到了陈老面前，两位老人激动不已，痛哭流涕。陈老颇感意外的是，岳红清和银本草居然成为了患难夫妻。随后，银本草向陈老细数当年"石窝会议"后发生的事情……

银本草姐弟俩和仁青分手后，马不停蹄地赶到了大夹沟的石洞里，找到了身负重伤的岳连长。那时候，山上到处是马家军的巡山队，只要和红军有牵连的，都将被诛灭。他们不仅要躲避马家军，还要抽空采草药，到牧民家讨食物。几天后，银本草得到了噩耗，说仁青在老虎沟战役中被保长杨应昌找来的神枪手于浩渊射杀。银本草拿到了仁青留下的遗物，其中有一枚金质五星奖章。可惜的是，银本草后来怕马家军发现，将它藏在了大夹沟的一个石缝里。岳红清伤愈后，为了不引起马家军的怀疑，便和银本草在红石窝成了家。不久，在大头目的资助和倡议下，康隆寺新建落成，银本草的弟弟桑杰成为寺院新管家……

"那个五星奖章呢?"陈老急问,看起来他很关心这个奖章。

"解放后,我去找过,可再也没有找到。"银本草回答。

"唉,这个奖章是我突围时留下的。这还是徐总指挥和我分手时,留给我的。他还特意告诉我,这是当年红军一方面军和四方面军胜利会师后,在政治局会议上,徐总指挥向党中央汇报了红四方面军撤离鄂豫皖根据地和开辟川陕根据地的经过。党中央高度肯定了红四方面军的成就。也就在那次会议上,毛泽东代表中华苏维埃共和国临时中央政府将这枚五星奖章授予徐向前,以表彰他在建军和创建红色根据地过程中做出的巨大贡献。徐总指挥非常珍惜这枚奖章,一直珍藏在身上。石窝会议结束后的生离死别时刻,首长却把它交给了我,让我留作纪念。可是,我辜负了首长的期望,没能保管好……"陈老脸色沮丧,眼泪忍不住流下来。

银本草看着陈老的泪水,内心感到万分愧疚。她说:"首长放心,我回去后马上组织大家寻找,保证给首长一个满意的答复。"

"我谢谢你们!谢谢你们!"陈老颤抖着,恭恭敬敬地行了一个军礼。

天亮了,石窝顶一下子变得空旷寂静,渺无人踪。马家军的青、白、红、杂四个骑兵营,密密麻麻围了上去。然而,到达山顶后,看到的是片片狼藉……到处是砸烂的重型武器,还有破烂被褥。山风舞动片片黑色纸灰,上下起伏。马家军惊愕地望着四周空落落的山谷——他们怎么也想不通,被围得水泄不通的红军,一夜之间消失得无影无踪……

冰雪覆盖下的隆畅河,似一条长长的白色哈达,静静地从红湾寺门前的杨树林里穿过。最近,时常有零星的马家军骚扰寺院,导致寺院里香火寥寥。今天,僧人们几乎都看到了,隆畅河对面的杨树林里突然出现了一队人马。他们穿着破烂不堪的衣服,拉着骨瘦如柴的马匹，缓缓向南迤逦前行。他们不会想到，这就是马家军所要剿灭的红军，是从石窝山突围出来的红西路军干部支队。仁青带着他们翻山越岭，多次遭遇马家军的阻截，一路向南艰辛走来。这个时候的干部支队已经兵困马乏，食物短缺，人员加上伤员不足五百人……

仁青用熟练的藏语向红湾寺管家讨要了一些食物。当他赶到老虎沟时，部队已经在这里休整。随干部支队同行的西路军工委委员熊国炳脸上布满疲惫和忧虑。他上前紧紧握了一下仁青的双手，眼神充满感激。老虎沟距离红湾寺以南不足二十里路，不知道是河水，还是泉水，在前方形成了一个大面积的扇形冰面，后面是齐刷刷的石崖。熊国炳要求总后营吴营长在两边石台的制高点上各架起一挺机枪把守，居高临下，严密封锁。可以说，这里一夫当关万夫莫开，是一块难得的战略地势。

仅仅过了不长时间，绰号"鞑老五"的马家军马忠义旅长亲自率领一个团的骑兵围攻老虎沟。但是，因为地势，加上光溜溜的冰滩，马家军进攻多次受阻，损失惨重，只好败退到红湾寺。

傍晚，马忠义走进了隆畅河下游的白庄子清真寺。这里居住着几户亲属相连的鲁姓回民，基本都是从口外的高台迁移过来的。不久前，高台城被红军占领后，富商杨应昌带着杀子之仇，专门赶来投奔白庄子清真寺鲁阿訇。鲁阿訇看在多年交情的分上，给了他一个保长。今天，看到马忠义在老虎沟吃了大亏，杨应昌便自告奋勇，给马忠义示好，还将马忠义带到了鲁阿訇面前，商议对策。很快，杨应昌的计划得到了马忠义的赏识，他们找来了白庄子猎手于浩渊，还乘夜拉来了大量的羊粪和黑炭，偷偷撒在冰滩上；马蹄也全部包上了牛皮。骑兵每人一支马枪、一把马刀、一把盒子枪，戴着狐皮帽，穿着马靴和大皮袄，随时作好冲锋准备。

那夜，仁青完全没有睡意。他望着天上的北斗星，脑海里浮现出银本草的身影。谁也不知道，往后的路是白是黑，还能不能相见。他从怀里拿出了一枚五星奖章，久久抚摸，在月色里发出闪闪亮光。旁边警卫班的战士看到后，问起奖章的来历。仁青笑了笑，说是上次在白大坂遭遇马家军时，一位陈参谋托他保管的。还说，这是毛主席亲手奖给徐总指挥的奖章。战士们一听毛主席，纷纷围上来传看。最后，仁青将它小心放回怀里，还一本正经地跟战士们说，如果他死了，请活着出去的人务必将它交给石窝山下的银本草……

天麻麻亮，马家军再次发起进攻。两挺石台上的机枪喷着火舌，压制着前面黑压压的骑兵。突然，机枪没了声音，冰滩上的马匹鼻孔里喷着热气，凭着蹄子上的牛皮，如履平地，飞驰而来。此时，猎手于浩渊早已悄然埋伏在山顶，他很清楚地看到了藏匿于石崖下，正在一枪一枪打马家骑兵的仁青。于浩渊刚才很轻松地射杀了两个红军机枪手，现在他的枪口又指向了完全没有防备的仁青。"啪"一声清脆的枪响之后，仁青瞬间倒下……

据史料记载：3月20日老虎沟战役中，有一百多名红军指战员壮烈牺牲，六十多名红军被俘。

三天后，鞑老五又在白泉门围剿战中俘获红军九十多名，共一百五十多名，派兵连夜送往张掖，被韩启功活埋。

杨应昌还大肆宣传说"消灭了红军，地方才能平安无事，应当慰劳军队"，遂强迫少数民族分摊牛羊六十头，献与鞑老五部队，以示"慰劳"。杨应昌因效忠鞑老五"有功"，奖给马一匹，骡子两头。

3月21日，从老虎沟突围出来的熊国炳带着六名警卫班战士沿着摆浪河向北行，准备找个庄户人家隐蔽起来，治疗脚伤，走不多远，又与二十多名搜山的鞑老五骑兵相遇，他立即指挥六名战士抢占有利地形，消灭了三四个敌人。经过一阵激战，敌人发现他们人数不多，便像饿狼一般冲杀过来。为了掩护战友，熊国炳举着手榴弹，让其他战士向隐蔽处撤退，当敌人冲到离他不远时，他扔出两颗手榴弹，炸死了七八个敌人。五名战友安全转移了，他和警卫员小王被俘。熊国炳被俘虏后不久便化装作伙夫脱离了险境，沿途乞讨到达酒泉，后一直隐姓埋名，1949 年以后曾返回故乡，1960 年在病饿交加中离世。

九

1959 年 12 月 24 日，祁连山区突降了一场大雪，漫天鹅毛。老虎沟银装素裹，出奇静逸。银本草一家来到了当年发生老虎沟战役的山崖下，祭奠长眠在这里的仁青。他们刚刚作为亲属代表旁听了肃南裕固族自治县人民法院的审判大会，亲眼目睹了枪杀仁青的于浩渊被判处极刑。此前的 6 月 10 日，高台县人民法院已经召开了审判大会，让捕杀红军的杨应昌得到了应有的惩罚。

银本草蹲在雪地上，从褡裢里拿出干柏枝，精心堆放在雪地上，然后跪下来缓缓点燃。伴着柏枝的噼啪声响，橘红色的火苗开始升腾。一把一把的酥油青稞拌面被抛向火焰，袅袅桑烟像是大地的魂魄，缭绕升腾，在大块的雪花夹缝里，聚散游弋。他们奋力向天空抛撒"龙达"，彩色纸片上下飞舞，似一个个逝去的亡灵，久久不愿落地。身后的窗棂式赤色崖壁，此时在层层白雪的衬托下，变得条条猩红。

"仁青……仁青……"银本草在桑烟里声声呼叫，寒蝉凄切，回荡山谷，让人耳不忍闻。顷刻间，崖壁上的落雪，大块大块坠下，砸向地面……

二十世纪末，我从部队转业回到了家乡。世纪之交，家乡已经出现了翻天覆地的变化，人民生活丰足。县城红湾寺镇到处是林立的高楼，街道宽畅。远处常年不化的雪山，依旧皑皑清晰。不过雪线明显上升，面积大不如从前。

我被分配到了民政局，主要负责建立红西路军纪念馆。为了收集资料，我几乎跑遍了祁连山区，寻访流落红军和家属。我俨然成为了银本草家的常客，时不时过去聊聊。

随着"西部大开发"战略的实施，祁连山被定位于水源涵养区，政府部门建立了祁连山国家级自然保护区，开始着力休养生息。红石窝牧区作为祁连山的核心区域，正式实行草原休牧、轮牧和禁牧。那年，银本草从深山里走了出来，在县城住进了政府专门为搬迁户修建的安居房里，开始"楼上楼下，电灯电话"的新生活。

银本草的丈夫岳红清已经去世好几年了。自从来到石窝山后，他成为了当年红石窝生产队的管理员。因为对集体财产管理的极度严格和细心，所以被当地群众称为"红管家"。年老退职后，又钟情于植树，一有时间就挥锹种树，房前屋后的山坡上留下片片绿色。因此，他晚年又得了个"植树迷"称呼。此事还受到省绿化委的表彰哩。

对于银本草老人，我还是心怀内疚的。她去世后的一段时间，我常常夜不能寐，不知道是自责还是疏于襄助，难以理明。那年，红西路军纪念馆已经大功告成了，开馆仪式即将举行。玻璃柜里满满当当放着几经周折收集来的实物，墙上挂满了反映红西路军在祁连山里的图片。我又一次看到了银本草的照片，她的眼神是那样的和蔼慈祥。我忙着整理参加仪式的名单，其中就有银本草的名字。突然，有人告诉我说，外面有人在找我。我放下手头的工作，走了出去。

来人是银本草老人的外孙塔克。他憔悴的脸上挂着些许焦虑。他说，外婆不行了，已经几天没有进食，看来熬不了多长时间。她身体虽然很是虚弱，但一直惦念那个五星奖章。她的房间里，只要进去人，她就问奖章找到了没有。塔克说外婆的心已经走了，只是那个五星奖章在支撑着她的生命。她太可怜了，看得人心酸，问我有什么好的办法。

我想了一会儿，突然想到了我在部队得过一块铜质奖牌，也是五星的。就说可不可以用这个代替那个五星奖章，也算是目前唯一的权宜之计。塔克连忙附和，看起来很是兴奋，抓住我的手，很是感谢。

很快，我拿着我压箱底的铜质奖章，来到了银本草老人的身边。看到我，老人湿润而又呆滞的眼睛一下子流露出一种说不出的光彩，精神似乎也随之振奋。

我将铜质奖章放到了她的手掌。这是一双历经磨难的手，干瘪，近乎枯干，布满褶皱和黑斑。这手不停地抚摸着奖章，看起来颤抖无力，完全失去了灵巧。

老人此时的想法，谁也猜不出。大家都没有说话，房子里静得出奇，唯一听到的是老人最后的喘气声——越来越大，越来越急促；然后，又越来越长，越来越小，直至结束……

银本草最后还是没有等到红西路军纪念馆的开馆。老人走了，就像祁连山上飘动的雪花，悄无声息。她要见那些熟悉的伙伴了——无拘无束的仁青，相伴多年的岳红清，还有那些长眠祁连山、永远没有留下名字的红军战士……

银本草老人一路走好！红色精神永存！

白风驹

阿尔可草原静卧在祁连山粗大而充满父爱的臂膀里，显得坦然无惧。

天空瓦蓝瓦蓝。萨尔大叔仍背着他那把只有单叉的叉子枪，骑着那匹令草原人垂涎三尺的白风驹，出现在阿尔可草原，同样，那颤抖的男中音仍伴着他：

> 有一个故事
> 总拨动着我的琴弦
> 那可爱的阿尔可王国公主
> 再也没有走来
> 消失在雪域高原
> ……

> 我骑着白马
> 穿行于层层山峦
> 我可爱的阿尔可公主啊
> 别再让我流浪
> 请回到我的身边
> ……

"呜——呜",一声长长的狼嚎,打断了萨尔大叔的歌声。望着这片青草茂绿、被牧人们称为"野狼谷"的空阔山谷,萨尔大叔的心中骤然间产生了一种失落感……

　　那年冬天,草原上覆盖了一层不薄的白雪。那呼救声就是从"野狼谷"传来的,萨尔大叔右手一挥,白风驹飞一般奔去……

　　声音是一位身着裕固族服装的姑娘发出的。八匹红眼狼在姑娘的四周游弋着,身后的一匹老狼已将前爪搭在了瘫软的姑娘肩上……

　　萨尔大叔怒吼着扑了上去。白风驹似风一样在野狼中穿梭……少顷,姑娘四周留下了八具狼尸。萨尔大叔手提沾满血迹的叉子枪端坐在满身红点的白风驹上。叉子枪的弯月叉就是此时被折断的。

　　姑娘蜷曲在雪地上,寒冷将她流出的泪水制成冰渣贴在她冻青的两颊。萨尔大叔跳下马,用布满狼血的大手为姑娘拭去冰渣,并将身上那件散发着淡淡酒味的褐色皮袄披在了姑娘的身上。一缕寒风使萨尔大叔打了个冷战,他随手从怀里掏出一个铝制酒壶,猛喝了一口,继而,将酒壶递给了姑娘。姑娘微笑了一下,接过酒壶,抿了一口……

　　从这天起,不知为什么,"野狼谷"中游弋觅食的狼只要看见白风驹,便远远躲开。白风驹被神话般地捧了起来,阿尔可草原人的话题中自然少不了白风驹和流浪汉萨尔,但关注的焦点还是白风驹。

　　"野狼谷"成了萨尔大叔和那位姑娘相会时无拘无束的领地。笑声在悚人的"野狼谷"上空久久回荡……

　　"咯咯……你叫什么?"

　　"他们都叫我萨尔大叔。"

"咯咯……天上的萨尔①。可……他们为什么叫你'大叔'？"

"这……我也不太清楚。也许是我常年在草原上流浪，风吹日晒，老相的缘故吧。"

其实，萨尔并不老，还没步入而立之年，只是脸色黑溜，留着络腮胡，还有那件从未换过的褐色皮袄，总让人觉得有点老气，所以见过他的牧人都称他"萨尔大叔"。

"那你没有家？你的父母……"姑娘问。

"我不知道，更没见过我的父母。我懂事时，陪伴我的只有一个疯扯扯的舅舅，还有一匹老马和一匹白马驹，四处流浪……"萨尔大叔抬头望着"野狼谷"上空的白云，极力控制着眼眶中涌动的泪花。"三年前，那场大雪夺走了疯舅舅的生命。他还没来得及告诉我谁是我的父母，便走了。他的手一直指着天空，仿佛在寓示着什么。"

萨尔大叔悲惨的过去，似乎凝固了这片空间，四周变得一片寂静。

"咦，你叫什么？"短暂的寂静后，萨尔问道。

"我……姓安，叫艾邓②。"

"月亮，这名字好，和你……一样美。"

艾邓低头不语。

"安姓，可是阿尔可草原上的大户啊！"

艾邓仍低头不语。

其实，萨尔大叔的疑虑不是没有道理的。安姓是阿尔可草原上的头姓，安什加便是这片草原的头领，是裕固人民的顶格尔汗。萨尔大叔只身一人，无依无靠，作为标准的流浪人，是不可能娶到皇亲国戚的。然而，世界偏偏巧劲儿，艾邓是安什加的女儿。这是艾

---

① 萨尔：裕固语雄鹰之意，这里指人名。

② 艾邓：裕固语月亮之意，这里指人名。

邓有一天哭着告诉他的，她同时告诉萨尔，安什加起先并没有怎么生气，只是让女儿遵循族规，要考虑产生的后果。但是，当听到那匹大白马和疯舅舅时，他沉默了，最后大发雷霆，坚决反对他俩在一起……

萨尔大叔是大吼着离开"野狼谷"的。他在他的小窝里整整喝了五天酒。直到有人告诉他，"野狼谷"又死了人，还是安什加的女儿时，他才晃悠着骑上白马，向"野狼谷"奔去……

"野狼谷"正在举行草原上盛大的送尸仪式。艾邓布满伤痕的身躯，被包上白布，平放在精心搭起的柴堆上。安什加紧绷着铁青的脸，站在族人和喇嘛之中，轻轻挥了挥手，顿时，尸首下燃起了熊熊大火……

萨尔大叔口中凄惨地吼着，踉跄着跪在了火堆旁边。白风驹似有灵性一样围着火堆转悠着。萨尔大叔的哭声糅在噼啪直叫的干柴声中，好像在向无情的"野狼谷"诉说着什么……

萨尔大叔从怀中拿出了那只酒壶，凝神看了一会儿，狠劲扔进了大火中。此时，安什加才眨了下眼，冲萨尔慢吞吞地说：

"你……就是流浪汉萨尔？"

萨尔大叔也是此刻才想到了安什加的存在。他不由得怒容满面，瞪着无光泽的大眼，大吼道："我就是萨尔！我就是经常和艾邓在一起的萨尔！"

安什加仍死沉着脸，好像萨尔的话压根儿就没引起他的兴趣。

凝视了片刻，安什加的眼睛转向了白风驹。

"这马是你的？它可真像当年我讨伐叛军时骑的那匹老白马啊！"安什加的眼中似乎有了一点泪花。

"混蛋！你不配做阿尔可的顶格尔汗……"萨尔大叔一声声地大吼着。

"萨尔，你长大了。你不该找艾邓，你的疯舅舅也不该不把事情告诉你就走。你的命苦，等我将来归天时，我会告诉你一切的。同时，也许会考虑让你坐这个位子。但是，你听着，'野狼谷'南坡有两个坟堆，是你的父亲和母亲，去给他们烧个纸吧！"

萨尔大叔的爱就此夭折了。他将疯舅舅的尸骨迁到父母亲墓旁后，骑着白风驹，似一匹孤狼，日复一日地巡行在空旷的"野狼谷"，"野狼谷"也终于有了平静的两年。

走在这片厚厚的绿色草原上，萨尔大叔空荡荡的心中，多少有些安慰感，也许，这里才能找到父母亲的身影，同时有种和艾邓在一起的感觉。孤独的萨尔大叔心中"野狼谷"已变得格外亲切。

躺在厚实的绿草上，萨尔大叔口中含着一根草叶，脑海中又出现了艾邓的身影……

蓦地，一声狼嚎后，传来急促的呼救声。萨尔抬头一看，远处几条狼紧追着一个人。那人不时从身上抛下一件东西，来分散恶狼的注意力。萨尔大叔的眼中仿佛又看到了艾邓，在向他挥手，向他呼救。他匆忙策马奔去……

萨尔大叔从狼口中救下的那人，是个贩羊皮的尕回回，他将羊皮一张张扔给狼，又把狼撕成条条的羊皮捡了回来。

"我的羊皮……完了，我的羊皮……"尕回回跪在羊皮前大哭着。

听到尕回回彻骨的哭声，萨尔大叔的眉头渐渐竖了起来。

"吼什么！早知几张羊皮重要，我让你喂狼！"

"呵……可这是我的血汗钱呀！"尕回回哭得更厉害了。

"别哭了！"萨尔大吼了一声，"你呀，只知道钱重要，你的命难道就不值钱！"

尕回回顿时没了声音，少顷，从怀中掏出一瓶酒，恭敬地递给萨尔。

"恩人，请消消气，我给你敬酒了。"

萨尔大叔盯着尕回回的脸，沉默了片刻，说："不……我不喝酒的。"

"那不成，我们都是少数民族，你应该知道规矩的。"

"可……你尕回回……"萨尔盯着那瓶酒。

"没办法。常年在外奔波，有时还得喝两口。"

"好了，咱们别喝酒了。你先听我讲个……故事。"

萨尔大叔向尕回回讲述了那段发生在"野狼谷"的故事。

"……其实，那姑娘不该死。她本来是到'野狼谷'等那个骑白马的小伙子一起私奔，可这酒害了那姑娘，也害了那个小伙子。从此，他发誓这辈子再也不沾酒。也许，你已经猜到那骑白马的小伙子就是我。酒这东西是好东西，也是……坏东西，喝多了，它就想办法害你……"

尕回回不知何时已将那瓶酒塞进了皮马甲中，轻轻走到白风驹前。

"大叔，这马真……那么神？"

"也许吧。"

从此，他俩骑着白风驹，走遍了整个阿尔可草原，收回了大量的羊皮，成了最知心的朋友。

尕回回走的头一天晚上，萨尔大叔破例喝了酒，同时，尕回回拿出了一沓钱，提出了买马的想法。

"不，小兄弟。钱买不走白风驹，这马永远属于阿尔可草原。"醉意蒙眬的萨尔大叔紫着脸，使劲甩着大手。

"不……不是这意思。这羊皮太多了，没办法……"

"听我说。小兄弟，我萨尔这辈子只有三个知心朋友，舅舅和艾邓已经永远离开了我，现在只剩下了你，等我有一天死了，没什么能留给你，只有白风驹属于你……"

"不……别这样说，我们是最讲朋友义气的。"尕回回急忙说道。

萨尔大叔笑道："哈哈……开个玩笑。其实我老萨尔还能蹦跶几年，我的心老了，是不是?"

"是，不……不是。"

这酒喝得格外长，格外欢乐。当满月挂在阿尔可草原上空时，萨尔大叔彻底醉了，像一团泥瘫软在炕桌旁。

尕回回看着死人般的萨尔大叔，脸上带着胜利者的姿态走出破房，撒了泡尿，转身时发现了白风驹。他紧走两步，抚摩着马背，蓦地，头脑中突然产生了一个邪念……

尕回回胆怯地走进破草房，轻轻拿起了那把叉子枪，颤抖着将枪口对准了萨尔的太阳穴……

豆大的汗珠从尕回回的额头向下滚着。嘴唇翕动了几下，轻轻地说："对不起，这匹马……对我用处太大了。"

"砰"，随着一声沉闷的枪声，尕回回向后跳了几步。少顷，他匆忙收拾东西，跨上白风驹仓促地离开了"野狼谷"……

翌日，人们发现了萨尔大叔的尸体，同时，想到了消失的白风驹。草原上一下子骚动起来，人们谈论的不是人，而是消失的白风驹……

只有安什加莫名地为萨尔举行了隆重的葬礼。当仪式结束时，他突然跪在了萨尔的坟茔前，失声大哭起来。

"萨尔，他不该走得这样匆忙，我答应过你的，要告诉你一切，可现在……我们只能这样谈话了。其实，我真是糊涂啊，不该杀了你的父母。那一年，我讨伐叛军一年多，回来时妻子挺着个大肚子，几天后便生了个男孩，我简直高兴得要死，我安家后继有人了。但是，看到那个擀毡师傅常走进她的房中，同她又是欢笑，又是哭泣时，我已经感觉到有种不祥之兆。不出所料，几天后，他俩竟抱着孩子来向我求情，求我放他们离开这里，当时我正在气头上，同时又面对家族的威望，处死了他们。"

安什加抹去了眼泪，继续说："艾邓长你两岁，是你同母异父的姐姐，这就是我不让她和你在一起的原因。那年，你舅舅看到妹妹惨死后便疯了，抱着你拉着那匹我心爱的白马走了，从此杳无音信。我想报偿于你，可你走得太匆忙，太冤了，都是因为白风驹……"

萨尔大叔遗憾地走了，到死也没有理解疯舅舅的手势，那指向天空的手，其实就是指向安什加，裕固人民的首领——顶格尔汗！

又过了一段时间，人们在阿尔可草原深处发现了尕回回的腐尸，还有断叉的叉子枪和大量的羊皮。尕回回是被铅弹从背后击中要害而死的。

几天后，安什加亲自出马，击毙了杀死尕回回的夺马者，同时颤抖着击毙了白风驹，成立了一支装备精良的打狼队。从此，"野狼谷"平静了，再也没有听到狼的嚎叫。

紫沙漠

——谨以此文追念在祁连山东海子事件中蒙难的尧熬尔人

一

祁连山脉由东向西，横亘威武，如不屈的长城守护着山下的子民。

一阵风掠过祁连山上皑皑白雪，越过金色的山地草原，一路向北，让生活在绍尔塔拉^①的尧熬尔人民有了一丝寒意。平日里清澈见底的海子湖也顷刻间附上了一层薄冰。几天后，这里降雪了，满目银装素裹，几乎分不清哪里是沙漠，哪里是草滩。

海子湖在巴丹吉林沙漠的边缘，像沙海的眼睛，静静地仰视着天穹。这里属于河西走廊肃州和甘州的交汇地，回回沙窝潮起潮落，无情地分隔了海子。回回沙窝很大，相传在以前的一次战争中，有回教徒避兵灾于此，故得名。东海子居住着亚拉格部族，西海子居住着贺朗格部族，两族同属尧熬尔部落。因为尧熬尔信奉佛教，所以东西海子各建有寺庙一座，分别为明海寺和莲花寺。明海寺规模稍大一点，在祁连山中名声仅次于红湾寺、康隆寺和慈云寺。

民国二十四年秋开始，在祁连山极富名望的僧人顾嘉堪布的倡

---

① 绍尔塔拉：盐碱草滩。

导下，尧熬尔地区的寺院中普遍兴办教育。如今六个年头过去了，莲花寺依旧伴着晨钟从黑夜里醒来，首先是悠扬的诵经声，然后是清脆的琅琅读书声。

召曼措还像往常一样，来到了寺院，她很麻利地在伙房内生火熬茶，又拿起扫帚，打扫起院内的白雪。召曼措是寺院住持郭法台的外甥女，每天都会从几里外的家中赶来，帮助舅舅干活。

不知道是不是扫雪声的缘故，平日里安排客人的西厢房门开了，一位身着灰色中山装，戴着眼镜，知识分子模样的青年人走了出来。他做了几下伸展运动，看到了忙碌的召曼措。

召曼措一身尧熬尔民族服饰，艳丽的装束在雪地里一闪一闪，格外醒目。

召曼措回头望了一眼，说："马特使，我吵醒您了吧？"

"没有，没有，你忙，你忙。"马特使赶忙说。

马特使是肃州行政专区教育办派来的，已经来这里好多次了。这次来主要是商讨在明海寺创办莲花寺学校第二分校，今天他们将在这里召开联席会议。

郭法台带着两位老师从学生教室走了出来，看到召曼措后脸上略显惊奇，说："这丫头怎么又来了，不是说不要再来了吗？"

"我不来谁给你们熬茶？"召曼措噘着嘴说道。

"你最近忙你的大事，茶我们自己可以熬！"

"不行，我在这里一天，您就得喝我一天的茶。"

"好了，好了，谁不知道我外甥女的厉害，赶快上茶吧。"郭法台看到召曼措飞快地跑进了伙房，摇了摇头，对马特使说："这姑娘过几天就要出嫁到东海子，女婿叫尕宝，是个拉骆驼的，最近刚走了肃州，我们等他这趟回来，就给他们举办婚礼。"

"太好了，东西海子通婚可以促进两地团结，完成教育大业，同时，我也很想看看尧熬尔独具特色的婚礼。"马特使说着和郭法台等人走进房内。

天空开始出现了淡蓝色，喜鹊在树梢上喳喳叫个不停。

中午，东海子亚拉格部族族长安尔江高昂着头，骑着大白马，带着一行人，来到了莲花寺。安尔江几乎带来了东海子亚拉格部族的所有权威人士，有副族长、也是他的兄弟安尔福，还有安尔江的儿子安瓦什，以及明海寺住持安法台。

西海子郭法台等人急忙把客人让进了早已收拾好的大上房，召曼措不停地忙碌，一会儿倒上酥油茶，一会儿又端上了热气腾腾的手抓肉。

安尔江的脸上始终扣着一副圆框茶色水晶眼镜，走进房中也没有取下。他慢悠悠地从身上拿出了一只考究的玉石鼻烟壶，有意在上面使劲吹了一下浮尘，继而不慌不忙打开盖子，取了少许鼻烟放在了右手大拇指和食指间。他并不急于吸，而是看了看召曼措，然后深深吸入鼻中，双目紧闭，半天才惬意地睁开了眼，略带玩笑地说："西海子可真会使人哪，这姑娘马上都成东海子的人了，你们还抓着不放。"

郭法台回言道："我们也真舍不得这么好的姑娘离开西海子呀！"

这话惹得双方都大笑起来。

话入正题，马特使就成立东海子分校提出了具体方案，郭法台也表态，如果分校得以成立，教师的选派由莲花寺负责，他还指着莲花寺学校的周老师和新派来的白老师对安尔江说："肃州对于成立分校高度重视，不仅马特使亲自来，还带来了白老师，你们可以选择，如果喜欢我校周老师我们也没意见，毕竟他已经在这里教了几年，对我们尧熬尔也比较熟悉。"

安尔福不停地点头，可安尔江半天不表态，搞得安法台等人极为尴尬。

最后，安尔江终于说话了："成立莲花寺的分校，我怕东海子人理解为你们在领导我们，恐难接受。说句实在话，大家都知道，我东海子人盛物阜，这点西海子是不能比的，此时如果再突然把我们设立个分校，不说其他，单从名称上我怀疑东海子人不会答应的，我这里也不好交代呀！"

郭法台有些激动，站起来说："我们承认东海子财力确实比西海子丰盈，但我们同属一个尧熬尔，目前我们需要的是团结合作，需要的是知识。对于成立分校的一切费用，我们西海子可以拿出来！"

安尔江更不依了，说："这个不是钱不钱的问题，凭我东海子的实力，独立办校完全有能力做到，我们要的不是分校，各位应该明白我们东海子人的意思。"

会议就这样匆匆结束，安尔江走的时候仍没忘记抬头挺胸，几匹大马身后留下阵阵尘土。

二

召曼措满脸委屈地一个人骑着枣红马行进在回家的路上。刚才安尔江的表现，让舅舅郭法台很是生气，他把外甥女当成了出气筒，莫名其妙地指责召曼措今天为什么还要来，甚至要求她赶快回家，再也不要踏进寺院大门。

召曼措脸上的泪还没有吹干，在路上又偏偏碰上了讨厌的马庄子郭加布。他斜挎着一只毛瑟连发短枪，带着几个手下立马横挡在路上。

郭加布在西海子是有点名气的，仗着曾在国民党部队里玩过几年枪，张罗了几个好吃懒做的青年，也不知从哪里弄来了几杆破枪，拉起了一支小队伍。虽然在当地没见干多大坏事，但也经常溜入周边地区打家劫舍，搞得人人敬而远之。不过他一直对召曼措心存好感，可总是受到冷落。

郭加布斜视着召曼措，说："听说你要嫁给东海子尕宝？"

召曼措对郭加布是一点不怵，说："是的，怎么了？"

"一个拉骆驼的小子有什么好，整天守空房。你看我多好，想来就来，想走就走，保你日子过得充实。"郭加布说着，向身后大喊，"对不对，弟兄们！"

"对！"身后齐刷刷大吼，还有一个壮着胆子喊："嫂子，你就答应加布哥吧，你看他多威风！"

召曼措也不示弱："威风！成天无所事事，这就是你们心目中的威风！我们尧熬尔人民诚实厚道，没有你们这样的人！"

"我承认，我们尧熬尔人民的生活是安逸的，可谁能想到以后？现在兵荒马乱的，佛祖都不能保证这里没有纷争，没有兵灾，我们不算什么，可真到了那时，我们就是绍尔塔拉的守护者！"郭加布说道。

"我希望看到那一天，如果真那样，到时我给你们敬酒献哈达！"召曼措说话依旧很严厉。

"走着瞧！"郭加布说完，挥了下手，一行人消失在红柳丛中。

一会儿工夫，召曼措回到了家中。在走进房门的瞬间，她就感觉有点不对，但已经来不及了。房间内坐着三个身着黄布军装的军人，身后也闪出了两人，其中一人手中还拿着长枪，阿妈早已被赶到房间旮旯。

一位年长点的军人抽着烟说明，他们是国民党逃兵，回家路过此地，不会为难她家人的。他要求召曼措马上给他们做饭，吃完饭他们就离开。

五名溃兵吃饭很猛，一锅饭见底后抹着嘴、拍着肚子惬意地上炕躺了一会儿。后晌，他们才一个个爬起，开始启程。年长的走时看上了召曼措的枣红马，要拉走路上骑。而拿长枪的那个年轻人却看上了召曼措，要强拉她带路。后在年长者的训斥下，召曼措才得以逃脱。

溃兵走后，召曼措欲怒无言，抱着阿妈大哭起来。

夜幕降临时，郭加布的弟弟郭加民来了，身后牵着召曼措的枣红马。

从郭加民的口中得知，那几名可怜的溃兵，刚走到青谷堆沙漠就碰上了郭加布的人马。郭加布看到了他们拉着召曼措的枣红马和那把军用长枪，便很友好地客套，说自己曾在国民党部队服过役等等，还从他们的口中得知了召曼措家发生的一切。最后，郭加布微笑着给他们指了路，送了点水和食物。当溃兵高兴着走出几十米的时候，郭加布的毛瑟枪发威了，几声枪响过后，沙窝里留下了五具尸体，红色的血浸过白雪慢慢渗入沙土中。而郭加布却在马背上手拿长枪，不以为然地吹拭着上面的沙土……

郭加民是受哥哥之命来送马的，而郭加布此时可能已经在哪里喝酒吃肉了，庆贺自己的人马又有了一把可以让每个人惧怯的军用步枪。

那夜，召曼措思绪万千，整夜难眠。活脱脱的五条人命，才离开自己多长时间，说没就没了。他们都是逃难之人啊，再说看起来也不像是坏得要死的人，郭加布怎么就忍心下得了手呢？

第二天，召曼措看见枣红马，就再一次想到了那几个溃兵。那些人的身影不知不觉中占据了她的脑海，挥之不去，非常愧疚。她立马骑上枣红马向马庄子郭加布家奔去……

昨天的酒劲没过，郭加布到现在还没有起床。召曼措闯了进去，也不管郭加布爱听不听，指着他的头一顿大骂，发泄心中的不满。郭加布睡不着了，坐了起来，盯着召曼措，但没有说话。这时，郭加民也走了进来，开始指责哥哥不该草菅人命。郭加布生气了，说现在还轮不到你们来教训我，如果谁感觉愧疚，可以到寺院拜佛祈求庇佑，他才不管什么后果。

召曼措失望地来到了路边的鄂博旁，双膝跪地长时间叩头，心中默默祈求佛祖保佑这片草原，保佑自己的全家，保佑孕宝哥平安回来……

也就在这时，一链驼队行进在大马营河谷的沙石小路上。这是孕宝的驼队，他经常来往于肃州、元山子、高台等地驮运食盐。这次回去，他打算好好休整休整，因为他马上就要成家了，新娘就是西海子的姑娘召曼措。

这条路他已经不知道走了多少回，每次陪伴他的只有这几峰高大的骆驼和阵阵西北风。可这次还算幸运，路途中碰上了一位顺路货郎，两人一路说笑，感觉路程缩短了很多。伴着明月和星星，他们终于赶到了一间房。这里已经算进入了回回沙窝，有一间很小的简陋木房，所以被驼户们称为"一间房"，是驼队在中途经常休息的地方。

孕宝很熟练地开始找柴生火。货郎按照吩咐，摸索着走了好一阵子，才在一个沙谷堆后找到了孕宝所说的泉眼。泉水虽不多，但在月光下仍很醒目。他灌了满满一壶水，在沙窝里深一脚浅一脚地往回走。火，是在登上沙坡的一瞬间发现的，货郎眼睁睁地看着那间小木屋成为一片火海，一群装束奇特的人骑着马，举着明晃晃的弯刀，围着木屋转了很多圈。当火势渐渐落下来时，他们牵着驼队，消失在暮色中。

货郎傻眼了，他扔下水壶向木屋奔去……

三

安尔江正在家中悠闲地喝着奶茶，惊魂未定的货郎满头大汗地被管家带了进来。

听到孕宝遇难的消息，安尔江坐不住了。他赶忙吩咐管家召集东海子管理人士即刻到明海寺开会，商议相关事宜。

寺院偏房中烟雾缭绕，光线昏暗。安尔江把情况向大家说明后，房间里一时变得寂静起来。人们都在紧张地注视着族长，希望听到他的想法或者对策，但安尔江吸着鼻烟，压根就没有说话的意思。

"阿爸，东西海子只有团结，才能强大，才能不受外人欺负，我建议当务之急立刻成立分校。"安瓦什首先打破了沉寂，不过作为年轻人说话声音还是很低。

"多嘴！谁让你说话的，你在这里只有听的份，没有说话的权利！"安尔江边说边瞪了儿子一眼。

"孩子虽小，但话说得在理，我同意这个看法。"安尔福站起来说话了。

"说说你的理由。"安尔江说。

"驼队是我们东西海子和外界交流的主要工具，也是支撑我们经济贸易的重要途径。从光绪十年到现在，我们的驼队已成为长途贸易运输中不可缺少的组成部分。多年来，谁听过我们的驼队遭过劫杀，而且这事还发生在我们的地界里。所以，随着时代的变化，我们周边的形势也在慢慢发生改变。我们不能再抱着太平安逸的思想过日子了，我们要团结，我们要强大，我们更需要知识。"

安尔江抬头望了一眼安法台，说："我想听听您的意见？"

"我完全同意建立分校的观点，我们寺院也有能力办好这个学校。"安法台说。

安尔江站了起来，说："好吧，就这样定了。法台负责校舍的布置，安尔福即刻到西海子联系办校的事宜。"说完，大步走了出去。

事情变得如此简单和顺利。和上次会议相反，这次的会议地点放在了东海子，郭法台等力倡办学之人反而成了座上客。安尔江虽然在脸面上还显得不十分平展，但仿佛完全变了一个人，不仅同意在明海寺设立分校，而且对于新来的白老师也无半点意见。让马特使等人意想不到的是，安尔江还表态办学经费全部由东海子承担，成立仪式择日举行。

这是一个艳阳高照的日子，白雪已经不见踪迹，东海子里的浮冰也开始消融，露出点点湖水，泛起淡淡涟漪，引来只只白天鹅翩翩舞蹈。

明海寺今天装扮一新，人头攒动，异常热闹。安法台等人带着莲花寺郭法台、肃州马特使和新来的白老师走上明海寺分校成立仪式会场。此时安尔江早已入座等候。会场是临时搭建的，上面放上了一排不同样式的椅子。唯一让人感觉新奇和醒目的是两侧书写的红底黑字大幅对联：开拓南北山地教育，造就东西海子人才。

马特使代表肃州行政专区教育办宣读了设立莲花寺学校二部明海寺分校的决定。郭法台作为莲花寺学校代理校长，宣布校联合董事会决议，莲花寺学校即日起设立第二部，校址为明海寺，校舍由东海子创立，经费由东海子自筹，人事行政由莲花寺校统筹，安尔江兼第二部主任，同时设立校董事会。

安尔江今天身着狐领皮衣，端坐在台子上，自始至终没有说一句话。在仪式后的餐宴上，安尔江喝了一些酒，才若有所思地说了一句，其实设立学校很好。搞得在场的人似懂非懂。

草原人善高歌侑酒。酒过三巡后，大家互歌献酒，气氛十分热闹。此时，一位红脸小伙子站了起来，虽然步履不稳，但还是走到了郭法台的跟前。

"我虽不会唱歌，但敬酒的心意还是有的。"小伙子高举酒盅说道。

安尔江赶忙介绍："他叫天华，是我们最年轻的校董，性子直，喜欢打抱不平。"

"我实在不胜酒力，再说也不能再喝了。"郭法台推辞道。

天华的态度突然变得强硬起来，说："你们西海子的人有什么了不起，我们不就是个分校吗，怎么这样看不起我们！"

"这不是一回事。"

"我不管，论财力、人力我们都比你强，凭什么我们东海子归你们西海子领导……"

郭法台打断天华的话，郑重说道："小伙子，你还很年轻，很多事情你不会想到的。"

安尔江看到事态不对，急忙说："天华，你给我住嘴，喝上几杯辣水水你就不知道自己是谁了？"

"啪"的一声，天华将手中酒盅重重摔倒了地上，大吼道："我们东海子有的是钱，有的是人，还怕什么？这个学校我们压根就不想办……"

安尔江急忙向旁边的人挥手："来人，快，给我把天华拉出去，绑到寺院门口的柱子上醒酒。"

安法台指挥安尔福、安瓦什等人将天华架了出去……

如此场面让安尔江极为窘迫，赶忙上前给郭法台赔罪。郭法台作为东西海子较有威望的宗教人士，岂受过如此羞辱，况且来找事的还是一个年轻人。因此肝火大升，满脸紫红，坐到椅子上半天不能起来。对于安尔江的赔情之语，他似乎一点也没有听进去。少顷，郭法台站了起来，带着马特使慢慢走了出来，骑上马离去……

郭法台的无言离去，使得安尔江很没面子，他提起马鞭直奔绑在门柱上的天华，一顿猛抽……

四

尕宝的不幸遇难，让召曼措大病了一场。今天，她终于感觉能走动了，就拉上郭加民来到了莲花寺。她此行的主要目的就是要求舅舅郭法台派人追查杀害尕宝的凶手。而此时，郭法台却因为东海子的羞辱之事卧病在床，不能主事。召曼措和郭加民只好驱马来到东海子找安尔江，毕竟尕宝是这里的人，由东海子追查合乎常理。但是，安尔江的态度并无想象中的积极，他只是一个劲地说，凶案发生在两地交界处，不好处理。再者现场没留下一点线索，追查谈何容易？听到这些，召曼措的气就不打一处来，也不管是什么族长，大声说道："你们不查，我自己查！"便扭头走了出来……

夜色笼罩着马庄子滩，芨芨草和红柳丛如黑色的屏障，在晚风中"沙沙"作响。远处不时传出几声犬吠，在夜色中格外清晰。召曼措刚刚从东海子返回，正在郭加民家中稍作休息。郭加民忙前忙后烧茶，召曼措却心事重重，呆呆地坐在炕沿上。

郭加民拿着碗和茶壶走了进来，说："走了一天了，也饿了，来喝茶吧。"

"你喝吧，我不想喝。"召曼措抬起了头，无精打采。

"你不能这样，事情既然已经发生了，你要振作起来，我想会有办法的。"郭加民很着急。

"我明天早晨就进沙漠，我就不相信查不出一点东西。"

"我陪你一起去。"

正说着，郭加布晃晃悠悠地走了进来，浑身散发着酒气，眼睛直勾勾望着召曼措说："你大可放心，你的事情由我来处理。"

郭加民拉了下郭加布，召曼措扭着头，没有说话。

"不过，我有个条件。"郭加布说着，死皮赖脸地上前坐在了召曼措的身边，"你得嫁给我，我对佛爷保证为你报仇雪恨。"

"黄鼠狼安什么心，牧人最清楚，你的本事不要在我的面前炫耀。"说完，召曼措站了起来，又对郭加民说，"麻烦你送我回家。"

回回沙窝像一条无边无际的棕色纱巾，让人望不到头。前两天的一点小雪，经过这几天的风吹日晒，早已不见踪迹，但沙地上仍能看到大片大片的湿气，使得人踩到上面也不至于陷下去。召曼措和郭加民已经走了很长时间，马匹也留在了沙窝边缘，现在只能是徒步前行了。

当太阳升到头顶时，两人终于走到了一间房。望着仅剩的一点烧焦的残破木板，召曼措哭了，跪在那里，拍打着沙土歇斯底里地大哭，仿佛在发泄这几天心中全部的委屈和积怨。

太阳炙热，四周只有淡淡的微风吹拂着稀疏的芦草干叶，发出一种悲凉的哨音。郭加民看到召曼措含泪用双手将沙土一点点推上烧焦的木板，也跪了下去，一起联手推。不久，这里出现了一座棕色的沙丘，中心立着一块孤独的焦木。

郭加民跟着召曼措几步一回头，到了很远的地方，那座沙丘在蓝天的映衬下，依旧高大醒目。

在一户川区牧羊老汉的简易窝棚里，召曼措他们不仅得到了凶案线索，还知道了一个可怕的信息。老人拍着几乎砍断的双腿哭诉，那是一群来自西边的土匪，拖儿带口在这一带活动了很长时间了，专门打家劫舍，匪首叫什么乌斯尔满，心狠手辣。老人的羊群前两天全部遭到抢劫，他的腿也被砍伤。当召曼措问到这些人现在去了何处时，老人的话让他们震惊了。老人说，从他们的话里，隐约可以听出，他们的下一个目标是一个叫东海子的地方。

不知道两人是怎么告别老人的。听到这个消息，召曼措和郭加民不约而同地想到了尽快赶到东海子，将情况报告给没有一点防备的安尔江。

老天就是这样，越是不顺它越给你制造麻烦。刚才还是艳阳高照，可这时却刮起了风，西边的半边天已经是滚滚黄沙，两人都知道，沙尘暴即将来临。黄沙很快遮天蔽日，郭加民急忙脱下外套，拉过召曼措，罩在两人的头上，还将两个衣角在前面打了个结。风越来越大，周围一片昏暗，郭加民用一只手紧紧搂着召曼措，随风移动，漫无目标地前行……

五

这是一场几十年不遇的沙尘暴。整整一个晚上，没有人愿意走动，连牧羊犬都蜷缩在羊圈里，懒得叫一声。到了早晨，风渐渐小了，已经能看到远处的红柳丛了。这个时候的红柳格外密，就像一道坚不可摧的屏障，阻挡着风沙，保护着迷途的人们。突然，红柳丛中一声马嘶，黑压压的马群齐刷刷列队冲了出来，柳枝在马蹄下咔咔直响。三十多匹烈马驮着用黑布包裹着头部，腰上悬挂着弯月刀的骑士，踏着沙尘直奔明海寺……

明海寺住持安法台依旧和平日一样，爬上寺院前的沙疙瘩，瞭望四周。他是第一个发现这群不速之客的。那些人马就停留在离明海寺不足五里的地方，还在忙活着搭建简易帐篷。安法台一下子蒙了，以前这里也经常出现过往的马队，都会主动派人讨点食物，东海子也都一一满足，打发上路。可这次人马多不说，而且还扎起了帐篷，根本没有离开的迹象。

安法台几乎是气喘吁吁地跑到了安尔江面前，在阵阵咳嗽声中报告了刚才看到的一切。

安尔江不以为然，鼻烟壶仍在手中被不停地搓摸着，说："这有什么大惊小怪的，我们这里每年都有过往的人马，你不是还送过食物吗？"

安法台有点着急："以前的人马都是小股的，还会派人来讨食物，可这些人，我保证他们食物充足，而且也不会在短时间内离开。"

安尔江摆了摆手："我们是好客的民族，不能因一点小事就丢弃我们的传统。你去让天华带上几个班弟，给他们送点水和吃的，同时打听一下他们是什么人。"

安法台还想继续解释，可安尔江已经走进了里屋……

安法台又急匆匆赶到天华家，可天性趾高气扬的天华却醉卧在炕上，看来一时半会儿根本醒不来。只好叫上天华的弟弟——老实巴交的天保来到了寺院。又安排了五名班弟，背上上好的风干肉和几皮囊水，去打听那些人马的来路去处。六个人整装待发之时，安法台还一再叮嘱，凡事要小心谨慎，如发现情况不对，立即返回……

天保带着班弟沿沙梁向前走着，快接近马队营地时，他还特意回头向明海寺的方向望了一眼，他看到安法台那小小的紫色身影依旧站在沙疙瘩上。他们很快被人带进了一个稍大点的圆形帐篷里，前面端坐着一个留着八字胡的胖头男子。手下左手平贴到腹部，很恭敬地鞠了个躬，然后介绍说，这是我们的头领乌斯尔满。

天保送上食物，说明了来意，同时，委婉地探听对方的底细。但人家拐弯抹角就是不明说，只说明他们来自西边，因为战乱，跑到了这里。

当天保问他还有什么要求时，乌斯尔满站了起来，以地方不熟为由，要求他们留下来作向导。不经意间，天保还是发现了乌斯尔满长袍下露出的左轮枪手柄，感觉头顶一阵热汗。

天保急忙声明，作向导之事必须征得部族族长同意，而且双方路程不远，要求回寺商议后再行派人，

乌斯尔满坚决不允。天保顿感事态不妙，刚退后几步，随着乌斯尔满的咳嗽声，门外闯进来几名带刀的大汉，将天保等人五花大绑起来……

六

夜色中，召曼措和郭加民依旧毫无目标地行进着。两人已经走了很长时间，但还是没有走出沙漠。沙尘暴差点要了他们的命，幸好郭加民脑子机灵，想起了老人们的告诫，总算是活了下来。但现在最大的问题是，两人已经很长时间滴水未进，饥肠辘辘，召曼措身体严重虚脱。不知道他们的马匹在哪里，更不知道能不能走出这漫长的沙海。郭加民盯着天边的北斗七星，只有咬紧牙关背着召曼措深一脚浅一脚地行进，希望看到奇迹的出现。

突然，远处传来轻微但很清晰的婴儿啼哭声。郭加民异常兴奋，边喊召曼措边加快了步伐，用全身的气力向前方的沙坡疾奔……

当郭加民气喘吁吁登上沙坡，还没来得及喘口气时，坡下的情形让他大吃一惊。很多白色圆形帐篷围成了一圈，中间的篝火旁坐满了妇女、老人和儿童，长袍大褂，男人都留着八字胡，妇女围着头巾，帐篷旁还挂着弯月刀，一看就不是这里人的装束。他们边喝茶边嬉笑，很是热闹。

召曼措依旧昏睡着，必须马上补充水分。容不得多想，乘着夜色，郭加民弓着腰，慢慢向那些帐篷靠近……

很快，郭加民手中提着一个水囊，一路小跑回来了。他赶忙抱起召曼措的头，将水慢慢滴进口中。不一会儿，召曼措苏醒了，又喝了点水后，坐了起来，在郭加民的指引下，她看到了前方的那群不速之客。毫无疑问，这里应该是乌斯尔满的据点，可这里留守的都是些老人、妇女和孩子，那些壮男人都去哪里了呢？两人再次不约而同地想到了牧羊老人的话，如果不出意外的话，他们现在早已经进入了东海子，也不知道那里都发生了什么，他们不敢往坏处想，只能在心中默默祈祷，愿顶格尔汗保佑，家乡平安无事。可当下他们能做些什么呢，面对浩瀚的沙漠，两人只能等待，等待……

那晚的月亮很圆很亮，犬吠声在明海寺四周响个不停，让人心躁不安。安尔江表面上看起来依旧很平稳，但已经默不作声地在寺院上房中坐了很长时间，安法台不停地进进出出，房内站满了人。他们都在担忧天保那六个人——已经过去了很长时间，还是不见回来的身影。

天华突然挥了下手中的步枪，叫了起来："我们不能再等了，要尽快出马，和他们接触，看他们到底把我们的人怎么弄下了。我们虽然仅有一把枪，但关键时候还是可以起到威震的作用！"

安法台也急忙说："不能再犹豫了，我的那些班弟也不知道怎么样了，我只希望他们赶快平安回来。"

安尔江慢慢站了起来，将手中的鼻烟壶装进了怀兜里，终于说话了。

"好吧，也到了我们出面的时候了，到底看看这些人想干什么？"说完，他悄然转过身去，面向面前高大的宗喀巴佛像，双手合什，深深地鞠了三个躬。然后，转过身来，仔细看了下周围的人，目光慢慢停留在他的儿子安瓦什的脸上，好长一段时间后，对旁边的安尔福说："你和瓦什留下，如果有什么不测，这里就交给你们了，其他人跟我走！"

安尔福急问："需不需要和西海子那边联系一下，告诉他们这里的情况，以得到帮助？"

"不需要，我们的事情我们自己解决！"说完，大步走出了房门。

安尔江一行十八人骑着马，向乌斯尔满的营地疾驶。五里路程，没用多长时间就到了，但令人担心的事情终于发生了，这里一片静寂，没有一丝人影，有的只是遍地的马粪和被践踏的红柳。

安尔江让天华到周边寻找踪迹，很快得到了信息，马蹄印一路向北而去。一声令下，安尔江带着人马向北追去……

七

月亮已经不知去向，安尔江的人马还在马不停蹄地追赶，不时吹过一阵淡淡的风，人们感觉到的已不是希望中的凉意，而是马匹燥热的汗腥味。已经颠簸了很长时间了，大家在失望的同时，疲惫和困倦也慢慢爬上脸庞。此时此刻，天华快速跑过来报告，那些人马就行进在前方的沙梁后，大家的精神一下子被这好消息振奋了起来，摩拳擦掌，等待安尔江的命令。

安尔江沉着脸回头望了一眼家乡的方向，问道："这里是什么地方？"

天华答："已经进入肃州金塔地界。"

安尔江长叹了口气："不知不觉中我们已经不在自己的地盘上了，看来这些人不是简单之人，他们有备而来，此番我们必定凶多吉少，我真的低估他们了……"

"没事，请族长放心，虽然我们人少，但我们可以利用夜色，兵分两路，来个包抄，只要大声喊叫，他们也不知道我们有多少人，只能是束手就擒。"天华急忙说道。

安尔江摇了摇头："现在最大的问题是我们不知道他们的底细，也不知道他们到底有多少人，绝对不可莽撞行事。我建议立即登上前面的沙梁，来观察他们的情况。"

安法台赶紧附和，天华还想争辩，但看到安尔江已经带队向沙梁走去，也只好跟着前行。

因为黑夜，沙梁上根本不像安尔江所说的那样，能观察到什么情况，只能听到一点马嘶声。天华提出居高临下放两枪，以恫吓对方，但安法台恐敌人伤害其弟子，说什么也不同意。在情急之中，还要求自己亲自作先锋，和对方交涉。安尔江默认表示同意，随后人马全部跟随安法台向那些人靠拢……

两队人马咫尺间相峙，谁都不愿首先开口。安法台伸长了脖子希望在前面的人马里发现自己的弟子，但除了陌生的脸庞，再也找不到一个熟悉的身影。他着急了，急忙跳下马，边在对方的人马里寻找，边问道："我的那几个人在哪里？"

四周无人应答，安法台继续说："我东海子平生与你们无冤仇，你们欲前行，我们保证不会阻拦，但请释放我的弟子，我们可再次奉送钱物。"

"你们的人不会有事的，不过还请你们与我们同行，等出了沙漠，我也保证他们平安回去。"一直沉默不语的乌斯尔满开口说话了。

天华大叫道："不行，这绝对不可能，我们人马强大，你现在面对的沙梁上还有很多人在注视着这里的一举一动，你们没有谈条件的权利，只有乖乖释放我们的人，一切才有商量的余地！"其实此时安尔江的十八号人都在这里，天华也不知道怎么就说到了山背后还有埋伏的话语。

这话的确管用，乌斯尔满很谨慎地看了看四周，故作镇定地说："既然如此，那我只能说，我们没见你们的人。"

天华还想说，但安法台已经冲了上去，几乎祈求地说道："好的，好的，我们答应跟你们走，只要保证我的弟子不受伤害。"

天华看不下去了，气得拍了下手中的长枪，回头看着安尔江，希望他能说句强硬的话。

此时，这里已经点燃了很多火把，照亮了四周，也照在安尔江的脸上。他看了看周围很多陌生的脸庞，缓缓从怀中掏出了鼻烟壶，可刚刚打开盖子，他就感觉身体猛地打了个颤，耳边也忽然传来一阵低沉的鹰笛声。虽然那只是沙漠中经常能听到的鸣沙之声，但安尔江却明显听出了跌宕怪异的旋律和一种不祥的肃杀之气，仿佛那是天保等人的哭声。他沮丧地摇了摇头，默默拧上盖子，回头向安法台示意了一下，同意跟随那些人走……

一切在瞬间变得如此简单，当然，包括安尔江本人，谁也不知道他们将走向何处……

八

天空开始蒙蒙亮了，召曼措和郭加民此刻已经熟睡在沙坡上，四周一片寂静。昨晚他们一直盯着坡下的那群人，看他们喝茶，听他们嬉笑。到了深夜，他们才一一走进帐篷休息。起初，他们还能瞪大眼睛，丝毫没有睡意，但到了凌晨，眼皮再也不听使唤，不知不觉中就趴在原地睡过去了。

突然，一阵马嘶声惊醒了他们，随之可以听到清晰的马蹄声。少顷，大队人马向前方的帐篷走来。很快，两人同时看见了随马队一起行进的安尔江等人，一阵兴奋。看他们同行的样子，说明这些人也不是什么坏人，东海子也算平安无事。

马队即将到达帐篷，召曼措和郭加民也释然地准备站起来。蓦地，一切变化得那样快，没等安尔江等人反应过来，那些人一下子就将天华扑在了马下，夺去了他们唯一的枪支。十八个人几乎在一瞬间，都被五花大绑。召曼措还想冲下去救人，但被郭加民死死拉住。

安法台急问："你们到底是什么人？"

乌斯尔满说："我们是什么人并不重要，可你们必须得死。"

"这么说，我的那些弟子已经不在了？"

"是的，那些人太不听话了……"

"你们也太不是人了，我们好心好意给你们送去食物，可你们做事如此凶残！"天华几乎骂道。

"没办法，我们拖儿带女一路奔波，为的是寻找丰盈的生活，不过我答应，你们走后我会认真诵经祈祷的。"

安尔江自始至终没有说话，一直低垂着头，愧疚充斥着他的心灵，他愿意接受任何惩处。

召曼措的泪眼中面前发生的事清晰可见，天华吼喊着挣扎反抗，被两个壮汉用皮绳第一个勒死。接着，那些人就像宰杀牲口一样，用同样的手法，将其他十七个人一一屠杀。其中一个汉子就像是提前安排好的一样，提着一把大斧，挨个在死人的头上捶击，恐其中有活口。当走到安法台的身体旁，可能感觉老人勒上如此一绳子，必死无疑，就再也没有用斧击。很快，那些人一起动手，就地掩埋遗体。也许很仓促，有些遗体半个身子还裸露在沙子上。看到这里，召曼措昏厥过去了……

当召曼措被郭加民叫醒时，乌斯尔满的人马已经消失得无影无踪了。召曼措大叫着，和郭加民连滚带爬跑到了尸体旁，一个接一个地从沙土中拉出，使劲摇着，希望发现幸存者，但每次都是失望。当最后一个人被拉出后，他们听到了微弱的声音，安法台居然还活着。

安法台喝了点水后，看到了四周静卧的尸体。他拼命扑到安尔江的尸体旁，老泪纵横，一边摇一边哭诉："都是我的错……我错了……"

一切归于徒劳，人死不能复生。安尔江静卧在沙地上，表情异常凝重。圆框水晶眼镜已碎成两半，散落在身旁，白色玉石鼻烟壶半隐半现于沙中。安法台拿起鼻烟壶在上衣上擦拭了几下，装进了安尔江的怀兜里。又捡起两半水晶眼镜使劲往一起摁，想让它们合二为一，可怎么也做不到……

二十四条生命，东海子的好汉，几乎在一天间命归沙海，魂游异乡。

橘红色的晨日慢慢升了起来，照亮了整个沙漠，也照在了刚刚堆起的十七座坟茔上，变得一片紫红。三个人长时间叩头后，安法台提出必须尽快赶到肃州城向行政专署报告这里发生的一切，要求派兵追剿凶犯，还欲亲自前往。召曼措和郭加民坚决不同意，一来安法台身体还没有完全恢复；二来老人年岁已大，肃州来回二百里恐难吃消。郭加民要求去，召曼措想陪同前往，但考虑到安法台一个人回明海寺，一路还需要人照顾，只好作罢。故同意郭加民独自上肃州城报告，召曼措陪同安法台回家。

三人就此道别，召曼措搀扶着安法台缓缓向南行进，郭加民大步流星向西走去……

九

不知道是不是日照和气温的缘故，东海子湖水最近上涨了许多，湖面上的覆冰也突然间消失了，还出现了罕见的雾气，缓缓上升着。人们说，那是东海子人民的泪水滚落到了大地，让冰雪消融了，让湖水汹涌。

东海子遭受了空前劫难，整个部落里听到的是撕裂的哭声，看到的是通红的眼睛。喇嘛疾步奔走，七彩布漫天飞舞。

安法台仍沉浸在悲痛之中。连日来，他不思饮食，佝偻着身子，一直围着寺院门前的白塔，不停地诵经。眼睛不时失神盯着远处的北山沙漠，口中常常不由得呼喊："回来吧，回来呀……"他泪流满面，声声凄厉。

安尔江的突然离世，让东海子上层人士措手不及。按常理，安尔江之位应该由其子安瓦什接替，但安瓦什一听到主事，就一个劲地摇头，甚至说急了，会跑进羊圈里，顶住门说啥也不出来。是的，以安瓦什的性格，他绝对不是做官的料。一个看见别人宰羊都躲而远之的牧人，怎么能管理一个草原部族呢？再说，父亲的一些做法，也常令他极度反感，陷入困惑。这几天，面对众多看望父亲的人们，他虽然经常以泪洗面，但心中却异常恐慌，那种从高处看人的姿态，他永远不会习惯，也永远不能接受。他的脑海里，只想一个人无拘无束地行走，随心所欲，感兴趣的地方停一停，希望以自己喜欢的方式成长。他在等待一种机会，也许，这个机会不会很远……

此时，主事的任务自然而然落到了安尔江之弟安尔福的肩上。虽然只是代理，但他还是极其认真。在他的安排下，东海子举行了隆重的葬礼，超度二十四位蒙难之士的灵魂升天。

西北风呜呜地嚣叫着，四面赶来的人们齐聚明海寺，表情沉重。上天也在有意无意中开始撒下大把大把的雪花，大家依旧静静地伫立。泪水在不知不觉中顺颊而下，没有人擦拭，在寒风的作用下，每个人的脸庞都变得青红青红。谁也不知道，为什么那天的喇嘛那么多，坐满了经堂前的整个台阶，满目紫红。这里有本寺和莲花寺的全体喇嘛，也有从祁连山里慕名而来的得道高僧，诵经声震天动地……

当安尔江等人的遗体被一个个从寺院里抬出时，人们压抑的情绪爆发了，开始大声呼叫，放声哭泣，响彻天宇。这个场面不要说是人，就连上天也会感动。每个遗体由四位壮汉肩扛着缓缓向前，紧跟着的是长长的绛紫色喇嘛队伍，后面步行着连绵的人群，最后是黑压压的马队，泣声阵阵，几里外都能听到。顷刻间，风停了，鹅毛大雪铺天盖地落下，撒向远去的送葬队伍……

人群中的召曼措边行进边回望，孤独的明海寺被遗落在身后，在雪花中慢慢黯淡，直到消失。"回来吧，回来呀"安法台苍老而沙哑的声音再次响起，在空旷的天底下久久回荡……

十

翌日，东海子似乎又恢复了往日的平静。三三两两的学生在明海寺学校门前嬉耍着，白老师满面笑容忙前忙后地照顾着学生。突然，远处疾驶而来的一行人马立刻拉直了白老师的目光。走近后，原来是安尔福、安瓦什和安才等人。安才二十出头，是安尔福的独子，现在已经进入东海子部族的领导层。安尔福这次几乎将整个部族的上层人士都带来了，白老师没有一点思想准备，慌手慌脚，言行举止明显有紧张感。东海子学校自建校后，安尔江很少问津，更谈不上亲自上门。学校虽然艰难度日，但在领导阶层的眼中形同虚设。没有财力支持，校舍及设施残破，学生辍学是常见的事，让白老师异常头痛，近乎到了撑不下去的地步。安尔福主事后，他想了很多。这次事件的发生，究其根源，最大的环节就是知识的缺乏。没有文化，只会挨打，所以，昨天的葬礼结束后，今天一早，他就迫不及待地召集所有的上层人士，第一次走进了学校，目的只有一个，重视教育。

安尔福一行在白老师的陪同下，仔细察看学校的每个角落，不时嘘寒问暖。更让白老师意想不到的是，安尔福还亲手给白老师端上了一包砖茶，还有酥油和曲拉。同时，给学校特批了一只乏母羊，还拉来了满满一牛车烧柴，令白老师激动万分，受宠若惊。

在开座谈会的同时，按照安尔福的授意，安瓦什和安才麻利地宰杀了那只乏母羊，劈柴生火，烧水煮肉。会场上的白老师异常兴奋，声音明显比刚才高了很多，一口气汇报了很长时间。在说完最后一句话后，他的目光不由得扫了一眼窗户外，伙房的烟囱清晰可见。印象中，那个烟囱已经很长时间没有像今天这样冒过烟了，而且烟很浓很浓。

安尔福的讲话激情洋溢，他在大谈特谈振兴教育的重要性后，对白老师的辛勤工作进行了肯定。同时郑重表态，今后会将教育事务纳入东海子重要的议事日程，高度重视，在经费、物资等方面给予最大限度的支持和帮助。听到这些话，白老师几乎热泪盈眶了。

座谈会结束后，安尔福要求白老师召集所有学生到伙房就餐。看到学生们端着饭盆整齐地排成了队，安尔福大步上前，亲自从锅里捞肉，分给每个孩子。这些孩子已经很长时间没吃过肉了，一个个望着手中香气扑鼻的肉块，一时不知所措。

安尔福流泪了，大声说："孩子们，放心吃，只要你们好好学习，我答应每个月给你们学校特批一只羊，保证你们月月有一顿肉吃，东海子需要你们，尧熬尔的未来就仰仗你们了！"

十一

太阳挥洒阳光，西海子湖静卧在沙海中，波光粼粼，四周已经扎起了很多白色小帐篷。低沉的法号声传向四方，高耸的鄂博杆直刺蓝天。这里正在举行盛大的佛事活动，超度东海子亡灵，祈求天地之神保佑草原风调雨顺，人畜兴旺，家家平安。沙滩上到处是人群和马匹，络绎不绝。

郭法台缓缓走上用白刺垒起来的鄂博台子上，双手向上一挥，白花花的"龙达"从高空像雪片般飘向人群。瞬间，震耳的法号声响起，桑火被点燃，青白色的烟袅袅升起。

在一位老喇嘛的领诵下，喇嘛们齐声诵经。人群开始涌向鄂博，不断地往桑火上抛撒祭品。然后，一遍遍围着鄂博转圈，有的将手中的木箭插进鄂博，有的拿着白色石块堆在鄂博底部，有的用柏枝蘸上茶水边走边洒向天空，哈达、布条、白羊毛、马尾、牛毛等，一撮一撮被拴在从鄂博上斜拉下来的绳子上，和经幡一起随风飘动。马队围着人群高呼：拉衣尔加老……拉衣尔加老……

召曼措和郭加民刚刚膜拜完站起身，抬头看见了人群中走来的安尔福、安瓦什和安才等人，急忙赶过去迎接东海子的尊贵客人。很快，郭法台和马特使匆匆走了过来，东、西海子上层人士再次相聚。郭法台和安尔福的两双大手紧紧握在了一起久久不松，一切似乎尽在不言中。这不是简单的握手，而是真正意义上团结的象征。自从上次安尔江甩手而去，可以说西海子每时每刻，一直在等待这双手。而东海子多数人的心中，都想尽快把这双手伸出去，如今终于做到了，在场每个人的心都是滚烫的，充满激情。

安尔福长叹了口气，说："我很惭愧，我们来迟了……"

"话不能这样说，东、西海子本来就是一家，过去是，现在是，将来还是。"郭法台急忙说道。

"我东海子这次是元气大伤啊，二十四个活生生的人，一夜间就……"安尔福几近哽咽。

"我们听到后，也异常震惊，简直不敢相信这是真的，每个人的心里都如同刀割一般，我们也难受呀！"郭法台安慰道。

"这些人也太残忍了。"马特使插话道。

"我们待他们如宾客，送吃的，送喝的，可谁会想到，他们是一群吃肉不吐骨头的狼呀！"安尔福边说边不住地摇头。

"他们会得到报应的，我们尊敬的天格尔汗迟早会惩罚他们的。"郭法台双手合十，仰视着苍天。

安尔福感慨道："此次事件发生后，我明白了一个道理，缺乏知识，不足以自卫。东、西海子团结起来，谁可抵挡！我们愿意竭尽全力为扶持教育提供所有必需。"

郭法台说道："是啊，教育必须培植，团结才能强大。你放心，东海子之苦，就是我西海子之苦，让我们通力处理好此事，给死难者一个交代。"

马特使赶忙说："我这次回来时，已经得到确切消息，肃州第七区行政督察专署决定正式受理此案，几日后将召开专题座谈会商讨具体细节。"

郭法台和安尔福的双手再次握在了一起，久久不愿松开……

十二

肃州城，位于嘉峪关城东，南侧是连绵的祁连山，北边是茫茫戈壁，雪山消融后形成的北大河依城而过，努力滋润着这片土地。当——当——阵阵洪亮的钟声，从城中心高大的钟鼓楼响起，传至四面延伸的街道上，人们匆匆行走，小吃摊前人声鼎沸，新的一天伴着东方初升的太阳开始了。这里到处能看到三三两两身着黄色军服的国军和列队整齐的巡逻兵，就因为他们的存在，这座西北边陲古城还算平静，人们的生活井然有序。

一群麻雀飞落在了肃州第七区行政督察专署大院里一棵参天的古杏树上，唧唧喳喳欢叫着蹿上蹿下，不时向下看看那栋高大平房门口一左一右的两名哨兵，他们持着长枪，就像是麦田里的稻草人，纹丝不动。哨兵的出现，可以看得出来，这个大会议室里正在召开重要会议……

阳光从侧墙上的玻璃窗中斜射进来，穿过丝丝烟雾照在正面墙上，使得两面青天白日旗中间悬挂着的孙中山大幅画像格外凸显。

专员兼保安司令曹启文今天亲自主持会议，就端坐在画像前。他很认真地看了看两边就坐的官员、军人和来自东、西海子的郭法台等人，微微点了下头后，开始通报劫匪行踪。

"此匪自进入我祁连山后，到处劫杀，罪行累累。据我部掌握的最新情况，他们所扰乱区域已从玉门、安西、敦煌三县及肃州南山，扩大延伸至肃州以东和甘州以西的大片土地。近半年来，据不完全统计，已抢夺马匹二百七十五匹，宰食牛二十二头，羊一百五十二只，杀人超过五十五人，彻底妨害了人民生产，影响到通商，扰乱了交通，产生的后果极其严重，如不严厉惩处，难稳民心，难解民恨，难平民愤！"

会议室内顿时掌声如雷，特别是郭法台和安尔福几乎热泪盈眶，拍红了巴掌。马特使也赶忙放下手中记录的笔，拍起手来。

曹司令挥了下手，掌声戛然而止。他点了支香烟，开始征求东、西海子方面的意见。郭法台望了下安尔福，意思是让他先说。

"我们条件不高，只要匪不居我境内，一切都可商量，他们无马返徙，我方出马助之，他们无羊不能生活，我方出羊助之，他们无旅费及口粮者，我方同样可以出钱出粮以助之，我们只希望匪徒远走，以抒民困。"安尔福说话声音很低，但曹司令似乎听得非常明白，不时点点头。

郭法台挺了下腰杆，又清了下嗓子，说道："此次事件，我方损失无可估量，二十多号人惨遭屠杀，为避免此类事态的重演，我代表东、西海子提出四点要求，一是对死者家属进行救济；二是配发枪支，成立自卫队；三是追缴损失的财物；四是请求司令立即派兵剿灭匪徒。"

郭法台的嗓门很大，令在座的军官们无不瞪大眼睛认真听着。曹司令更是右手虎口托着下巴，眼睛始终注视着郭法台，半天都没变换姿态。当郭法台说完后，他才使劲搓着脑门说道："你们提出的要求，我们会高度重视，认真对待，尽最大限度予以解决。在此，我自作主张，决定给东海子死难者每人二十元国币的救济款。对于发放枪支之事，鉴于容易产生极端，暂不予考虑。不过，眼下适逢西北干部训练团第一边疆青年训练班在肃州举办，可以在东、西海子招收一些有志青年参加训练，待取得成就后再考虑发枪，用于自卫。至于追赃、缉匪，我们将即刻致函驻甘州第一百师司令部韩起功师长协助，共同在力所能及下实施。"

曹司令的话刚落，安尔福便迫不及待地鼓起了掌，他的脸上充满了明显的满足感。郭法台没有鼓掌，因为他对这个答复不是很满意，可以听出来，曹司令的话语中明显带有敷衍和搪塞的意味。郭加民和安瓦什却异常兴奋，他们的脑海中只有边疆青年训练班，那是他俩最感兴趣的。郭加民望了下安瓦什，安瓦什回过头，脸上挂着灿烂的笑点了下头……

十三

今天，肃州第七区行政督察专署大院里异常寂静，连平日里随处可见的麻雀、乌鸦等飞禽都不知去向了。

曹司令手持香烟若有所思，在办公室里来回踱步。不时走过去仔细瞅瞅墙上的祁连山区域布防图，几天来，他一直在琢磨祁连山严酷的自然环境和望而生畏的地理地形，该找怎么样一个万全之策，既维护稳定，在人民中树立自己的威信，还要保全自己的军队免受损失。甘州韩师长到现在还未回函，曹司令的心里七上八下，完全没底。

"报告！"门外传来副官的声音。

"进来。"随着曹司令的应声，副官手拿文件夹进来，"啪"敬了个礼，继而打开夹子说："甘州韩师长回电。"

"念！"曹司令头都没回，继续看着地图。

"呈肃州第七区行政督察专署专员兼保安司令曹启文：来电收悉，鉴于本部近日战事繁忙，不便迁移，故剿匪之事全权委托贵保安司令部自行酌办。甘州第一百师师长韩起功亲复。"

"妈拉个巴子，韩起功这个老滑头简直不是东西！"曹司令大怒，使劲朝地甩下烟蒂。

"司令，现在我们怎么办？"副官问。

"还能怎么办，只能暂缓，看事态发展再说。"

此时，西海子正在莲花寺前举行隆重的欢送仪式。这里几乎人山人海，他们争相围着那个黄绿色的军用卡车，上看看，下瞅瞅，一个个不愿离开。这里有很多人，只知道马和骆驼可以驮人驮东西，可从来都没亲眼见过这个铁家伙也能驮人驮东西，力气大不消说，还不吃草。在曹司令的关照下，这次西训团第一次在东、西海子招收学员，得到了空前响应，最终十人通过层层筛选，西海子郭加民等八人和东海子安瓦什等两人成为首批学员。

召曼措牵着马站在沙丘上，已经注视人群很长时间了。她一直在专注那十名披红挂彩、兴高采烈的青年人，当然，视线焦点还是集中在忙上忙下、异常兴奋的郭加民身上。召曼措最近情绪老是不好，特别是近几天，糟糕透了。本来她还指望肃州方面能清剿匪徒，为未婚夫尕宝报仇，但舅舅郭法台将肃州会议的情况说明后，召曼措失望了。今天一早，听人说郭加民也要离开，说参加什么西训团，好长时间不能回来，她彻底绝望了。现在，看到郭加民高兴的那个样子，召曼措的心里一下子豁然开朗。是啊，郭加民是个有志青年，他的志向远大，没人能够阻拦他。如今机会来了，他应该走出去，去实现他的理想，这是好事，每个人都应该高兴才是，我凭什么怄气呢？而且想想也没有资格呀。召曼措笑了，微笑着面对前方……

郭加民刚刚登上了卡车，不由自主地回了下头，他看到了沙丘上伫立的召曼措，一个人和一匹马，在视野中显得孤独而又高大。郭加民一个箭步跳下了车，在人们惊诧的目光中，大步跑上了沙丘。

"我要走了，到肃州参加西训团，可能很长时间。"

"我知道，真为你高兴呀，愿你像草原雄鹰一样展翅高飞。"

"那你打算以后怎么办？"

"尕宝死了，我已经看开了，我知道该怎么做。"召曼措说这话的时候，眼里已经明显有了泪花，但她强忍着，将视线转向了天空。

汽车的喇叭声已经响起，郭加民回头望了一眼，慢慢取下身上的红绸带，披在了召曼措身上，说："记住，别做傻事，我会回来的。"说完，转身跑向卡车……

在人们的欢呼声中，卡车鸣打着喇叭缓缓前驶，郭加民居高临下的眼睛始终盯着召曼措。沙丘上，召曼措牵着马向前行进，她很平静，没有向这边望上一眼，径直走向一群马队。郭加民一下子看清楚了，那是郭加布的人马。他彻底明白了，他知道召曼措要干什么，他大声吼叫，可声音被汽车的引擎声和人们的欢呼声所淹没。他哭了，趴在车顶上失声痛哭起来……

十四

月亮在云层后藏匿着，依稀可见，但就是不愿出来。不知道是羞愧，还是压根儿就不想望上这个世界一眼，谁也猜摸不透。

今天是郭加布大喜的日子，三三两两的人们围坐在院子中间的大方桌旁，仍在吆五喝六地猜拳，不少人已经趴在了桌子上。郭加布边划拳边望望西厢房，灯光在那扇窗户纸上映照出召曼措静坐的身影。自从那次和郭加民分手后，召曼措在绝望之中选择走进郭加布的家。她彻底想明白了，没人会为她主持公道。她不想让未婚夫尕宝就那样不明不白死去，她要不惜一切代价让凶手偿命。而要做到这些，现在唯一能依靠的只有郭加布。虽然她心中始终对郭加布没有好感，但为了达到目的，只能这样做了，哪怕牺牲自己。

一大早，郭加布就异常兴奋，勤快地亲自给马备好鞍子，还精心挑选了一把长枪，对手下的弟兄们交代道："今天是我人生中的大喜日子，我知道前来道贺的人不会多，但我相信，我的弟兄们不会冷落老哥的婚礼场面，把房子里里外外都给我收拾好，设计得喜庆点，多准备点烧柴，缸里填满水，我去搞点野味，回来后咱们吃肉喝酒，热热闹闹迎娶你们的嫂子召曼措。"手下的人高呼起来，个个精神饱满。

不大一会儿，郭加布就回来了，从马背上扔下一只乏母羊。手下人个个目瞪口呆，这哪里是野味，分明是家养的山羊。

郭加布顺手把长枪扔给手下，气呼呼地说道："真他妈的邪了门了，跑了几个地方，不要说碰上个大的，就连个野兔子都没见上，我不能扫大家的兴呀，回来的路上，正好看见了一群羊，一气之下就提回了一只。别管了，婚礼要紧，赶快收拾下锅吧！"

与其说这是在举办婚礼，还不如说是家庭间的一次正常聚宴。正如郭加布所言，前来道贺的人除过亲戚和邻居，几乎没有外客。看到召曼措一个人骑着马自己送上门来，郭加布再也无所顾忌，赶忙跑上前，把召曼措扶下了马。召曼措今天特意穿上了一套红色的尧熬尔民族服装，那是老阿妈一针一线为尕宝迎娶她时专门缝制的婚礼服。可她还没来得及穿上，尕宝就不明不白地离她而去。召曼措的脸上没有笑容，她下马后，缓缓从怀里拿出一块红绸布，那是郭加布临走时送给她的。召曼措凝神看了一会，将红绸布慢慢披在了头上，在郭加布的搀扶下，走进了西厢房……

召曼措整个身子被红色笼罩着，静坐在窗户边的炕沿上，直到夜色降临。虽然时间很长，但对于召曼措来说，似乎过得很快。这段时间里，她想了很多，脑海里的画面一个接一个闪现，又迅即消失。她感觉很累，就如同生命快要终结，真希望这样的时间再多些……

哐啷门开了，召曼措的心颤抖了一下，所有思绪也瞬间即逝。满身酒气的郭加布在几位手下的嬉笑中被推进了新房，那些手下开了几句玩笑，便高唱着小曲带门而去。郭加布定了定神，才深一脚浅一脚地走到了召曼措的身前，轻轻揭开了红绸布。召曼措的脸可能是因为长时间被红布蒙着的缘故，在灯光下看起来格外红润。郭加布就那样傻站着，看了很长一会儿。当他视觉满足了，正要脱鞋上炕的时候，召曼措突然说话了。

"慢着！你要答应我一件事。"

"说吧。"郭加布略显失望地拍了下头。

"明天天亮必须出发，如果改变，我立刻自杀！"

郭加布虽然醉意蒙眬，但还是看到了召曼措手中的那把短刀，赶忙摆了摆手，说："这点你放心，我答应的事绝对不会失言，不然我怎么指挥这帮弟兄？好了，你放下刀吧。"

"不行！你现在就出去，向你的弟兄们下达命令。"召曼措口气愈来愈硬。

"好的，好的。"郭加布摇了摇头，又踉跄着走过去拉开了门，就站在门口向外大声说，"弟兄们听好，都给我把家什收拾利索，明天天一亮我们就出发，去会会那帮土匪，看看他们到底有多大的能耐！谁给我误事，可别怪我不客气，都听明白了吗？"

"明白了……"外面传出参差不齐的声音。郭加布回头望了下召曼措，她正把刀缓缓塞进炕沿的毡席底下……

十五

沙漠空旷，烈日下无边无际，满目金色。一队人马吃力地行进着，不时有阵阵风掠过，吹赶着一些断根的骆驼刺毫无目标地飞来飞去。召曼措、郭加布和手下的队伍也如同沙漠上的骆驼刺，没有任何目标和线索，只有行进，行进，再行进。那次事件发生后，劫匪就如同沙漠里的水滴，瞬间消失得无影无踪。很长一段时间，这里似乎又恢复了往日的平静，驼铃声声，牛羊悠闲地穿越芨芨草、红柳，人们已经忘记了那个惨痛的日子。但是召曼措永远不会忘记——哪怕寻遍整个沙漠，直到献身沙海，她也在所不惜！为了尕宝，她一定要找到那些杀人不眨眼的匪徒，为心上人偿命。

不知不觉中，马队来到了一间房。烈日下的郭加布和手下个个显得萎靡不振，还不等有半点反应，召曼措的枣红马已冲了出去。马匹飞奔，在快要接近一间房的时候，召曼措顺势跳下马，紧跑几步，在那块烧焦的残破木板前跪了下来。霎时，歇斯底里的哭吼声再次在尕宝遇难的地方响起。

"我对不住你呀，到现在还不能给你报仇。如果你在天有灵，就告诉他们的行踪和藏匿的地方，我实在找不到他们呀……"

郭加布在旁边也突然流泪了，他仰头望着天空，强忍着泪水，久久才大喊道："弟兄们，都给我把精神振作起来，眼睛睁大一点，谁发现那帮狼吃的，我郭加布绝对不会亏待的！"

召曼措莫名地将那条红绸布系在了木板上，然后缓缓站起来，向后退了两步。蓦地，微风轻起，吹拂着红绸布，绸布的一角就像一只手，指向西方。召曼措几步上前跨马，使劲拍打着，向西奔去。郭加布愣了一下，也急忙招呼手下跟随而去……

马队连夜行进，接近凌晨时，他们赶到了那户川区牧羊老汉的简易窝棚里。老人腿脚仍不很利落，但还是给他们熬了茶，拿出了锅盔馍。虽然此刻召曼措仍没有一点食欲，但老人提供的线索却让她激动不已。老人说，他昨天早晨饮羊时，发现水窖里的水明显少了很多，而且在不远处发现了很多马蹄印，还有燃烧过的柴火。从脚印判断，估计这伙人进了回回沙窝。

召曼措跳了起来，要求马上出发。郭加布站起来，拉住了召曼措的手，将自己的短枪递了过去。

"我不会用，还是你带上吧，你更需要它。"召曼措说道。

"我以前说自己多么有能耐，那都是嘴上的大话，不要当真。他们人多，我预感到这次不会很顺利的，就算最好，也就是个两败俱伤。短枪你拿上，关键时候但愿能帮上忙。"郭加布说完，开始给召曼措示范起短枪的使用方法。召曼措静静地盯着郭加布的脸，感觉那张以前很厌恶的脸逐渐变得可爱起来……

十六

又一轮日出让黑暗无处躲藏，晨日就像一面镜子，在五个疙瘩顶上端放着。召曼措的马队此时正披着汗气静立在五个疙瘩的西坡下，坡上侦察的人喘着粗气跑回来报告，五个疙瘩的东坡下发现了匪徒的宿营地，看起来规模不小。郭加布深深看了一眼召曼措后，将手下人分成两队，要求从南北两侧包抄，万不得已不得开枪，以免打草惊蛇。召曼措正要跟队前进，被郭加布叫住了，他让召曼措在原地待命，自己去就可以了，等局势控制后，他会派人来接她的。召曼措知道这是在保全自己，但她就是不买这个账，说啥也要参加行动。没办法，郭加布只好由着她的性子，但他会一直紧跟在她的身边，做她的贴身护卫者，寸步不离。

一切都与郭加布想象的完全不同，这里只是匪徒的生活区。当郭加布的队伍没费一枪一弹，将帐篷牢牢围起来的时候，从帐篷里走出来的却是一群老人、妇女和孩子。郭加布命令手下对帐篷进行彻底搜查，除查出了几把火枪和弯刀，再也没有找到有用的东西。召曼措急了，几步走到一位老大爷的面前，询问匪首乌斯尔满的下落。老人铁青着脸，不说一句话。郭加布生气了，提起一把弯刀就架在了老人的脖子上。也许是看到了郭加布的凶相，也许是为了救老人，一位妇女立马大哭着跪在了召曼措的面前，说乌斯尔满他们到杨树湾子赶牲畜去了，回来后就准备离开这里回家。

"想来就来，说走就走，没门！弟兄们，让我们也学学他们，把这些人统统都给我赶到帐篷里，一把火让他们去找我们死难的同胞谢罪……"郭加布挥舞着弯刀大吼道。

"不行！"召曼措打断了郭加布的话，说，"这些人有什么罪？有罪的是乌斯尔满，你有真本事去找他呀！"

"难道我们的那些死难者不是平民百姓吗？"

"好了，不要说了！放了这些人，让他们回家去吧。"

郭加布看着召曼措的脸欲言无语，痛苦地将弯刀扔在了沙地上，大喊道："好吧！留下食物和水，把帐篷全都烧了，让他们……回家。"

召曼措用感激的眼神看了一下郭加布，回身上马，向杨树湾子的方向奔去。她再也不想看到熊熊大火，再也不愿听到刺耳的哭泣声了。她恨不得长出一对翅膀，一下飞到杨树湾子，亲眼看着乌斯尔满死去，让尕宝瞑目……

十七

杨树湾子这里已经算是祁连山区的边缘地带了，一条不知名的小河在这里绕了个弯，几棵杨树生长在河边的开阔地，不时还有一些不知名的山鸟在林间飞过，咯啾咯啾叫上几声。乌斯尔满这时正躺在一棵弯脖子树下，脸上扣着黑色的羔皮圆帽。这里几乎已经成为了他们的放牧地，每次抢劫来的牲畜都要集中到这里，放牧上一段时间。那次事件发生后，乌斯尔满已经预感到，这里不再是安闲之地，山区、草原、沙漠到处都一下子变得警觉起来。加上时下肃州、甘州武装力量也虎视眈眈，做好了一切进山的准备。他要离开这里，他再也不想惶惶度日，何况，这些抢劫来的牲畜完全够他们生活一辈子。

可以说在乌斯尔满的心中杨树湾子是个绝好的世外桃源，这里有山、有林还有水，来往的人又少，很适合放牧生活。但是，让乌斯尔满最担心的也是这里，他们的人马已经散居到祁连山北麓的狭长地带，很难在短时间内形成强大的力量。这点他早已经考虑到了，就在昨天，他突然带着一些手下，连夜赶到了这里。早晨，他打发了十几个弟兄，骑着快马分头通知散居的人马，尽快在杨树湾子会合，视局势逐步回撤。此时，乌斯尔满毫无睡意，这里滞留的人马不足十人，如果有人偷袭，后果不可想象。他心中默默祈祷，祈祷这个白天快快过去，等到了晚上，外出报信的弟兄也差不多回来了……

啪啪一阵枪声响起，乌斯尔满顿时感觉脑袋都大了。他在惊慌失措中顺势滚到了歪脖子树后，掏出了手枪，仔细观察着枪声响起的地方。令他意想不到是，枪声不是从一个地方传来，而是四周到处都是，正如他所担心的，自己真的在悄无声息中被对方完全包围了。

　　而郭加布他们也没有想到，这些让祁连山北麓草原人头痛的匪徒，竟然如此不经打。短短十几分钟，匪徒就被他们消灭得七零八落。弟兄们越打越来劲，全然不顾枪弹，大吼着向前猛冲。匪徒完全没有了招架之力，个个四处逃命，多数沦为枪下之鬼。

　　四周出现了短暂的寂静。召曼措握着手枪，不停地在四处寻找乌斯尔满，郭加布提着弯刀谨慎地跟在侧面。歪脖子树就在前面，树旁已经能看到乌斯尔满的大黑马了。郭加布简单示意了一下，两人分开从两侧包抄了过去，但树背后的地面上只有醒目地放着那顶黑色羔皮圆帽。

　　召曼措一气之下气将黑色圆帽踢进了河水里。忽然，她的视线被拉直了，河对岸的卵石上明显有新鲜的水迹。召曼措来不及多想，就冲进了河水中。郭加布也急了，快步跟上……

　　在召曼措就要上岸的时候，郭加布突然发现了对岸灌木丛中的枪口，他来不及多想，一个箭步冲上去将召曼措拉到了身后。也就在同一时刻，乌斯尔满的枪响了，郭加布表情沉重地抱住了召曼措。枪声还在不停地传出，郭加布的身体也随着枪声一颤一颤，嘴角慢慢滴下了殷红的鲜血……

　　召曼措疯狂了，她大吼着向乌斯尔满射出子弹的地方不停地开枪，灌木丛中红血飞溅，直到枪膛里的子弹全部打完……

　　郭加布的身体静静地躺在草滩上，四周围满了他的弟兄。召曼措跪在身边，仔细注视着郭加布的脸，轻轻擦拭着他嘴角边的血迹。

"好了，我们回家，我带你回家……回家……"召曼措口中不停地说，她眼睛里已经彻底流不出泪水了。

马队伴着晚霞启程了，驮着郭加布的遗体，缓缓走出祁连山，走向家乡的沙漠，走向海子湖……

十八

天空瓦蓝瓦蓝，白云像永远扯不断的链子，一环套一环，一直伸向天边。莲花寺在阳光下熠熠生辉，旁边的那棵老杨树上，一群喜鹊喳喳叫个不停。召曼措伫立在寺门前已经很长时间了，那些喜鹊很可爱，凡事无忧，天地广阔……郭法台的诵经声突然打断了她的思绪。召曼措推开了寺门，径直走进佛堂，双手合十，缓缓跪了下去，五体投地趴在佛像前。久久，她站了起来，就像在顷刻间脱胎换骨一般，召曼措的脸上出现了沧桑，看到了成熟。走出寺院后，她又回头望了一眼老杨树，喜鹊似乎一下子增多了，欢快地飞上飞下。寺院里的诵经声开始慢慢低沉，随之传出的是琅琅的读书声，变得愈来愈大……

召曼措大步行进着，她看到了一个熟悉的身影，就在前面的沙枣树下。郭加民身穿略显发白的军服，他告诉召曼措，艰苦的西训团已经顺利结束，安瓦什他们都回来了，自己因为成绩出色，已经被保送到黄埔军校西安分校，继续深造学习……

东海子湖水在沙海里碧波荡漾，不时显出点点涟漪。明海寺响起了久违的暮鼓，安法台衣着破烂，蓬头垢面，依旧围着白塔不停地呼喊："回来吧，回来呀……"

夕阳下，北山沙漠变得满目紫红……

金马沟

这里是中国神秘的西部。

这里是祁连山脉的最高处，祁连主峰——素珠链巍然屹立在眼前。

这里终年积雪，气候寒冷，野兽出没。

然而，自中国掀起淘金热以来，黄金的魅力充斥着人们的心灵。1986 年开始，来自甘肃、青海、新疆、内蒙古等地的几万名农民扔下锄头，一下子涌入这里。于是，祁连山脚下的金马沟便进入了鱼龙混杂、社会治安十分复杂的境地。金农们为争地盘、抢井口聚众斗殴，甚至拼命。1988 年，一支黄金缉私队奉上级的委任和嘱托，来到这海拔四千多米的高山峻岭，担负起维护治安的神圣职责。

但是，一年过去，这里的治安不但没有起色，而且愈加混乱起来，各种丑恶、肮脏的行径肆无忌惮地到处翻腾、蔓延，最终，缉私队长因受贿而被调回审查。

这天，在金马沟的一座军用帐篷里，黄金缉私队队员们接到县局的电话，新任缉私队长明天就到。这个缉私队长是一位经验丰富的警官，刚从警官大学进修回来。他能胜任此地的任务吗？队员们都在期待……

此时，远在千里的县公安局局长室里，局长正在向一位青年警官说明着什么，青年警官紧皱着眉头，认真听着。金马沟的治安已成为局长的一块心病，他忧心忡忡，寝食不安。最后，局长拍拍青年警官的肩膀说："于平同志，就看你了，这次局里派你去当黄金缉私队队长是经过深思熟虑的，担子不小啊！你的成功对那里的治安和国家的经济建设都是至关重要的，要好好干啊，到时，我给你庆功！"

这位于平，中等身材，很瘦，看上去像书生，但穿上合体的警服，却不失警察硬朗的风度。他挺起笔直的身躯，刚劲有力地回答："决不辜负上级的期望！"

局长高兴地说："好，好啊，我就喜欢你这样的人，大胆地干。明早，我亲自为你送行。"

一

天空飘着鹅毛大雪，高低错落的山峦朦朦胧胧。崎岖的山道上已覆上了一层不薄的白雪，县公安局的北京吉普吃力地爬行着。

于平望着车窗外，心事重重。

"想什么呢，我们的缉私队长？"后排的公安局副局长钟文问道。

于平回过头："我想，这山中也真够寂静，我真有种壮士一去不复返的感觉。"

钟文半开玩笑地说："老同学，你这种想法可有点偏激啊，咱们是人民的卫士，这种话可不能多讲哦！"

于平笑了一下，说："我懂。可警察也是人呀，咱不说个人的实际问题，就说这破北京吉普，你们局长们就没怨言？这真遇上个什么事儿，你就不怕……"

钟文赶忙打断："行了行了，知足吧！有辆车已经很不错了。"

"其实，还不要说，这车真适合在金马沟跑。"于平拍了拍车座。

"你还真有先见之明，对了，我昨天说破嘴皮，局长才同意将这车留在金马沟，解决你们的出行问题。"钟文说道。

"太好了！这下我们的队员再也不需要骑马巡查了。"于平异常兴奋，"我都不知道怎么感谢你，老同学。"

钟文摆了摆手："好了，咱不说这个，你给咱唱首歌吧，如果我没记错，你在学校还是小有名气的歌星呀！"

"这个时候，我真唱不出什么歌来，但局长大人的要求，也不能不满足，你说是吧？刚好，今天我带来一样新玩意儿，就只当给局长汇报工作吧。"于平说着从包内翻出了一个"土葫芦"。

钟文："嘀，你这小子，几年不见，怎么又收拾起古董来了。"

于平："这叫埙，土员埙，是很古老的一种乐器。我就给你学吹一首吧。"

低沉的《便衣警察》主题曲缓缓而出……

二只哈拉大板顶上，立着一块大石碑。钟文用手拂去积雪，上面的红字显现出来：二只哈拉大板，海拔四千零二十米，1962 年 8 月立。

"这是甘肃通往青海的战备路，石碑是当年修建这条路的解放军战士立下的。"钟文拍了下石碑，抬手指着远处依稀可见的皑皑山峰，"站在这高高的大板顶上，前面看见的山峰便是祁连山主峰——素珠链，海拔五千五百四十七米，而山下看到的那条沟就是你的目的地——金马沟。听说以前有人在那里挖出过一个两斤多重的金马，轰动了祁连山。你可别小看这条不起眼的沟，它里面最多时将近有十万人。你知道这十万人是为了什么到这里来卖命的吗？"

"也许就是为了金马吧。"于平回答道。

"对！听他们说，金马应该是一对，因此，他们才不远千里走到这里，与严寒和艰苦做伴，甚至丢了性命。走吧，咱们下山去！"

两人走进车内，吉普车呼啸而下……

翌日，金马沟满目雪色，不时有西北风从沟谷里打着呼哨吹过。虽然气温骤然下降，但在黄金的诱惑下，丝毫没有一点寂静，机器轰鸣，金农们用冻得发红的手抖动着洗金斗，渴望出现喜人的场面。

河道边大大小小、样式各异的帐篷随处可见，一间醒目的帐篷中，熊八正围着烧得通红的火炉，吱吱地喝着小酒。

熊八虎背熊腰，像是一支医用氧气罐，圆脸，是一个刑满释放犯。自来到这里，他便以强壮的身体和一股使不完的蛮力，征服了这里所有的金农。

酒至兴头，进来一个小伙，他边对着火炉伸出冻红的手，边说道："熊爷，外面来了一个收金的，看样子手头很阔。"

熊八挪了挪身体，说："你去把他请到这里来。"说完，提起桌上的酒瓶猛饮两口。

熊八怎么也不会想到，走进来的就是乔装打扮的新任缉私队长于平。这个想法是于平在来的吉普车内向钟文提出的，钟文考虑到金农的狡诈，以及存在的危险，起先并不是很同意，但看到于平的坚决态度，也就没有过多阻止。

于平身着西服，戴着金丝边眼镜，手提一只精巧小皮箱走进帐篷。他先摘下眼镜，四下打量一番，对着熊八点了点头。熊八站起身："老兄，请坐。不知老兄来自何方？出价如何？懂不懂这里的规矩？"

于平掏出一盒良友烟给熊八发了一根，回答道："我从青海来，老板在南边，请多关照。我若不懂规矩，就不会来到这儿。至于价格，肯定不会低于别家山头。"说完点燃了香烟。

"好，痛快！"熊八说着提起酒瓶，"来，喝几口，驱驱寒。"

于平接过灌了两口，问道："敢问老兄，手底下还大方吧？"

"啊哎，老兄，看把我说的。我熊八从来没有小气过。"说着夺过酒瓶来了个底朝天。继而抹了一下嘴，说："好，一言为定，今天夜里鸽子洞见面。"

于平走出帐篷，看见有个洗金的老头，用疑惑的眼神看了下这边，又迅急低下了头。于平若无其事，顺着河道向上游走去。

熊八刚坐下，嗵一块小石块从窗口飞进来打在桌子上。熊八拿起来，展开包着石块的纸，上写道："此人有来头，别妄动。识途。"熊八看完，狠狠一拳打在了桌子上……

缉私队的帐篷中，钟文不停地来回踱步，显得十分着急。

"我回来了。"随着声音，于平走了进来。

"没事吧？情况怎么样？"钟文急问。

于平边脱西服边说："这不回来了吗，会有什么事！"他随手拿出那盒良友，给钟文递过去一根，"来，抽一支外国货换换口。这可是我花了一天工资买的。"

钟文接过烟，问道"咦，我的缉私队长，新官上任三把火，你有何打算？"

于平如梦初醒："我？你问我？我今天夜里就行动，整整他们。"说完，把今天的事悉数讲给了钟文。

钟文听后哈哈大笑："你小子，好！把郭进、贺国平他们带上，但一定要小心，这些金农不比你笨。我也该下山了。"

傍晚，于平带着几个缉私队员，悄悄埋伏在鸽子洞里。

黑夜笼罩大地，四周一片寂静。于平看了一下夜光表，时针指向了清晨四点。他脑海中突然闪出洗金老头那怪异的眼神，好像一下子明白了什么似的大喊道："郭进，让大伙撤回。"

洞外，月光洒在白雪上，显得并不怎么黑。突然，贺国平大叫了起来："队长，前面好像有个人。"

大家随着队长跑了过去。小山堡旁的雪地上，蜷缩着一位快要冻死的小伙子。他穿着裕固族服装，身旁还放着一把做工考究的弯弓。

于平急忙脱下大衣，穿在了小伙子身上。

"快！大家轮流背他，赶快回队。"

二

天慢慢地亮了起来。于平坐在火炉旁，手拿着那把弯弓，注视着躺在自己铺上的那位渐渐有了知觉的裕固族小伙子。

于平倒了一杯糖水递过去。小伙子看了看面前这位善良的警官，问道："我这是……"

"别动，你差点冻坏，是大伙把你抬回来的。"

"我……谢谢叔叔。"说着就要下床，于平一把拦住他，"不，你可不敢动呀。"

小伙子被摁在了床上，他仔细打量了一遍房子。

"你怎么……一个人？"于平问道。

小伙子失落地说："我叫苏克尔，是后山瓷窑口的人。这几天阿妈老病又犯了，我想出去找点药，没想到遇上了这天气，就……"

于平急忙打断他的话："你多大了？"

"十五岁！"苏克尔自豪地说。

"就你这个年纪，出来就不怕？"

"看到阿妈疼成那个样子，我就什么都不怕了！"

于平拿起那把弯弓："就你这东西，也能防身？"

"能！怎么不能。"苏克尔一把夺过弯弓，大声说，"这是我阿爸传给我的，我射箭可准了，不信啥时候让你看看！"

于平从兜里掏出几张钱，塞进苏克尔的小手："给，拿着，待会吃过饭，马上回家去。记着把药抓上。"

苏克尔一蹦子跳下床，跪在于平面前，双眼噙着泪花："叔叔，你……真好。"

金马沟两侧山势并列，中间依河谷略显平坦，想象中应该是暖煦的山弯。但是在这里，在如此环境之下，想象与现实完全背离。也许是海拔的关系，金马沟的雪司空见惯，唯一的区别就是，有时候的雪静得出奇，而大多数时候都是伴着缕缕寒风，粗狂而至。熊八刚熄灭灯躺在床上，忽然，窗子被人敲了几下，熊八急忙坐起来。

伴着风声，外面传来沙哑的声音："熊八，你听着，近来手头货比较多，但于平那小子卡得很紧，你想办法给他点颜色。另外，那边也催得很紧，明天他们会想尽办法来接货，如再失手，你我可担当不起啊！"

"那我们怎么干？"熊八急忙问道。

"别急，他们很注意你。你明天开上车出卡子，到外面拉点吃的东西。要记住，在卡子那里要多拖拖他们，别的事由我来做。"

说完，窗外传来那人离去的响声。

熊八急忙擦了一把额头的汗珠，点燃了一根烟……

于平正在房中写材料，贺国平跑进来："队长，熊八开车要出卡子。"

"快走！"于平急忙扔下笔，扎上武装带，疾步走了出去。

远处，熊八开着一辆破解放车，摇摇晃晃地过来。刚接近卡子，卡车似脱缰的烈马冲过卡子。

于平手疾眼快，骑上旁边的一匹大红马追了上去。郭进带着几个人开上吉普车也随即追了上去。

当于平的坐骑与汽车平行时，他一蹦子从大红马上跳到了汽车踏板上，打开车门钻了进去。经过一番打斗，车停了下来。于平拉下熊八，让队员们检查。

熊八在旁边大声吼道："你们这是干什么，这是违法！"

正当队员们到处检查时，头顶上一架直升飞机穿过，飞向金马沟河对面的山头。

于平看着越过的飞机，两眉一皱，自言自语道："调虎离山，妈的，上当了。"说完，向队员们大喊道："留下两人继续检查，其余的上马跟我走！"

当于平他们到达山头时，直升飞机已从山背后升了起来，并迅速离去。

于平在马背上叹了一口气，看着四周，郭进带着其他人还在搜寻。

这时，那个洗金的神秘老头从山背后走了上来。他边提裤子，边嘀咕道："哪来的苍蝇，也到这里来凑热闹。"

于平大声问他："你在这里干什么？"

"哦，我来拉泡屎，哪知道，屎没拉完，却来了一架飞机。"老头看起来很羞涩。

"别找了，大家回去。"于平说完，走到郭进身旁，低声问，"这人叫什么名字，知道底细吗？"

"他叫马永忠，宁夏来的，平日里不多说话，很老实，看不出什么问题。"

于平所有所思地点了点头。

三

太阳落山了，金马沟山谷里渐渐亮起了点点灯火。

缉私队的营房里，桌子上的半导体正播着新闻。队员们有的在看书，有的在弹吉他。于平脸上点着几点牙膏，正同另外三人玩扑克。

他又输了，另外两个人争着给他点牙膏。突然，半导体播出的新闻一下子吸引了于平。

"据新华社报道，青海近日查获一起特大贩卖黄金走私案……"

于平立即推开点牙膏的人，疾步上前拿起半导体，凑近耳朵。

"……此黄金纯度极高，且体积大，最大的如同鸡蛋大小，实属罕见。据犯罪嫌疑人交代，这些黄金是从祁连山金马沟流入的。嫌疑人为了躲避关卡，竟然动用直升机作为运输工具，值得人们深思。目前，此案正在进一步审理中。据新华社报道……"

于平关了半导体，沉思了片刻，说道："好了，不玩了。时间也不早了，大家都休息吧，我出去走走。"说完，披上大衣，拿起电筒走了出去。郭进随后也跟着出了门……

不一会儿，门哐当一声被撞开，郭进搀扶着于平跌跌撞撞走了进来。于平的一只手紧摁在头顶，手上布满鲜血。大伙急忙围上前询问情况，郭进将于平扶到了床上。原来，于平还没走多远，身后就跑出来一个黑影，咚的一声，他感到头上被什么东西狠狠砸了一下，便失去了知觉。郭进刚好看到，急忙上前把他扶了回来。

"妈的！什么人敢偷袭我们队长，我立马收拾了他！"刘铁愤然准备出门。

郭进一把拉住刘铁："找什么找，人家都早跑了。再说，你知道是谁干的啊？"

于平静静地躺在床上，依旧昏睡。

第二天晌午，于平慢慢地睁开了眼睛，看着四周。蓦地，围着的人群中，他发现了苏克尔那幼稚的笑脸，便不顾一切地坐了起来。

"你！你怎么来了？"于平问道。

"我……"苏克尔低下了头

"你不好好照看你阿妈，到这儿干什么？你说呀！"于平很焦急。

苏克尔抽噎着说道："阿妈她……我到家的头一天就去世了。我用你给的钱安葬了她，并请了喇嘛念了经，她会安息的……叔叔，我没有家了，也没有亲人，你让我留在这里吧！叔叔……"

"别说了！"于平沉默了一下，又看了看大伙，"好吧，我答应你，暂时留在这里。"

苏克尔高兴地跳了起来。

郭进嘴唇翕动了几下，说："队长，今早局长来电话了，说黄金跑到了青海，缉私队是干什么的！"

"这分明在说我，何必连带别人呢，唉！"于平叹了口气。

郭进继续说："他让你写……"

于平笑了笑："写什么？写检查吗？"

郭进点了点头："局长还说，要研究这次……对你的……"

"处分？"

郭进又点了点头。

营房里静静的，仿佛空气都停止了运动。

于平猛地拍了下桌子，骂道："妈的，有本事到这儿来体验体验，一年四季不见下来一次，坐在办公室里不问青红皂白……"

他看到大伙都吓得伫立在那里，便感觉不对，笑了笑，低下头用手擦了下眼睛。

一会儿，他对郭进说："你现在开始着手调查那个叫马永忠的老头的底细。"

四

一支又一支利箭射在不远处的拴马桩上。苏克尔手握弯弓，回头向于平耸了耸肩，两手掌向上一摊，又笑着挤了下眼，便去拔木桩上的箭。于平额头上还贴着纱布。

于平拍手叫好："好小子，你这箭法水平可真是高啊，我想我这个具备十多年警龄，而且还是警校毕业的专科生也只能是望而兴叹，真得好好向你学习！"

"叔叔，你真想学，那我现在就教你。"苏克尔说。

"苏克尔，别闹了，你没看见队长的伤还没好吗！"郭进赶忙劝道。

"不学就不学，我又没非让他学。"苏克尔看起来有点生气，转身又去拔箭。

"好了苏克尔，别生气了，我也没说不学。来，把弓给我，我还真想检验一下我的箭法。"于平上前接过弯弓，有些艰难地拉弓射箭，偏了。苏克尔高兴地跳了起来，只有郭进紧张地注视着于平的一举一动。不一会儿，在苏克尔的指导下，于平射出的箭也越来越有门道了，基本箭箭不离靶心。

嘟——随着汽车的喇叭声，县公安局的那辆北京吉普从山梁后探出了头。

钟文从车上走下，后车门里还走下一位身着警服的年轻姑娘，手中提着行囊。

"几日不见，我们的黄金缉私队队长带彩了，没想到伤得还不轻呀，这也更加证明了这段时间你所干出的成绩。"钟文边走边说着。

"没事，一点小伤。不过局长今天大驾光临，肯定有大事。"

钟文好像想起了什么似的，指了下旁边的姑娘说："对，我今天给你带来的这个人，可别小瞧呀，是全国知名大学新闻专业毕业的本科生，还是《人民公安报》的特约记者，文笔十分了得。她今天来，不仅是作为记者来搜集素材，同时呢，将正式兼任黄金缉私队副队长一职，帮你抓好工作。"

于平听着话题有点不对，急问："她？那老赵他……"

"赵大林我要带走！"钟文说。

"为什么？"于平急问。

钟文挥了挥手："进屋再说吧。"

"……事情就是这样，我也很为难。也许，我和你现在的心情一样，都不愿意看到这种事情的发生。"钟文说道。

于平欲言无语，手中的圆珠笔飞快地转动着。

钟文叹了口气："唉，亏了大林了，还有五年就要退休了的人了，还不是正式干部身份，为这连个警衔都没评上，工资也上不去。我们向上级汇报了多少回，连个好话都没有。最近，我才听说，上级主管部门正在考虑这个事，对部分老职工在政策上进行适当的照顾，可现在……"

于平大口吸着烟，右手仍转动着那支圆珠笔。

钟文继续说："他爱人年头被查出患有严重的风湿性心脏病，需要到北京进行瓣膜移植手术，仅手术费至少得十万元，大林能不愁吗？你看他的那头白发……"

"局里应该想办法才是，我听说去年县歌舞团有个女演员，也是这种病，县财政不是解决了手术费用吗？听说是某个县长点头的，难道这事到了我们警察这里就行不通了？！"

钟文劝道："事情不能这样想啊，人家是啥？人家是正规艺校毕业的国家干部，而且还是县上领导干部的千金。"

"他妈的，我真想骂人……"于平愤然站了起来。

"可别这样哦，要骂也要等我走后再骂。"

于平赶忙说："我……对不起，我们虽然是执法人员，可也是人啊！你知道的，大林确实需要钱，他儿子不久前接到了北京大学的录取通知书，这应该是高兴的事呀，大林省吃俭用还不就是为了儿子能考上个好大学。可考上了，大学进门就得要钱呀！如果遇上我，我也会……"

钟文赶忙打断："打住，别再说了，你应该明白我们的身份。他在哪里？"

"谁？"于平问。

"还会是谁？"

"今天他值班，可能查岗去了。"

"那我直接去找他。"

"等等。"于平沉思了一会，"最好先别告诉他，回去了再说好吗？"

钟文笑道："行，就让我这个副局长听你一次好了。"

"等等。"于平再次叫住了钟文。

钟文回头："还有啥事？你怎么变得婆婆妈妈起来了。"

"把她带走。"于平低声说。

"谁？"钟文疑惑。

于平朝女警官的方向努了努嘴："这儿不需要女的，再说，这地方就不是女同志能待的地方。"

"对了，你不提我还给忘了呢。"钟文回头挥了挥手，"来来来，小李，我给你们介绍一下。"

小李快步跑了过来。

钟文介绍道："小李，李燕，她到这里是自己提出来的，也是我们局长的意思，是红头文件分配下来的。所以，你于队长有什么意见，都往肚里咽，无条件接受。好了，我走了。"说完，走出了房子。

夜色下，缉私队的营房里，电视里正在播放连续剧《西部警察》。大伙儿围坐在火炉旁，看着电视。只有李燕趴在桌子上写日记。于平推门进来，表情沉重。

"叔叔，你怎么才来，你最爱看的电视。"苏克尔看到于平，赶忙站起来说。

"是啊，队长，已经演了一集了。"郭进也说道。

"郭进，把电视关了。"于平眉头紧皱。

"队长，你这是怎么了，我们正看到精彩处了呢。"曾是摔跤运动员出身的刘铁说道。

大家都附和："是啊，让我们看完吧……"

"关了！"于平几乎大吼道。

郭进连忙上前关了电视。

于平走到李燕面前，问道："小李，写什么呢？可别写信啊，我们这里是没有邮局的。"

"没有，我在写日记。"

"不愧是记者。好了，大家都坐好了，我们开个小会。"于平停顿了一下，严肃地说，"怎么说呢，大林被……调走了！小李……还是你自我介绍一下吧。"

李燕站起来："我叫李燕，学校里他们都叫我'燕子'，刚从学校毕业，是我自己要求到这里的，以后请多多关照。"

刘铁半开玩笑："嘿，这名字好，让人感觉咱们这里处处是春天啊！"

于平怒责道："刘铁，你说够了没有！"随后开始一一介绍队员，"下面让我介绍一下我们缉私队的人员，我呢，叫于平，也和你一样，不过是在职进修，去年毕业的。赵大林……你是知道的。他叫郭进，也是我们的笔杆子。贺国平，平时不爱说话，也有人叫他'小姑娘'。刚才说话的那位，叫刘铁，以前是地区体校柔道队的，还在省级比赛中得过奖呢。你看那胖墩墩的身体，那些金客们见了最害怕，他一个顶我们三个，我们都叫他'铁子'。"他盯着刘铁，"对了铁子，让你把警服穿上，都说了多少遍，你怎么就不落实呢！"

"队长，不是我不想穿，而是我这身材……穿上难受啊……"刘铁有些尴尬。

"我不管，明天必须穿上。"说完，手指着苏克尔，"我们的'编外警察'苏克尔，裕固族，射得一手好箭，是我们捡来的。其他人都执勤去了，以后慢慢都就熟悉了。"

于平走过去打开身后的柜子，从里面拿出了几瓶罐头，又随手拿出了一瓶酒，略一沉思后又放了回去，提出了装满水果的塑料袋。

"我们这里条件有限。"于平边放水果边说，"其实，你真不该来这里。也许，以后你就知道了。既然来了，按照我们这里的惯例，这就算是……欢迎会吧。"

"队长，来点酒吧。"刘铁大喊道。

"今天……不喝了。"于平语气很低沉。

刘铁继续喊叫起来："咋了队长，你平时不这样呀？"

郭进赶忙上前劝道："行了，队长把他对象带来的水果都贡献上了，你还想干啥？"

"来，咱们欢迎李副队长的上任。"于平递给李燕一个苹果，又挥手把大伙召集到一起……

五

金马沟的气候就是这样，变幻莫测，犹似姑娘的脸。刚才还是大雪纷飞，而此时，太阳冒出了头，释放着阵阵热浪，欲把这片白茫茫的雪地融化。沟谷里依旧红火，到处是柴油发电机的轰鸣声，空气混浊，金客们忙碌着。于平、李燕、郭进和刘铁走了过来，金客们的眼睛一下盯在了李燕身上。

走到一个录像厅门前，老板殷勤地打招呼。

"放什么呢？"于平问道。

"枪战片，刘德华的，绝对没问题。"

"你可要给我放聪明点，不要光顾赚钱。我听有人反映，你这里一到晚上十二点，尽放带彩的。"

老板急忙辩解："别听他们胡说……"

李燕插话道："有没有，你心里最清楚！"

"这位是……"老板看着李燕，问道。

"她是我们新来的李副队长。"刘铁介绍道。

"呦，是李队长啊，我绝对是文明个体户，不信你看，我这里有证书的……"老板说话时，脸上明显带有歧视。

李燕挥了下手："我们走！"

熊八的帐篷内，录音机大声放着摇滚歌曲。他坐在椅子上，左手提着酒，右手拿着一块鸡腿，身体随着摇滚乐晃动着。这时，一个人慌慌张张跑了进来，调小录音机音量。

熊八急忙问："怎么了，尕三，事情办得如何？"

"已经安排好了。"尕三显得有些慌张，"可我刚才看见，李队长他们正向这边走来。"

"怕个屎，给你。"熊八说着随手将鸡腿扔给了孞三……

于平指着前面的帐篷对李燕说："这座军用帐篷，就是熊八的。熊八可是金马沟的人物，可以说势力很大。"

"前几天队长受伤，我们怀疑就是他指使的。"郭进插话道。

"敢对堂堂黄金缉私队队长下手，也真够大胆！"李燕愤然说。

熊八从帐篷内走出。

"那就是熊八。"于平说。

李燕笑了一下："也真有点熊样。"

"哎哟，几位领导都来了，快，屋里请！"熊八疾步走了过来，恭敬地说。

于平介绍道："这位是新来的李副队长。"

"哦，是李队长呀，那赵队长他……是不是被提拔了……"熊八话里藏话。

"我收拾你个小子……"刘铁欲上前。

"刘铁，你给我站住。"于平制止后，对熊八说，"没想到你这人心还真够细的呀，好像啥事你都能先知似的。"

熊八假痴假呆问："什么意思？"

"你心里最明白！"于平道。

熊八无语。

轰隆隆，突然传来爆炸声，远处沟内尘土升起。

"出事了！"于平回头望了一眼，显得很着急。

"放炮，打洞呗。"熊八却不以为然。

"胡说，谁听过这么大的打洞声音。"刘铁说。

这时，孞三跑出帐篷，神色慌张。

"好像是'火柴棒'的井口，我去看看。"孞三边说边跑。

"走，我们过去！"于平说着，带人匆匆走向出事现场……

"火柴棒"的井口前，尘土飞扬，一片狼藉，上方的山被刀削般炸落下来。很多人在挖土石，使用了两辆大型挖掘机，但仍显力不从心。一个三十多岁的女人在旁边哭天喊地，痛不欲生。

于平呆呆地盯着眼前……

晚上，于平的办公室里录音机放出埙那低沉的《苏武牧羊》曲，他失落地坐在办公桌前沉思。

"一声爆炸响后，五条人命就这样完了。"李燕也是既痛心又干着急。

"这地方就这样，以生命做本钱，用他们的话说，只要你走进这里，就等于签订了生死合同。"于平叹了口气，"这里的天平，一头是命，一头是钱，也怪，多少年了，好像已经形成了潜规则，出事了，居然也没人闹。"

李燕问："那女人是他老婆？哭天抹泪的。"

"不。"于平挥了下手，"'火柴棒'是酒泉人，真名叫王廷山，汉族，身体长得特瘦，像个火柴棒。但人挺实在，正直。熊八曾为了收购他的井口，找了几次，甚至软硬兼施，但'火柴棒'根本不吃那一套。不过听说'火柴棒'的日子也不好过。他家中有老婆，你说的那个女人是河州人，叫马花花，在酒泉开个小吃店。听说从前也不是什么好女人，但自从遇上了'火柴棒'，就彻底动了真感情。你从今天那个样子看，也绝对真心呀！"

"你今天注意到熊八了没有？"

"没用，人家多老到，不会表现到脸上的。"

"你对这地方够熟悉了吧，今天的爆炸地点，在远处能肯定是谁的井口吗？"

"不能，也只能猜个大概范围……"

"可有人知道，而且很肯定。"

"除非他预先知道情况！"

"熊八帐篷里出来的那个人，你应该知道。"

"对呀，孖三他怎么那么清楚爆炸的地点呢！而且他就在熊八的帐篷，这说明，熊八在幕后指使。"于平猛地站了起来，关了录音机，喊道，"铁子，刘铁！"

"队长，什么事？"刘铁匆匆走了进来。

"你给我盯牢看死孖三，发现问题立马拘他！"于平说。

"是！"刘铁道。

六

几天后，于平来到卡子前，发现郭进正和一个女人吵架，他便走了过去。原来是马花花要出卡子，郭进要进行检查，但无奈女人终究有女人的绝招，所以一个要检查，一个却大叫耍流氓，便吵了起来。

于平走过去："吵什么呀，大白天的不会和气一点吗？"郭进刚要说，于平示意制止了他。

"马花花，你这是要到什么地方？"于平笑着问道。

"我要回家！"马花花语气很重。

"王廷山的遗骨还未找到，你怎么就突然要走了？"

"我……"马花花无言以对，慢慢低下了头。

"马花花，你不要再执迷不悟了，王廷山的死与熊八有直接关系！"

"你……我的事不用你们管。"她的口气明显软了下来。

"不，马花花，你又在走王廷山的路，充当替死鬼。你的家在西边，应该走西边的卡子，为何要出东边的卡子？撒个谎都不会撒，看来这个熊八就没把你当回事。你应该堂堂正正地把事情讲出来，我们会帮助你的。"

马花花听到这些话，大哭了起来。

少顷，在缉私队的营房中，马花花从内裤兜中拿出了黄金，并讲起事情的经过。

"那天，我走进熊八的帐篷，他热情地让我坐下，还给我讲了王廷山的死因。他说老王就是因为你们缉私队没收了他的黄金而被逼死的。我当时听后放声大哭，并憎恨起你们来。到了夜里，他让我住在他那里，我不肯，他说外面很冷，而且野兽很多。他说的那样可怕，让我听了顿时全身发抖。随后，他拿出了很多钱给我，还说以前和老王是好朋友。我听后很受感动，便睡下了。早上醒来，才发现他在炉子旁坐了一夜。从那以后，我便想我是个寡妇，也应有个靠山。又寻思他这人也不坏。而且，老王也不在了，他又是这里的霸爷，便想依靠他也对。他昨天说，让我出去一下，把黄金带出去，所以就……"

"那么，你住的这几天，就没发现什么可疑的地方？"于平问道。

"是的，夜里时常有个说话很沙哑的人在窗外给熊八说话。看起来，熊八很听他的话。"马花花说完，好像又突然想起来了什么，"对了，他已经安排人到县公安局告你了……"

"哈哈，身正不怕影子斜！再说，这是他们惯用的伎俩，每次搞这个，他们必定有大的行动！"于平站起来与马花花握了一下手，"好的，谢谢你。希望今后你能多多配合我们，抓住杀害王廷山的真凶。"

此时，县公安局会议室里，烟雾弥漫。局长黑青着脸，将手中的香烟伸到烟灰缸上方，使劲弹了一下。

"大家都谈谈，到底怎么办？现在告状的人还住在招待所，他说如果我们不处理，他就找县委、政府。这不太好吧，啊！"

大家使劲吸着烟，都不肯动一下嘴。

"我的意见不行把他调回来……"一个年轻警官说道。

钟文回过头来："那你说，谁去最合适呢？你去吗？"

"这……"年轻警官卡壳了。

"我的观点，是进一步调查核实。我了解于平，他不会干出那种事，再说，他目前就要抓到大鱼了，不应把他调回来。"钟文说完看了看大家，又看了看局长。

于是，很多人同意了钟文的观点。

局长呷了一口茶："那好吧，今天就到这里。明天，大家继续讨论，散会！"说完端起茶杯走出了房门，大家呆呆地看着局长的背影消失。

七

"天若不爱酒，酒星不在天。地若不爱酒，地应无酒泉。"酒泉，一个富有诗意的地方。地名的由来，源于一个优美的传说。西汉时，骠骑将军霍去病大败匈奴，汉武帝赐御酒犒赏。将军以为功在全军，但酒少人多不足分配，于是便倾酒入泉，与众将士取而共饮，酒泉因此而得名。

酒泉城矗立于祁连山下的戈壁滩上，南面是山，直通金马沟，向北望去，一片空旷。喧闹的西大街上，刘铁身着便衣，站在电话亭旁，注视着走进穆斯林餐厅的尕三。玻璃窗中可以看到，尕三同餐馆老板很熟悉，寒暄了几句，就端过一碗牛肉面吃了起来。这时，就在刘铁面前的街道上，一辆摩的飞快开过来，将一老太太撞倒，又迅速离去。刘铁看到，迅疾跑了过去。

"老奶奶，老奶奶，你没事吧，醒一醒。"刘铁扶起老太太大喊道。

老奶奶双目紧闭，口角流出了血。

刘铁很着急地看着四周围观的人，掏出工作证："我是警察，正在执行任务，劳驾哪位把老奶奶送到医院。"

"你是警察，你不送谁送！"围观的人中有人说道。

"我真有任务……"刘铁急了，直拍大腿。

"谁知道你是不是真有任务，再说了，谁没事啊！"围观的人群里又有人说道。

刘铁一下子火了："那你们围在这里干什么，滚！"

刘铁抱起老太太，向医院跑去。在跑动的同时，他回头向穆斯林餐厅的方向看了一眼，孖三在向老板说了句什么，笑容满面地走了出去……

酒泉人民医院急救室门前，刘铁坐在长条椅上，心神不宁。一会儿站起，一会儿又习惯性地掏出香烟，但眼前是醒目的"禁止吸烟"警示牌。

急救室里走出一男大夫和一女护士。

刘铁急问："大夫，人怎么样？"

"还可以，送得及时，已脱离了危险。"大夫回答道。

护士带着厌恶的表情，指了指楼梯："到一楼交钱去！"

"多少？"刘铁急问。

"先交两千吧。"

"我没那么多钱，只有五百……"

"你撞了人，连钱都不想交？"护士说话口气明显变硬。

"我没有……"刘铁很冤屈。

大夫摆了摆手，问："那你是她儿子？"

"不是，我是警察，刚好路过碰到的。"说着掏出了警官证。

大夫接过证件看了看："对不起，冤枉你了，如今这年月，需要你们这样的好人啊！"

护士看到此情，尴尬得红了脸。

刘铁赶忙说："我真有任务，现在必须得离开。"

"怎么也得找到她的亲属才是。"大夫也很着急，想了想又说，"这样吧，我们医院旁边就是电视台，你快去让他们发个告示，至于老太太呢，先让护士看着。"

"多谢了，我这就去电视台。"刘铁说着，匆忙跑出医院……

电视台编播室，一男子正在整理录像带，刘铁推门进来。

"请问……"

"找谁？"男子头都不抬，手中仍在忙活。

"有个老人被车撞了，现在在医院里，我想在电视上播个告示，找一下她的亲属。"刘铁赶忙说道。

男子朝里间喊了起来："王晓红，你出来一下。"

从里间走出一位姑娘，手中拿着一盘录像带："什么事？"

"他想发个告示，你处理一下。"男子指了指刘铁。

"好的，请你到里面说吧。"王晓红说着带刘铁走进里间。

编播室里间，正面墙是几台电视监视器，其中一台正在播放还未剪辑完的新闻。刘铁将事情的经过简单快速地进行了叙述，王晓红边记录边问有关细节，如老人的穿戴，手中拿着什么东西等。

刘铁说道："也没什么特别，身穿羽绒服，戴顶毛线帽子……"他突然想起了什么，"噢，对了，手里好像拿着个蓝色手提包，上面还印着一行字，什么广播电视大学……"

王晓红一下站了起来，急问："是不是金城广播电视大学？"

"好像是……"

王晓红惊呆："完了，可能是我妈，她经常给我送晚饭的。"

刘铁站起来："那还不快走呀！"

王晓红如梦初醒，疾步跑了出去。

刘铁这才松了口气，拿起桌子上的警官证，正准备走出去，男子闯了进来。

"我们小王怎么回事，风风火火的。"

"被车撞的那个老人家好像是她母亲。"刘铁边说边出了门。

男子一脸茫然……

八

当刘铁从医院匆匆赶到穆斯林餐馆时，这里已经基本打烊了。几个服务员收拾餐具，老板正在柜台里独自清点一天的收入。

刘铁走了进去，直接问道："尕三呢？"

"什么尕三，我不认识。"老板镇定地说。

刘铁义正言辞："你知不知道，他手底下有五条人命，你还敢祖护！"

"什……什么？"老板慌了。

刘铁将警官证拍在了桌子上："说！"

"他刚才……来过……"

"这个我知道！他说要去哪里？"

"他好像说，要回青海，先到七一冰川，那儿有他一个干爹，是个放羊的，说是取个什么东西。"

刘铁抓起证件，匆匆出了餐厅。老板望着刘铁的背影，擦着额头的汗水……

孬三怎么也不会想到，刘铁这么快就会跟上来。自从按照熊八的意图炸掉了王廷山洞口后，熊八除掉了跟自己作对的人，也如愿得到了他想得到的东西。而孬三一直坐立不安，他明白缉私队很快会找出破绽，将他抓获的。熊八看到孬三心神不宁后，就给了他一笔钱，让他从后山翻到青海，永世不要出现，悄然过好余生。孬三很清楚，熊八看似关心的背后，其实就是一条不归路。从后山进入青海，不仅路途艰险，而且野兽随处可见，一个人又没有枪支是很难出去的，熊八的目的很明确，就是想让他永远消失。孬三并没有按照熊八设计的路线出逃，他先去了一趟放牧的干爹那里，将钱送了过去。待了几天后，感觉风声已过，就跑到了酒泉城，一是山里闷了不少日子，想到城里潇洒几天，二是购置一些生活用品，准备彻底离开这个地方，远走他乡。昨天，孬三已经察觉到了刘铁的跟踪，于是到晚上，他故意找人制造了那个车祸，摆脱了刘铁的监视。随后，他连夜雇了一辆车，赶回了干爹这里。

天刚蒙蒙亮，孬三还在热炕上做着美梦。昨夜他上来时，山里飘起了大雪——天助我也！孬三异常兴奋，一路大喊。他知道，这一场大雪，一整夜过后，谁也别想进来。人算不如天算，这雪也是怪了，当孬三疲惫地上炕睡觉后，雪居然停了。

孬三在不知不觉中，就被刘铁逮了个正着。他在无奈中长叹了几声，还不等刘铁询问，就将事情的经过全盘托出……

丁零零，于平桌上的电话响了起来。电话是刘铁从酒泉城打过来的，他向队长简单汇报了抓捕孬三的经过，还重点说到了孬三交代的情况。

于平随即紧急集合队伍，让郭进即刻带人到酒泉城接应刘铁，突击审讯尕三。李燕蹲守营房，其他人做好一切准备，抓捕熊八。李燕一听让她蹲守，一下子不乐意了，当面与队长理论。但于平说什么也不让她参与行动，而且还前所未有地发了火，大家看此情形，赶忙制止了李燕。李燕委屈地哭了⋯⋯

山上和山下完全是两个世界。山上的夜幕中极少看到月亮，而山下漆黑的东方夜空，挂着硕大而又醒目的月盘。此时，酒泉城格外热闹，人车川流不息，刘铁带着尕三已经在穆斯林餐厅等了很长时间了，两人中间的桌子上放着吃完的面碗，尕三的一只手被铐在了身旁的暖气片上。

餐馆老板不时看看他俩，显得坐立不安。尕三不经意间看到老板打了个电话，表情十分诡异。刘铁心里还是惦念着他救过的老奶奶，他答应过王晓红要来看望老人的。

不一会儿，郭进他们到来了，刘铁赶忙将尕三交代给他们。让他们先看着，自己去看个病人。继而，就匆匆向医院跑去⋯⋯

刘铁和王晓红缓缓行进在街道上。刘铁刚才买了水果，到医院看望了老人，也见到了王晓红。老人已经能坐起来了，口中连连夸赞刘铁，像在夸女婿似的，说得王晓华脸色烧红。其实，王晓华岁数也大了，一直找不到自己中意的那个人。多少人提亲说破了嘴，但王晓华就是看不上，让老人操碎了心。自从见了刘铁，王晓华突然有了感觉，内心中不仅只是感激，还有那么一种说不出的崇拜和爱慕。

昏暗的灯光下，两人就这样走着，谁也不多言语，但内心中都知道，这段路太短了，就要结束了，因为前面不远处已经看到郭进他们了。

"我还会来看望老人的⋯⋯"这是腼腆的刘铁说的最后一句话，

但其中的含义王晓红懂得……

一辆无牌车打着强光，正在急速向他们行驶——当刘铁发现时，为时已晚。车辆刹那间冲了过来，刘铁不由自主将王晓红推向路边，而他却被重重地撞出了几米远……

一切发生得那么突然，也那么快。肇事车瞬间消失，刘铁静静地躺在马路上，七窍流血，一动不动。王晓红惊呆了，郭进几个人大喊着跑了过去……

一切无济于事，铁汉刘铁就这样走了。郭进他们拉着刘铁，带着尕三缓缓走向金马沟，路上再次飘起了鹅毛大雪……

九

熊八正在训斥马花花没有完成任务，突然，窗子又被敲了几下，沙哑的声音又出现了："熊八，你已经被发现了。明天你亲自带上些货，直接从山上翻过去，进入青海地界，那儿会有人接货的。注意，路途较远，而且野兽又多，给，带上这玩意，也许会有用的。"说完，从窗口外塞进一把手枪。

于平守候在营房外，望着渐渐开过来的车。他原以为尕三的抓获，等于打开了金马沟黑恶问题的所有锁链。但他怎么也不会想到，兴冲冲等来的却是刘铁的死讯。于平哭了，这是他生平第一次哭，在空旷的山野里无所顾忌地放声大哭。这一夜，他一直呆坐在外面，一根接一根地吸烟，任凭大雪落在身上。此时，身边陪他的只有李燕。她已吩咐其他人都休息，然后拿了一件大衣披在于平的身上，静静地坐在队长身边。天亮时，于平头脑清醒了过来，他才发现了身边的李燕。她娇小的身子蜷缩在大衣里，依偎在自己的身边，浑身上下冻得直打颤。于平慌忙将她抱进了营房的火炉旁，又是添火，又是灌热水。当李燕恢复后，于平笑着告诉她，她可以参与抓捕行动了……

熊八背着行囊，吃力地走上了大板。蓦地，乌黑的枪口对准了他，于平威严地站在缉私队员和苏克尔的最前面。

"熊八，你终于走到头了。"于平义正辞言地说道。

熊八似瘫在了雪地上，忽然，就地一滚，从靴子里拔出了手枪，对着于平。

苏克尔疾步一跨，站在了于平身前，砰砰两声清脆的枪响，苏克尔倒在了于平的怀抱，而熊八拿枪的手腕也被于平的手枪所击穿。

熊八大吼着在雪地上滚来滚去，郭进上前把他铐起来。

苏克尔的胸部渗出了血，滴在雪地上血红血红。于平抱着他，一遍又一遍地说，"我不该让你来……我不该让你来……"

"不！苏克尔艰难地说，"是我自己要来的……"说着痛得大喊了一声，"叔叔，我……终于又……回到了……阿妈的身旁……"说完垂下了头。

"苏克尔！苏克尔……"

于平大叫着，跪在了雪地上，脑海中闪出苏克尔那幼稚可爱的脸庞。他猛地站起身，掏出手枪，指向熊八："你还是人吗？你连小孩都不放过，我要让你偿命！"

李燕见状，赶忙上前拉住于平，但无济于事，随着几声沉闷的枪响，熊八抽搐了几下，便不动了……

就在这座山头，新增了一座坟茔，坟头上端放着那把考究的弯弓。

雪不停地下着，越来越大，越来越猛，西北风呜呜地吹着雪花，拍打着于平那冻得发红的脸庞……

于平刚坐在办公桌前，突然，贺国平慌慌张张地跑进来。

"队长，不好了。"贺国平擦了一把汗。

"怎么了，慢慢讲。"

"金农们暴动了，他们嚷着要找你，这会儿山下全是人。"

于平急忙跑了出去。

黑压压的金农们拿着铁锹、十字镐，从山下走上来，口中大喊着："血染缉私队，踏平指挥部，还我熊八……"

于平骂道："还说我们，你们才像是土匪。"继而对战友们说："记住，别开枪，这些红了眼的，弄不好麻烦会更大，如不行，往山上撤。"

李燕拿着相机，不停地跑上跑下，她要记录下这个场面。于平转过身来，向金农们大喊道："大家不要乱来！不要乱来！请大家……"话还没完，一块石头飞了过来，打在了于平的头上，鲜血从额头，慢慢流了下来。

"队长！"队员们上前扶住了于平。

"快撤！"于平轻轻地说道。

正当大家迅速向上撤离时，坡上忘我拍照的李燕却被金农们围了起来，形势十分危急。于平急忙让郭进带队继续撤，自己转过身来，边喊边向金农们走去。

"住手！放了她！你们不是要找我吗？把她放了！"

金农们看到于平那吓人的眼神和气势，赶忙放了惊魂未定的李燕。

此时，人群中突然传出一声沙哑的叫声。

"打死于平！"

金农们顿时又围了上来，抓住于平，一阵拳打脚踢，有人还掏出了匕首。

郭进再也看不下去了，他举起手枪向空中放了两枪。其他队员也迅速单膝跪地，将枪口指向了金农们，拉响了枪栓。

看到这拼命的架势，动手的金农们立刻停止后退了。贺国平急忙上前，将于平扶了起来。

郭进大喊道："听着，你们这是违法行为，就凭这些，我们就可以拘捕你们！"

人群似乎又恢复了平静，于平说道："熊八并不是你们所推崇的人，也不是你们的保护神！他是一个无所不为的凶犯，他想什么时候杀人，就有一人去死。你们仔细想想，他整天待在房中，吃香的喝辣的，而你们呢，最终什么都得不到。一年前，王廷山被他杀了，也许你们中间有人已亲眼看到了。你们真的想继续充当他的替死鬼吗？"刚说完，人群便开始躁动起来。

于平趁热打铁，给人群中的马花花使了个眼色，马花花心领神会，大喊了起来。

"大爷，兄弟们，咱们说不过他们，先回去再说！"

"回去！"金农们边叫着，边撤了回去……

十

县公安局办公楼，传出清脆而又急促的脚步声。李燕火急火燎推门走进了局长办公室。

局长抬头看了一眼："怎么连个门都不敲，越来越没规矩了！"

李燕一屁股坐到沙发上，面带愤怒。

"这是怎么了？谁把我的姑娘气成这样了？"局长站起来，边说边走过来。

"还能是谁？就你呗！"

"我？我怎么了？"

"听说你要于队长停职检查？"李燕质问道。

"是啊！出了这么大的事，你让我这个局长怎么向上面交代！"局长回到了办公桌前。

"你看看这个。"李燕从一个纸袋里拿出一沓照片，铺在桌子上。在局长看照片的同时，李燕继续说道，"事情不是你们想象的那样，用黑社会形容那里，一点不为过。作为局长，你要到金马沟看看，作为父亲，你要相信女儿说的话。"

局长抬起头，目视着李燕："丫头，爸爸理解你的心情，也理解于平所干的每一件事情。但事情不是那么简单衡量的，我们是什么？我们是人民的警察，手中的枪是人民赋予的，而使用枪支是有严格规定的，不能成为公报私仇的特殊权力！"

"可是……"李燕还想辩解。

"好了，不要说了。"局长摆了摆手，"这是党委会研究做出的决定，谁也改不了。明天你钟叔叔就要过去带人，你也暂时回避，就待在局机关，哪里也不要去。"

李燕着急了，赶忙说："不行！我得回去，明天可能就要收网……"

"执行命令！"局长严厉地说完，坐在椅子上翻看文件……

缉私队的营房中，正在召开会议。于平吐了一口浓烟，将烟蒂摁灭在烟灰缸。

"同志们，好戏开始上演了。现在马上分头行动，特别要注意监视那个叫马永忠的老汉，别看他平日里老实巴交，我怀疑他就是那个幕后人物。另外，要多跟马花花联系，但千万别让马永忠发现。好，开始行动！"

金马沟又飘起了鹅毛大雪。

于平点了一支烟，郭进走了进来，拍打着身上的雪花。

"队长，好消息，他开始坐不住了。"

于平高兴地递过去一支烟。

"刚得到马花花的消息，马永忠要溜。"郭进继续说。

"什么时候？"于平焦急地问。

"现在，他先要到鸽子洞取货。"

"好！让大家待命，等我的命令。"说完，于平站起身扎武装带。

正在此时，外面传来一声汽车的刹车声。

于平打开门，公安局副局长走下车。

"哎哟，老同学，你来得可真不是时候。"于平跑出去迎接。

钟文叹了口气："我是奉命行事，要带你回去！"

"别开玩笑了，我的局长。"

"我能开玩笑吗？都什么时候了……"

"为什么？"于平转身走进房子。

"上次有人告你，我极力维护你，最后总算放弃了对你的调查。这一次，又告你违反《武器使用原则》，你呀你，我就不明白，你是公安专业毕业的高材生，怎么就能犯这种低级错误，人家都失去了反抗能力，你却开枪打死了他，这……我没办法，只好带你回去，接受调查。"说完，走过来拿下了于平的武器。

"那这里？……"

"这里暂时停止一切行动。"钟文表情很为难。

"我他妈的这是……"于平说着，又稳定了一下情绪，"老同学，我求你一件事，你让我再在这里待上半天，或者几个小时也行，他们可就要行动了呀！"

"我何尝不想让你在这里干下去呀，但局长这次是下了死命令，必须在下午的会议前赶到，说实话，我真的没办法了。"

营房里静默了一会儿，钟文站起身，让于平收拾行李。就这样，于平被带上了吉普车。

十一

吉普车缓缓行进在雪道上。车内于平和钟文默默地坐着，谁也不愿说话。于平的目光死死盯在车窗外，皑皑白雪飞速向后移动，而他的脑海中却出现了马永忠迅速奔跑的画面。

钟文递过来一支烟，于平看了看。

"我想小便可以吗？"

钟文让车停了下来，俩人一前一后走到山堡后。

嗵！于平一拳砸在了钟文的头上，钟文倒了下去。

"老同学，对不起了。"于平说完，向鸽子洞方向跑去。

他先来到了苏克尔的坟茔旁，拿起了那把弯弓，然后迅速消失在茫茫的白雪之中。

马永忠连滚带爬，拉着马花花在雪中奔跑。突然，四周响起了于平的声音。

"你终于出现了，马永忠。你想让上面把我调回去，妄想。这不，我又回来了，哈哈……"

马永忠拔出手枪，转来转去想看到于平，可四周只有茫茫白雪和于平说话的回声。

他焦急之下边胡乱放枪边大喊道："于平，你出来，你有本事出来呀！"

此时，前方的一个雪堆中，倏地跃出于平，嗖一支利箭射进了马永忠的身体。

他痉挛着倒了下去。

于平一身白雪，手握弯弓走了过来。霎时，马永忠又从身上掏出了一把手枪，砰砰砰三声枪响，于平披着血雾慢慢地倒在了雪地上，身旁的白雪渐渐被染红。

马永忠大笑着站了起来，腹前还插着利箭。

"缉私队长，没想到吧？我从来就没在你们这些公安手里栽过跟头。"马永忠奸笑着说道，继而转身对马花花说，"来，给我把这东西拔出来！"

马花花握住露出身体外的箭柄。

"利索点，知道吗！"马永忠疼得大叫道。

"我知道，你向后用劲。"马花花说着，做出了就要向后用力的姿势。

突然，她向前一冲，一把将马永忠推下了身后的悬崖。

马永忠大叫着，从高高的悬崖上坠落下去。

马花花快步上前，抱起了于平，大叫着……

于平睁开了眼，气息微弱地说："请……一定……不要把我……带回去，就……把我……埋在……苏克尔的……旁边……"

于平的头垂了下去……

山口下，公安局的吉普车驶了过来，钟文从车上跳下来，急速跑了过来……

马花花猛地站了起来，拿起马永忠的包，扔给钟文，口中骂道："给！给你们！黄金全在这里。你们知道吗，为了这么个黄疙瘩，死了多少好人啊！"

说完，背起于平，吃力地向山下走去。钟文伫立在寒风中，马永忠的包的扣子已经开了，里面的金马滚落在雪地上，十分醒目……

雪下得更大了，两座坟茔旁，马花花含泪焚纸，钟文和缉私队员围成了一圈。

钟文拿下警帽，拔出手枪指向空中。缉私队员也纷纷举起了枪……

"啪啪——"一阵清脆的枪声，在金马沟上空久久回荡……

后　记

几天后，县城里为刘铁举行了追授烈士称号暨隆重的追悼仪式。低沉的哀乐，肃穆的横幅，洁白的花圈，挺立的警察队伍，还有人民群众，包括专程从酒泉城赶来的王晓红母女，无不寄托着对刘铁烈士的无限哀思，追忆着刘铁烈士短暂而光荣的一生。

李燕参加完刘铁追悼仪式后，就不分昼夜，发愤书写报告文学《谁为缉私队长证明》。不久，《人民公安报》大篇幅进行刊登，还配了评论员文章，其中提到了公安部对此事的态度……

又过了几天，县公安局为于平举行了追悼仪式，但没有提到烈士……

此后一段时间，金马沟恢复了平静，黄金生产规范有序。进入二十一世纪，随着国家黄金市场的放开，黄金缉私队也完成了上级赋予的使命。随后，县政府成立了金马沟矿区公安派出所，正式接管当地的治安工作，黄金缉私队随之撤销……

青谷堆

祁连山奇丽壮观，既具有父亲的威严，又有母亲的美丽。这里到处都有令人神往的地方。

河西走廊倚山而卧，横亘千里，自古就是丝绸之路的重要通道。多少年过去了，生活在祁连山脚下的人们已经淡忘了那个通道，心里只关心今天所要走好的路。而我现在要说的这个地方，或许自古以来纯粹就是东来西往的路，故周边草质并不十分好，一眼放过去，黄蜡蜡中还泛着那么一点青。

这地方也算宽阔，中间很大，两边是长着茅草的土坡，像走西口的骆驼链子，一个连着一个。也算凑巧，这沟谷的西口就叫西行口，而东口也有一个直截了当的名字，叫横路沟。传说这里曾经就是东西方贸易往来的必经之地。

沟谷里坡势较高的地方，有一个与周围环境完全不同的深灰色土坡，人们都叫它青谷堆。这里生长着两棵高大粗壮的古山柏，树下依有一古寺。据说寺院鼎盛时，这里香火缭绕，在祁连山中也算具有一定的规模，可惜在"破四旧"时期遭到了毁坏，现如今已是残垣断壁了。不过还好，旁边又加修了两间白色土坯房，榆钱就居住在里面。

二十多年了，榆钱不知道自己的身世，也从来没有过问过。他一直就和两位老人，还有一匹年老的枣红马生活在一起。两个老人都已进入古稀之年，其中一位年轻时曾经在这个寺院里生活过，懂得一点佛学，身体还算硬棒；而另一位嗜酒，一天到晚醉山颓倒，走路跌跌撞撞，弱不禁风。也不知道从什么时候开始的，榆钱管第一位老人叫四爷，爱喝酒的叫九爷。

这是一个深秋的早上，沟谷里莫名降了一场大雪，气温下降得很厉害，感觉像是到了冬季似的格外冷。四爷盘腿坐在温暖的炕沿上，手里捻动着佛珠，口里念念有词。一会儿，他大叹了一口气，慢慢走出房门，深深地注视着面前白色的狂野，眼里流下泪珠……

远处榆钱的身影匆匆赶来，老人疾步朝前迎了过去。

"怎么样，有消息吗？"老人急问。

榆钱摇了摇头："没有，镇上的人说，九爷昨天整天酒醉。商店里的人还说，傍晚时他买了两瓶酒，摇摇晃晃骑马走了。"

四爷大叹道："完了，完了，我这老伙伴恐怕是要走了……"

突然，一声熟悉的马嘶声打破了空旷山野的寂静，也将他们两人的视线拉走。远处的山包上，枣红马仰天长嘶，一声接一声。四爷推了一把榆钱，榆钱意会，转身跑向枣红马……

九爷是昨天离家去了镇上的。头一天，他极其罕见地清醒了整整一天。一天中，他看起来有些坐立不安，心事重重，走过来走过去，摸摸这个，看看那个，将枣红马身上的杂毛刷了又刷，还特意走进旁边的破寺里，点了香磕了头。那天夜里，九爷整夜无法入眠，在炕上翻来覆去，唉声叹气，让旁边的榆钱听着都为之难受。第二天一早，九爷就骑上马去了镇上，从此阴阳相隔。

榆钱在枣红马的引导下，发现了已经死去的九爷，他就趴在山谷下的那个海子边。这是一个不大的洼地，山上的泉水不断流进来，慢慢聚集，最后形成了天然海子。海子很小，水也少，榆钱经常牵马到这里饮水。九爷肯定是口渴了，想到这里喝口水，但再也没有起来。他一只手紧攥着半瓶酒，身旁还扔着一瓶没有打开的酒。此时，他的身体是僵硬的，身下的白雪已经消融……

榆钱哭了，他心里自责万千，悔不当初。只有他清楚，是他害了九爷。那天九爷的清醒，是因为房子里断酒了。榆钱知道，九爷坐立不安，走来走去，就是在找酒。但他至死也不会明白，他的存酒其实被榆钱藏了。榆钱的本意是想让九爷少喝，他每天看九爷喝醉，就藏掉两瓶，久而久之老人的酒就藏没了。看到那晚老人的难受样，榆钱差点就把藏的酒拿出来，让九爷喝几口。但他明白，老人一喝就控制不住自己，直到酩酊大醉。可如今，九爷就这样走了，没有留下一句话，哪怕一句怨言！

这天，按照惯例，来了很多人，包括村上的领导，还有周边的邻居，大家商量着怎么处理九爷的后事。

九爷的突然离去，让四爷一下子变得苍老了许多。他在榆钱的搀扶下，颤颤抖抖地走到了古树下，抚摸着古树，就像抚摸着自己的孩子一样。久久，他拍了拍古树，满含热泪地说："就它吧，把它伐了做口棺。"四爷喘了口气，定了定神，似乎有些激动，扯大嗓门说道："想当年，我们哥俩在寺院周围种了很多树，可惜啊，后来的'运动'中，寺院没了，树也被当成资本主义的尾巴给割了。就这两棵树，还是我们老哥俩挺身护卫，才算保了下来。我俩早商量过了，树就是我们的命，我们走了，就拿这树做棺，到了下面躺着也温暖呀！如今他先走了，就用一棵给他，等将来我走，就用剩下的这棵吧！"

其实，这地方就是山上和山下的分水岭，也是口子里和口子外的分界线。从这里向南是连绵的祁连山，聚集着逐水草而游牧的少数民族；向北一马平川，生活着农耕的汉人。一条路将他们分隔开来，也形成了不同的风俗。就说这丧葬习俗，山上崇尚死后升天，实行火葬；山下入土为安，坚守土葬。而青谷堆，虽然依旧信奉佛教，但已经是上下交融，没有固定的入葬形式。老人喜欢盖棺，也是了却心头的一个念想，一种怀念罢了。

很快，古树变成了孤树，老人也变成了孤寡老汉。还好，身边还有榆钱，生活依旧，一切归于平静……

九爷离去的第七天，沟谷里出现了久违的暖阳，四周的残雪就像是卷去的毡毯，一下子消失得无影无踪。四爷让榆钱从破寺里搬出了一把破旧的枣木椅，他简单擦了一下，就坐在上面，享受着阳光。这把枣木椅看起来很有年头，上面的花纹已经看不到多少了，但表面锃光发亮，依旧透出古色古香。

一会儿，老人若有所思，思忖片刻后对榆钱说："你九爷离开整整七天了，也该祭奠一下了。这样吧，这老哥喜欢喝酒，就给他供点酒吧。趁今天好天气，你去找瓶酒来，我们陪他喝点。"

榆钱从破寺里翻出来了一个布满尘土、基本看不出本来面貌的器皿。这东西有点沉，看起来像酒盅，但略大于酒盅，被一块黄色的绸缎包着。榆钱拿下绸缎使劲擦拭着，很快器皿发出亮色。不一会儿，器皿变得通体金黄，熠熠生辉。他们先在器皿里倒满了酒，供献于方桌上，然后爷俩边聊边喝。四爷平时是不喝酒的，今天却破例喝起了酒，还不少哩。

榆钱终于知道了自己的身世。四爷本来就不胜酒力，没喝多少杯，老人的话匣子就打开了，一直不停地说话。原来，四爷和九爷分别来自不同的地方，一个是口子里的，一个是口子外的。也就是说，四爷是牧区的少数民族，九爷是农区的汉人。

四爷异常兴奋："真要感谢那个饥荒的年代，让我们老哥俩走到了一起。那时候，山上山下到处挨饿，人们为了吃饱肚子背井离乡是常有的事。"

四爷说，他是孤儿，被草原上的一个族户收养。那家人口多，但男主人对他很好，可惜男主人短命，不久就在骑马回家途中摔死了，剩下的人便开始对四爷另眼相待。后来，饥荒年来了，一点点食物都被他们分完了，哪有四爷的份？实在饿得不行了，他便往山下走，直至饿昏在寺院的门口。还好，寺院的法台收留了他，让他削发为僧。九爷和四爷是同一年到寺院的，还是四爷发现的他。当时，九爷饿昏在寺院北侧的沟里，骨瘦如柴，奄奄一息。四爷把他背进了寺院，苦苦恳求法台，最后留在了寺院，干点杂事。

"唉……"四爷长长叹了口气，眼中闪着泪花，"可惜啊！真是太可惜了，那么大的一座寺院，就让那些毛头小子们给毁了！"

"什么毛头小子？"榆钱急问。

老人面色有些发红，不知道是酒，还是怒火上升的缘故，愤然说道："就是那些头戴绿军帽，身着绿军衣，腰系武装带，胳膊上套个红袖筒，手里还挥舞着红本本的年轻人啊！"老人瞬间激动，嗓门也一下子提高了不少，"他们大喊着'革命小将，战无不胜，走到哪里哪里亮''反封建破四旧立四新'的口号，气势汹汹地把我们全部赶了出来，他们住了进去，还成立了一个什么'远征战斗队指挥部'。痛心啊！痛心，就那些经卷啊，搬到前面的沟里，整整烧了七天七夜。谁能管啊，他们都是省城下来的！差不多三十个男男女女就在这寺院里住了很长一段时间，能毁的都毁了，惨不忍睹！"

"好了，好了，不说这些伤心事了。"老人擦了一把泪，摆了摆手，端起酒杯，一饮而尽。他看了看榆钱，似乎又想起了什么，"唉，既然说到这里，还就得说说你的身世。谁也说不上哪一天我一觉睡过去，再也醒不过来，你这身世也就成了谜了，趁现在还活着，就早些说出来吧！"

榆钱静静地听着，听老人讲述那段关于自己的故事……

　　四爷和九爷在寺院侧面的石洞里已经住了有一段时间了。寺院近乎没落，僧人被抓的被抓，跑的跑了，就剩下四爷和九爷坚守着。房屋已基本被他们拆得破烂不堪，到处是残垣断壁。因为工作和生活的需要，他们留下的两间房子，孤零零地矗立着。最近一段时间，他们昼出夜回，干劲十足。而这几天，已经明显消沉下来了，口号少了，歌声少了，接连几天不是打牌，就是躺在房子里睡觉，打发时间。一个大雨天的夜里，山洞里闯进了两个人，他们打着手电，披着雨衣，搞得四爷和九爷异常紧张。当他们脱去雨衣后，眼前站着的是一对男女。四爷认出了他们，男的就是指挥部里那个跳上跳下的于队长。他此时感觉完全变了一个人，前几天飞扬跋扈的气势荡然无存。女的很漂亮，是女队员里长相最出众的一个。九爷经常偷偷瞅她，有一次还气呼呼地告诉四爷，那女孩晚上老是被于队长叫进房里，出来时常常偷偷抹眼泪。还有一次，九爷又说，那姑娘可能病了，时常一个人偷偷呕吐。四爷没有多说，只是让九爷不要多管闲事。而现在，两个人就站在面前，手里还提着两个罐头和一包茶。于队长将东西放在了旁边，搓了下头，说明了来意。原来，这个姑娘已经身怀有孕数月，而他们已经接到命令，结束这里的工作，立刻回省城。因为是偷偷摸摸干下的事，又不能让别人知道，加上于队长心存私心，怕回去事情败露，影响他以后的升迁，所以决定让姑娘留在这里，等孩子生下来再做打算。于队长还承诺，那两间房子就保留下来，明天你们就可以搬过去住，拜托了。于队长最后拿出了一沓钱，递到四爷的手里，然后深深鞠了一躬，领着姑娘走了……

　　虽然还没说完，但榆钱的似乎已经有所察觉，心怦怦直跳。他希望这个女人不是他的亲生母亲，但是不可能的。四爷随后明确告诉他，这是事实，那姑娘怀着的孩子就是榆钱。

榆钱大吼起来："私生子……我居然是私生子！"榆钱满地转了两圈，依旧辩解："不是……我不是！"

四爷摇了摇头。榆钱平静了一下心情，急问："那他们呢？他们就狠心扔下了我！"

"你母亲生下你后就不在了，是难产。"四爷有些痛心地说着，"于队长一伙第二天就悄然离开了。你母亲呆坐在对面的山包上，痴痴地望着前方的路，一待就是一天，沉默无语，以泪洗面，看得让人揪心啊！你九爷跑前跑后，细心照料。他曾想让你母亲生完孩子继续留下来，由他抚养母子。但你母亲坚决不行，她说于队长答应她的，一定会回来接她走的。但是，她到死也没有等到于队长，甚至没有一点消息。"

四爷擦了一下泪花，"都怪那时候的条件，如果找个好一点的接生婆，应该不会有事。但事情来得太突然了，因为经常坐外面受凉，她的预产期提前了，我们两个也没有经验，手忙脚乱，最后产后大出血。我抱着你，眼睁睁地看着她躺在你九爷的怀里，血流满地，可无能为力啊！"

老人从炕匣里拿出了两个"红卫兵"袖套，递给榆钱说："她走前眼泪已经流干了，什么都没说，只留下了这个。"

榆钱仔细翻看着红袖套，他在上面发现了字。字很小，是钢笔写的，但依旧很清晰。一个上面写着：于永红；另一个上面写着：苏思妍。

榆钱手捧红袖套发愣失神，半天说不出一句话……

万物复苏的春季就要过去了。嫩绿的小草一片一片竞相出土，阳光普照着大地，天空开始瓦蓝透彻，预示着夏季就要来了。这个季节，对山里人来说是最好的季节，不冷不热，空气里弥漫着淡淡的草香，格外沁人心脾。远处依旧还能看到山顶雪，但沟谷里已经热闹起来了。

这几天沟谷里来的人很多，一群一群。有的徒步，有的骑车，大多都开车，带着朋友和家里人，坐在大草滩上吃喝玩乐，星星点点的小帐篷随处可见。这还是源于前几天县上举办的那次大规模户外徒步大赛，这里是主要赛段，选手们经过沟谷，都对这里的环境赞叹不已。

今年，县上提出了全域旅游发展目标，将发展旅游提到重要的高度，以旅游促进对外宣传，实现招商引资，取得经济的腾飞。为了这一宏大的目标，县上层层签订责任状，硬性定任务。各单位绞尽脑汁，一天到晚脑子想的都是怎么完成旅游任务。徒步大赛成功了，成了全县树立的榜样，体育局领导为此戴上了大红花。

接近中午，一辆绿吉普拖着尘土开进了沟里。这车走走停停，似乎在寻找什么。最后停在了古树前，车上下来了几个人，手拿一张地图，指指点点。

说明来意后，榆钱他们知道了，是县旅游局来人考察。他们好像找到了什么似的，感觉如释重负，对这里交口称誉。

一个看起来是领导的人，手里挥动着一本杂志，慨叹不已："好啊！好个西行口，让我们终得庐山真面目。没有这个美丽的地方，就没有那次徒步赛事，没有徒步赛事，就没有于教授的定论。"他将那本杂志打开，让榆钱看，"你看看，于教授的论文很及时啊！他一直也是苦苦找寻丝绸之路的重要节点——西行口，徒劳了多少年，徒步赛事的新闻报道，终于让他下了结论……"

他还在口若悬河，但榆钱手捧杂志，已是目瞪口呆了。杂志的标题下面，清清楚楚地写着：作者，于永红，金城大学丝路文化研究学院院长、教授。

"我们要在这里做大文章，建立青谷堆风景旅游区，寺院要高规格扩建，那边的小海子搞成大海子，这棵树申报重点保护古树名木，让它永远屹立在青谷堆！"领导的话刚完，四爷猛地打了一个颤，身体开始晃悠发软，倒退了两步，瘫坐在地上。嘴唇翕动着，就是说不出来了话……

事情就这样突如其来。水利工程人员进来了，拿着仪器在小海子和泉眼之间忙活了好长时间；大型挖掘机进来了，将本来就很小的泉眼折腾得千疮百孔，小海子也今非昔比，失去了她本有的面目。全县公民义务植树造林也放到了这里，各单位干部职工大干了几天，搞得热火朝天。本来很稀疏的草坡上，撒下了希望的种子，等待绿意盎然的夏季。一切都变了，变得让四爷很不习惯。特别是那棵古树，上面挂了一个大牌子，还用钢管围了起来。老人每天站在树前，只有望树兴叹，无如奈何。

四爷病倒了。几天来一直沉默无语，从昨天开始，再也不起床了。静静地躺在炕上，盯着房顶，发愣出神。榆钱怎么问，也不说话。榆钱急了，赶忙骑上枣红马去镇上，想问问大夫，顺便抓点药。

这是祁连山下的一个小镇。街道上冷冷清清，行人寥寥无几，几匹马拴在街边的电线杆上，不时还有无所顾忌闲窜的羊和狗。这里经常能碰到提着酒瓶、摇摇晃晃行走的醉汉。草原生活就是这样，心里不放事，走到哪里都是亲人，活得清静无为，自得其乐。

听了榆钱的描述，卫生所的大夫也搞不明白四爷到底得了什么病，只好开了些老年人常用的药。

榆钱走在街道上，又一次看到了四号，而这次看到，心情似乎和以前每次看到的都不一样。四号是这人的外号，也不知道是从什么时候开始这样叫的，有人说源于种公羊的编号。据说，很早以前镇上为了改良细毛羊，从新西兰引进了一批种公羊。为便于区别，被依次编了号，然后通过抓阄将羊分配到了各家户，四号便进了他们家。当时他一表人才，年轻力壮，干活利落，四号自然被他喂养得又肥又大，他走到哪里羊就跟到哪里。此后，人们人羊不分都叫四号了。还有一种说法，他当时是镇篮球队的，身着四号球衣，球技高超，得到观众的一致赞叹。街头巷尾，人们说开篮球，都说四号怎么怎么厉害，后来也就没人说他的真实名字了。

可如今，他成了镇上出了名的醉汉加流浪汉。一天到晚手里提个酒瓶，嘴里一直说着谁也听不懂的话，蓬头垢面，衣衫褴褛，不分冬夏，披着个短大衣，这就是四号现在的形象。大家都知道，那年这里发生了震惊县内外的枪杀事件。四号找了个对象，家里也是放牧的。姑娘长相出众，令众多小伙子垂涎三尺。然而，就在准备结婚的前几天，姑娘去他家找他，刚好他又去了朋友家。此时，他们家发生了那件痛心的事情。一个倾慕姑娘很久的小伙子，醉醺醺地提着一把小口径步枪，将他的父母和姑娘一一枪杀。然后抱着枪，坐在窗口边等待四号的到来。那天四号被朋友死缠硬磨喝了酒，而且是通宵。等第二天听到噩耗时，他的酒气还完全没有过。三个亲人的尸体平卧在房前的草滩上，上面覆盖着毛毯。枪手一直到半夜，也等不来四号，最后在绝望中开枪自尽。四号疯了，从此以后萎靡不振，以酒为生，流落街头……

他就瘫坐在商店门侧的墙根下，边喝酒边说着什么。榆钱想到了九爷，顿时同情起四号来。每个人都有每个人的活法，清醒的人，为生活奔波，操劳一生，想得越多，烦恼也不断。醉生梦死的人，心里放不进去一切，活得自在。人生啊！无非就是没有思想地来，没有意识地走，等死了，才知道都是一张白纸，一切都是空白。灰飞烟灭之后，都是一样的，没有高低，没有贫富。此时，榆钱好像一下子领悟了很多道理，他不再厌恶喝酒的人了。他快步走进商店，买了很多食品，放在了四号的身旁，转身走了……

榆钱是领着一个骑单车的青年一起回家的。他清晰记得，在从四号面前转身走的瞬间，他看到了四号眼里的泪水，那是感激的泪水。四号不是千夫所指的疯子，也不是人人讨厌的酒鬼，他是人，是有感情的人。榆钱脑子里这样想着，也没有注意前面的路，快步行走，一下子撞在了一个人身上。当他反应过来的时候，面前四仰八叉躺着一个瘦弱的年轻人，还有跌倒的自行车。榆钱赶忙赔情道歉，而年轻人却哈哈大笑，说草原上的人身体就是棒，个个威猛。年轻人的风趣幽默言谈，加上榆钱的豁达豪爽，两人很快相见如故。年轻人说自己叫于开，是一名在校大学生，正在进行一项"单车行丝路"社会实践活动。他来自省城，已经骑行了将近十天了。榆钱听后既惊诧又佩服，说啥要在旁边的小饭馆里一起吃个饭。

这是镇上唯一的饭馆，还是年前一个宁夏人来开的，主要卖兰州牛肉拉面，平时吃饭的人不是很多，但经手的皮货生意十分红火。榆钱特意要了一盘凉拌牛肉，两人喝了一些啤酒。说话间，于开提到了西行口，说他一定要去一趟这个地方，这是他父亲一再嘱托的。榆钱一下子跳了起来，一把拉起于开，嘴里嚷嚷道："走，跟我走！你算找对人了，我住的地方就是西行口……"还没等于开反应过来，榆钱已经将他拉出了门……

晚上，榆钱用手抓羊肉招呼了于开。两人喝着酒，聊了大半个晚上。差不多到了凌晨，两个人都醉了，趴倒在炕上。

第二天，太阳都升到半空了，于开才睁开了眼睛。此时，榆钱早已经起床，和四爷两人已经喝过早茶了。四爷昨晚吃了药，今天身体明显好转能起床了。于开头痛欲裂，身上说不出的难受，无心起床。他眼神呆滞，环顾房子的每个角落。突然，他的视线被什么东西拉直了。他一跃身跳下炕，抓起了方桌上供奉的金黄色器皿。翻来覆去，仔细看着。

榆钱进来看到于开端着瓶子爱不释手，就开玩笑说："一个破瓶，值得那么专注。"

"这是哪里找到的？"于开急问。

"破寺里翻出来的，破铜烂铁。"

"当时拿出来是什么样子？"

榆钱不以为然，慢慢答道："就一张破黄布包着，害得我擦了好长时间，才变成了这个样子。"

"那张黄布呢？"于开追问。

榆钱随手从旁边的桌子拿起一块抹布，递了过来。于开"啊"一声，赶忙铺平仔细看着。黄布已经被使用得脏兮兮的，但依旧能看到几个模糊的字迹：唐朝玄奘……

于开兴奋得手舞足蹈，口中嚷嚷道："玄奘！知道玄奘是谁吗？就是西游记里的唐僧啊！这东西是他留下的，是金瓶，是通关文书啊！这充分证明了，我父亲的观念是正确的，玄奘大师当年取经，经过了西行口！"

于开拿出照相机，不停地拍照。榆钱又拿出来了几样东西，也摆在桌子上。

四爷走过来，看到了桌子上东西，缓缓对榆钱说："这些东西啊，还是你九爷发现的。你母亲不在后，你九爷完全变了一个人，情绪低迷，以酒度日。我天天抱着你走家串户，给你找羊奶。后来，有人送了一只奶羊，才算安稳了下来，也不需要风里来雨里去了。那段时间，九爷脾气很糟，喝上酒动不动就要酒疯。他在那个房子里的西墙上，画了一个人，上面大大写了'于永红'三个字，每次醉酒后，嘴里大骂着，不停地踹踏，谁也劝不住。有一天，他刚踹了两下，哗啦一声，墙上出现了一个洞，里面漆黑一片。你九爷蒙了，我点了油灯，进去一看，里面是个窑洞，布满灰尘，这些东西全部藏在里面……"

"于永红！你刚才说于永红？"于开一脸惊异，急忙问道。

四爷仍慢悠悠地说："就是当年红卫兵远征战斗队的队长，把这里糟蹋完就回省城了，留下了这个破寺，也留下了榆钱，孽债啊！"

于开啊一声，一下子蹲在地上，双手使劲抓着头发……

于开是在痛苦中离开青谷堆的，带着父亲的殇情和伤恨故事离开的。于开可以相信父亲曾经来过这里，但怎么也想不到他在这里还留下了一个儿子。突然间，自己有了一个同父异母的哥哥，这是多么滑稽的事情啊！但这又是无可置疑的事实。想到客死他乡的苏思妍，于开流泪了，不仅怜惜她生命最后的遭遇，更为她不能魂归故里愤憾。作为最高学府的教授、人类灵魂的工程师，父亲的形象在自己心目中一直是高大的，也是敢于自豪和学习的榜样。可此时，他听到了父亲的所作所为，想到了不负责任，看到了自私和卑劣，父亲高大的形象顷刻间跌落万丈！

几天后，各大报纸同时发布了消息，焦点几乎都指向了青谷堆。说是古丝绸之路穿越西行口，唐玄奘宿歇青谷堆，讲经说法，留下金瓶。还配发了照片。一时间，西行口再次声名鹊起，青谷堆也随之名声大噪。

县上正式将青谷堆旅游开发列入重要议事日程，县长专程赶到这里，组织相关部门召开了青谷堆旅游开发动员大会，会上宣布成立了青谷堆旅游风景区管理委员会和旅游公司，还进行了隆重的奠基仪式。

青谷堆热闹了。旅游公司请来了专家、文人墨客大做旅游文章，也编出了很多花样。小海子变成了大海子，还起了个名字叫"天鹅湖"。重新修建了寺院，还专门设立了一个"传经殿"，里面弄了个唐僧的蜡像，栩栩如生。前面特意建了个"丝路西行街"，古色古香。县歌舞厅编排了"丝路千古情"，还原唐僧讲经和丝路历史文化。就连以前破寺门口拴马的石桩，也被重新安置了地方，保护了起来，说是当年唐僧在这里拴过白龙马。

不久，这里举行了隆重而热烈的青谷堆旅游景区开业仪式，彩旗招展，锣鼓喧天，鞭炮齐鸣，礼炮震天，烟雾缭绕。省上、市上来了很多领导和专家，其中就有于永红。他坐在主席台，脸色一直低沉……

晚上，他走进了四爷的房子。榆钱面对亲生父亲，不知所措。而四爷坐在炕沿上，屁股都没抬一下，一言不发。房子里格外安静，三个人都耷拉着头，不肯说话。久久，于永红哭了，他站在地上，面色愧疚，给四爷深深鞠了一个躬。四爷并不领情，摆了摆手，正眼都不看他一眼，大声说道："我承受不起啊，你还是到坡后的坟茔前给她鞠躬吧！"

于永红努力抑制着泪水，大叹了一口气说："那个时代我们都算什么？只能是个小棋子，头脑发热，跟随潮流，任人摆布。多少年来，苏思妍揪着我的心，让我悔恨交加，于心不安，可我也是身不由己啊！"

"什么？身不由己？一个人被扔在这里，一个身不由己就完了？"榆钱跳了起来，骂道。

于永红说了句对不起后就蹲在地上，号啕大哭起来……

那年，于永红回到省城后，开始渐渐醒悟。不久的清明时节，他就跑到北京参加了天安门广场的悼念活动，还在首都长安街西单商场墙上，带着几个青年打出横幅："坚决要求×××同志出来工作!"一下震惊全国。随后他被遣返省城,以"反革命罪"逮捕入狱。四年后,他得以平反,恢复名誉,还考上了中国社会科学院研究生,毕业后被分配到了金城大学从事丝路文化研究。

他说,他后来打听过苏思妍的下落,但杳无音信。为此,他快到而立之年了,才在单位领导的撮合下,娶了现在的女人,有了于开。四爷和榆钱用草原人的大度原谅了他,还一起喝了酒……

翌日一大早,于永红来到了苏思妍的坟前,长跪不起。榆钱看到,于永红在坟前摆了很多吃的,点香烧纸。还拿着一瓶酒,边喝边说着什么,一直到了下午。傍晚,他走了,没有给四爷和榆钱打招呼,直接从坟上回去了……

又过了几天,四爷突然让榆钱跑一趟青谷堆旅游风景区管委会,问问伐树的事情,结果被一口回绝,说这地方已经被列为省级重点文物,古树也成功申报为重点保护古树名木,受法律保护,坚决不能动。四爷听后彻底病倒了,再也没有起来……

四爷带着遗憾走了。人们再一次围到了榆钱的小房子前,这次比九爷走时来的人还要多。周边几个大寺也来了喇嘛,念经超度。震耳的法号声中,桑火袅袅,风马飞舞,在诵经声中人们不断地往桑火上抛撒祭品……

管委会来人了,还拉来了八根柏木柴。前一天,榆钱带人大闹管委会,要求满足老人最后的心愿,但管委会说啥也不让伐树。大伙在管委会里静坐了一天,最后他们答应提供柏木柴,按照少数民族传统方式进行火葬。

九爷坟茔的旁边,人们精心搭起了柏木柴堆,然后将四爷平放在上面,盖上了棉布,一条条哈达铺在了上面。法号响起,一位年老的喇嘛,在阵阵诵经声中,用手中的酥油灯点燃了柴火,火焰熊熊燃起……

四爷走后的第三天，那匹年老的枣红马也悄然死去。它已经三天没有进食了，最后皮包骨头，流着泪倒下……

四爷走后不久，榆钱也离开了青谷堆，不知去向。有人说上了省城，在金城大学看门房；也有人说，他去了一家寺院，出家为僧……

青谷堆旅游风景区红火了不到一段时间，就衰败了。游客很少，入不敷出。随后，祁连山开始了大规模的环境整治，所有位于祁连山自然保护区内的设施全部无条件拆除，青谷堆旅游风景区自然也免不了，顷刻间被拆得什么也没有留下，恢复了往日的平静……

后来，我曾去过青谷堆，满目绿意盎然。我问当地的牧民，青谷堆到底是什么意思，他们说青谷堆在他们的语言里，就是灰坡的意思，充其量就是个家族倒灰、倒垃圾的地方，日积月累变成了堆，变成了坡……

我无语了。但是，这个青谷堆，让我想到了青谷堆寺院当年的鼎盛……

天边的草原

一

这是一个雨后的下午，祁连山北麓后山地区的阿尔可草原碧绿碧绿，天空很蓝，挂着些许白云。

哎……
裕固族姑娘就是我
姑娘我心中歌儿多
闪光的珠宝我戴过
高山峻岭我上过
哎……
酥油曲拉我打过
细细的毛线我拧过
你干的活儿我干过
不信咱们就比着说
……

歌声是从一个很宽阔的绿色山包后传出的。欢快的羊群不断涌出，像白色的珍珠铺满了整个山包。银召尔拉着马，跟在羊群后面，悠然歌唱。

　　飘带一样的河水在阳光下泛着银光，一路向下，在一个白色砖瓦房旁边拐了个弯。托瓦大爷端着狗食盆，从砖瓦房内走出，黑色的藏獒看到后欢快地摇动着尾巴。托瓦走过去，放下盆，摸了下藏獒的头，继而抬头，用手遮住午后的阳光，看了下对面坡上走来的羊群和孙女银召尔，然后走过去打开了羊圈的门。

　　很快，羊群带着尘土，欢叫着涌向羊圈。托瓦倚在羊圈栅栏门旁，前腿略成弓形，阻挡着涌进羊圈的羊群，一只手随着进圈的羊有节奏地上下挥动，嘴唇翕动着悄声数羊。当最后一只羊进圈后，老人释然地关上栅栏，拍了拍身上的尘土，走到银召尔身边，接过孙女手中的马缰绳。

　　"那木加来了，不过又喝了酒，我让他先睡一会儿，你去看看吧。"托瓦看了眼房前停放的摩托车，然后低头拴马。

　　"他怎么又喝酒了，不是保证再不喝酒了吗？"银召尔的脸立马阴沉了下来。

　　"我看他一时半会儿是改不了了。"托瓦边走边说。

　　"我去收拾他！"银召尔噘着嘴，使劲甩了下手中的马鞭。

　　"站住！你能不能改一下你这犟脾气，都这么大了，哪像个姑娘！"托瓦快步走过去夺下银召尔手中的马鞭，"去看看吧，如果睡得好，就不要叫醒了，让他再睡一会儿。"

　　银召尔不情愿地向前走了几步，又转身走向旁边的藏獒，抚摸着藏獒的头……

　　夕阳西下，房子上方青烟袅袅。

　　不大一会儿，银召尔已经很麻利地熬好了茶。托瓦盘腿坐在炕桌前，眼睛很专注地盯着电视里播放的新闻。银召尔拿起了碗，从火炉上的铝锅中舀好奶茶，端给爷爷，然后，自己也舀了一碗，坐在炕沿上。

"你去叫醒那木加，让他也过来一起喝茶吧！"托瓦边喝边说。

"算了，还是让他再睡一会儿吧。等会我给他端碗稠奶子，稠奶子可以解酒。"银召尔说。

"也好。"托瓦点了点头。少顷，他好像想起了什么，"对了，今天上午我看到有辆吉普车进了前面的山沟，可能是城里来游玩的，一直也没见出来，该不会车出了啥问题吧？"

银召尔边沏茶边说："现在我们这里来游玩的人是越来越多了，有些人还可以，有些人也太差劲，到处扔垃圾，今天我发现我们羊群里又有一只羊不太对劲，我怀疑可能吃了塑料袋。"

托瓦叹了口气："唉，可惜了我们这片祁连山老后山的草原。当年草原承包时，都嫌远，没人要，可现在前山的草场都开始退化了，人们的心呀也开始痒痒了，眼睛都盯上了这里。"他将空碗递给银召尔，抹了下嘴，拿起烟杆，点燃深吸了一口，继续说道："草场可是我们牧民的命根子呀，要好好地保护，如果来羊贩子，就再卖掉些羊，羊不能太多，多了草场就容易退化。"

银召尔"呀"了一声。

这时，外面传来藏獒急促的狂吠声，还有人的喊叫声。

"我去看看。"银召尔说着就跨出了门。托瓦也赶忙下炕穿鞋。

随着说话声，银召尔领进来四个年轻小伙。

银召尔介绍道："奥嘎①，他们就是今天进沟里游玩的那几个人，他们的车陷到沟口的泥坑里了。"

"大爷，不好意思，我们是金城宝隆矿业公司的，我叫李伟。"

①　奥嘎：裕固族语，爷爷之意。

其中一个年轻人上前，从钱包里拿出了身份证，表情略显尴尬，"这是我的身份证。我们到这里玩，没想到车陷坑里了，只好来这里给你们添麻烦了……"

托瓦立马不高兴了，大声说："你这是什么话，我们尧熬尔有句俗话，进门都是客，待客如敬神，我们是这片草原的主人，只要你们看得上这里，愿意来，我们欢迎。虽然这里比起你们城里条件差，但不会让客人饿肚子的，大家上炕，随便坐。"

李伟几个人有点木讷地坐到炕沿上。

"银召尔，你先好好给客人们打个茶，再把那木加叫起来，让他到圈里挑个羯羊宰了，他也该睡醒了。"托瓦的话刚说完，那木加已经出现在了门口："奥嘎，我起来了，这就去宰羊。"

那木加虽然还有些醉意，但右手已经拔出了腰间的匕首，走出了门。

夜空上是一轮明亮的圆月，星星点点，房子的窗子里透出明亮的灯光，不时传出笑语。

人们围坐在炕上，中间的炕桌上已经摆上了手抓肉、羊肠子等。

李伟边吃边说："大爷，这次到这里来，真算是有缘，这个车陷得好，第一，让我们看到了如此美丽而纯朴的草原；第二，让我吃到了草原上最香的手抓肉；第三，也是最高兴的，让我认识了你们。所以，今天这个羊算我们买的，多少钱我们都愿意出！"

银召尔愤然上前夺过李伟手中的肉块，说："算了，这肉你们不要吃了！"

客人们惊诧，李伟更是莫名其妙。

还是托瓦上来解围，拿过银召尔夺去的肉块，说："这丫头，怎么说话呢！"说完把肉块递给李伟，"没事，这丫头没爸没妈，一直跟着我，惯坏了。不过，李同志呀，你也太不了解我们草原人了，客人来了羊肉招待，我们这里宰只羊，就如同你们城里人杀只鸡，不要提钱，哪怕你有再多的钱。"

李伟一下子反应过来，赶忙赔不是："对不起，我错了，我错了……"

此时，那木加端着银碗和酒瓶，站在炕沿前，说："好了好了，到了我们草原，就如同我们草原人，我们牧民喜欢干脆，最看不起扭扭捏捏，推推托托。来，我给客人们敬个酒，我先干为敬……"

他话还没说完，就已经迫不及待地喝干了一碗酒。

看到这个架势，大家都表情痛苦地喝下敬酒……

一会儿工夫，那木加彻底醉倒了，其他人脸色红润，有了醉意。

李伟醉意蒙眬，指着那木加，说："哪里像个草原人，才喝了几杯就完蛋了，我早就听说，草原上的麻雀都能喝二两酒，亏你还是个大老爷们。"

"你也太小看我们草原人了，来，我看看你到底有多少量，按照草原人的习惯，我过一通。"银召尔不依不饶，还剑拔弩张地向上挽起了袖筒。

大家瞪大了眼睛，相互看着。

"你……能行？"李伟似乎很蔑视。

"骏马没腾起四蹄，哪个也断定不了它是千里驹！"银召尔说。

李伟笑了，摇了摇头，摆着手说："算了吧，让你过通我们怎么好意思呢，你还是唱个歌，我们喝酒。"

"好，说唱就唱。"银召尔很干脆，歌声也随即而出。

我的心飞向那故乡的草原

雪白的毡房像朵朵雪莲

毡房上升起袅袅炊烟

那是阿娜①招手把我呼唤

我的爱留在那飘香的草原

肥壮的羊群像珍珠闪闪

牧鞭上系着童年的歌声

那是故乡微笑在我的心田

我的歌飘在那如画的草原

清清的泉水像弹拨的琴弦

即使我走遍天涯海角

忘不了草原亲人的笑脸

……

这酒喝得格外长，也格外欢快。几个年轻人像是熟悉的朋友，这个唱，那个和，歌声、欢笑声此起彼伏。这是草原欢腾的夜晚……

翌日，太阳从对面的山坡上露出了火红的脸，草原苏醒了。远处的草原像是燃烧了，变得火红火红。

托瓦吆喝着将羊群赶上了草坡，就径直走到了吉普车旁，围着转了几圈，不时拿几块石头垫在车下。这时，银召尔、那木加和李伟几个人才慢悠悠走了过来。

托瓦赶忙招呼："我看差不多了，大家赶快再拿些石头，垫到车轱辘底下。"

人们四散找石头……

突然，李伟从不远处惊叫起来："大家快看，我发现了什么……"说完，高举着手中的石头跑了过来。大家围了上去，李伟手中是两块黄绿色、布满金点的石头。

李伟异常兴奋："这可是铜矿石呀，从色泽及质地上看，品质

—————————

① 阿娜：裕固语母亲之意。

很高。"

托瓦不以为然："这有什么惊奇的，这样的石头我们这个沟里到处都是。"

李伟心情仍十分激动："是吗？太好了，太好了。我这次回去就送检，如果我猜得没错，父亲一定会在这里投资的。"

银召尔和那木加继续默默地捡来铜矿石，垫在车轱辘底下。

不一会儿，吉普车轰鸣着冲出陷坑，停在不远处。

李伟跑步来到银召尔和托瓦面前来道别。

"记住，我还会来的，吃你们的手抓肉，听银召尔唱歌。"李伟说话时手中仍拿着石头。

李伟和每个人握了手，回身跑上了车。吉普车呼啸而去，留下托瓦、银召尔、那木加挥手的身影。

二

暗红色的太阳已经落到了西边的山坡上了，夕阳下的山坡披上了淡淡的黄色光环。十几头黑色的牦牛拴在牛圈外，几头小牛从牛圈里向外张望，不时发出哞哞声。银召尔提着奶桶从房里走出来，来到乳牛跟前，拂去牛腿上的草屑，开始挤奶。

乳汁喷射有力，打在挤奶桶上发出清晰悦耳的声音。

突然，传来摩托车的轰鸣声，银召尔站起身。远处一辆摩托晃晃悠悠地开了过来，银召尔用不着多想，就知道来的一定是那木加，她继续蹲下挤奶。

那木加有些醉意，一脚高一脚低地走到银召尔的旁边，突然拍了一下乳牛的屁股，牛猛一惊差点踢翻奶桶，银召尔赶忙站了起来，正要发火，那木加却嬉笑着一下抱住了银召尔的后腰。

"你要干什么？"银召尔面带怒气，使劲挣脱、生气。

"我想你了呀。"那木加依旧不放手。

"你怎么又喝酒了，看你现在都成什么样了？"银召尔脱身后，愤然收拾起奶桶。

"我……我……我一个人待在家里也没事干。"那木加一下像做了坏事的孩子。

"我看你是彻底没救了。"银召尔大声指责。

这时，托瓦从房中走出劝道："算了，都不要说了，那木加来得刚好，明天你俩去趟乡政府，安乡长代话来，县上又来了太阳能电板，我们家有一台，你们去领回来吧。"

"算了，我还是一个人去吧。"银召尔依旧很生气的样子。

"傻丫头，这次的太阳能电板比以前的好，也大，你一个人拿不动，还是让那木加骑摩托带你去。"托瓦说道。

银召尔使劲瞪了一眼那木加，回身走进帐篷。

望着愤然离去的银召尔，托瓦开始劝导起那木加。

"那木加，你不能再这样了，你再喝酒就不是草原汉子，而是酒鬼了。你知道我是不喜欢酒鬼的，当年银召尔的阿爸就是醉酒后，从马上摔下掉进冰窟窿里死了，后来银召尔的阿妈也离开这里，不知去向，一个好端端的家庭就这样给毁了。"

那木加垂下了头，不时点头。

托瓦继续说："你阿爸也是因为喝了酒，一时冲动射杀了白唇鹿，现在还在监狱里呀，我不想我唯一的孙女嫁个酒鬼。"

那木加使劲点头："奥嘎，我改，我一定改行吗？！"

"好了，今天就不要回去了，去到帐篷里睡吧，明天还要赶路。"托瓦说。

"呀——"那木加应声走进砖瓦房前的帐篷。

摩托在山路上疾驰，上面是那木加和银召尔，路边是满坡黄色的油菜花。

今天是全乡赶集的日子，乡政府街道旁的临时停车场里停满了各式各样的摩托车，旁边的电线杆上拴着几匹马，前方的街道上人来人往，不远处的商店门口支着几个台球桌子，一个啤酒摊位，坐着几个年轻人。

银召尔和那木加提着银色的金属箱，走到自己的摩托车旁，把箱子绑到摩托车的行李架上。

那木加顺手擦拭了一下额头的汗水，眼睛却不由得看了一眼啤酒摊，嘴唇也随之翕动了几下。他猛然从怀里摸出两张红色钞票，递给银召尔，说："你去转转，看有合适的东西就买上，记得给奥嘎买点烟丝和砖茶。"

"你不去吗？"银召尔问。

"我昨天喝了酒，现在浑身冒虚汗。再说，我还得看着这个呀！"那木加说完，拍了拍摩托上的木箱。

"你该不是又想酒了吧？"银召尔看了一眼啤酒摊。

那木加赶忙回答："没有，打死也没这个胆。"

突然，银召尔在不远的人群里发现了李伟，她脸色一下转晴，赶忙往前走了几步，又停步回过头来，严厉地说："我可告诉你，你如果再喝酒，我就不管你，一个人回去！"

那木加急忙呀了一声。

银召尔快速向人群中的李伟跑去。

乡政府门前平日里寂寥的街道，今天格外热闹，人声鼎沸。李伟夹杂在熙熙攘攘的人群中，慢慢行进着。他不时四下张望，好像在寻找什么。银召尔从背后挤进人群，调皮地拍了一下李伟的肩膀，李伟猛然转过身，脸色并不惊愕。

银召尔惊喜地问："你怎么在这里？"

李伟说："我就知道会在这里碰上你的。我告诉你个天大的好消息，我们要在你们草原上开矿，我先过来采购些东西，大队人马过两天就到。"

"真的？这么快！"银召尔显得很高兴。

"你们这里的矿石真的很好，怎么样，我说我会来的，没骗你吧。"李伟异常兴奋。

"那我们草原真热闹了。"银召尔看起来也有些激动。

"可不是吗！咦，你怎么也到这里了？"

"我到乡政府取了个太阳能电板，顺便转转。"

"你一个人？"

"我和那木加。"

"这个市场可真热闹，我没想到。"

"是的，我们草原好东西多着呢，过些日子，马蹄寺还要举办大型的祭鄂博活动，到时我带你去看，现在我先带你逛市场，好吗？"

"太好了。"

两人边说边走在人群中，不时看看两边摊位上的东西。

在一个卖珠宝首饰的摊位前，两人停下了脚步。琳琅满目的民族饰品摆满了摊位，还有很多被整齐地悬挂在摊位上方。

银召尔随手拿了几个玛瑙项链和耳坠不停地对比着，感觉爱不释手。

"这些东西城里有钱都难买，真的很好看，送给省城的朋友一定喜欢。"李伟也挑了不同的项链和耳坠，又问老板，"这几样多少钱？"

"六十块。"老板边比划边说。

"好便宜呀，给我来十套。"李伟边说边挑选起来。

银召尔诧异地看着掏钱的李伟，老板则高兴地装好饰品，递给李伟。

李伟从袋中拿出一套，递给银召尔，说："这个送给你。"

银召尔显得不好意思："这个……不好吧？"

"没事，反正都是送朋友的，你是我草原上的朋友呀。"李伟将东西硬塞到银召尔手中。

"谢谢……小李哥。"银召尔赶忙说。

乡政府街道旁的临时停车场内，那木加的摩托车孤零零地停在临时停车场。李伟开着吉普车缓缓停到路旁，银召尔打开车门跳了下来，四下张望，可四周早已经不见了那木加的身影。银召尔走到啤酒摊位前，向几位喝酒的年轻人打听那木加的下落。

一个年轻人极不耐烦地说："早喝醉了。"

另一个年轻人则指了指台球桌子旁边的房子，说："已经爬不起来了。"

银召尔怒气冲冲地走到房子前，从窗子里看见那木加睡在里面的床上，转身就走。这时，啤酒摊老板追了出来，拦住银召尔："等等，把账结了。"

"我不管，你找他要！"银召尔想甩手离开。

老板口气一下变得强硬起来："不行，他让我等你，不给钱你不能走！"

见此情形，李伟走过来，问："多少钱？"

"四十块。"老板回答。

李伟从身上掏出了一张五十元的票子，递过去："给你，不用找了。"

老板哈腰接过钱，不停地点头。

两人转身走到摩托车旁，银召尔卸下摩托车上的箱子，吃力地搬到吉普车上，李伟紧追两步，问道："那木加呢？"

"不管他了，让他睡着去。"银召尔说着拉开车门，跨了上去。

李伟回头看了下房子，失望地摇了摇头，也只好上车。

吉普车慢慢离开……

三

托瓦坐在一个小山包上，四周是美丽的鲜花。

他静静地望着远处山道上的尘土。随着尘土的加重，一辆辆车从尘土中出现。有卡车、挖掘机、装载机等十多辆车，浩浩荡荡，开进侧面的山沟。

托瓦的脸上布满忧虑，自言自语道："来了，真的来了，这片沉寂的草原怕是要遭殃了。"

吉普车轰鸣着从山坡后探出了头，车后带出阵阵尘土。银召尔家的藏獒开始狂吠，托瓦从房里走出，看见前方开来的吉普车，便指了指藏獒，藏獒立马止声，欢快地在托瓦的身边跳来跳去。

吉普车径直停在房前，左右车门打开后，分别走下银召尔和李伟。银召尔满脸笑容，异常兴奋，托瓦却略显纳闷。

"奥嘎，刚才上来的那些车都是小李哥他们公司的，他们要在这里开采铜矿。"人还没到面前，银召尔的声音已经到了。

托瓦噢了一声，面无表情。

李伟急忙从车里拿出几个塑料包和一条哈达，给托瓦敬献哈达，送上礼品。

"奥嘎，我爸爸在城里专门给你挑了些上好的茶叶和营养品，让我带给你。他说，以后我们在一个草原上，就是邻居，就是一家人了，还请您多多关照。"李伟说话嘴很甜。

托瓦看起来不是很高兴，他没有接礼物，而是向银召尔挥了下手："还愣着干什么，请小李进屋呀！"

李伟不知所措，赶忙随银召尔走进房门。托瓦深深地望了一眼眼前熟悉的草原，然后缓缓转身，也慢慢走进房门。

帐篷内，空气仿佛凝固了，李伟和托瓦静静地坐在炕沿上。托瓦依旧没有笑容，使劲抽着烟杆，而银召尔却满面笑容地给客人倒茶。

李伟极想打破尴尬，拿出一盒烟，抽出一根递给托瓦，看到托瓦没什么反应，只好放到面前的炕桌上，说："矿石我拿去检验了，这里的确有富矿，品质和储量都很好，很有开采价值。矿点就选在上次陷车的地方，你说巧不巧，感觉就像是老天在特意照顾我们一样。"他喝了口茶，"我爸已经说了，我们公司以后的重点开发区将逐步转到祁连山，转向这里，虽然现在条件还很差，住的是帐篷，但是不会太久，公司就要在这里建大型选矿厂，还要修楼房，招工人，这里很快会红红火火起来的。"

银召尔也插话："奥嘎，小李哥已经答应了，等他们开工了，就让我到他们的矿部做饭，还要发工资呢。"

托瓦叹了口气："草原真的留不住年轻人的心呀。"

银召尔赶忙责怪起爷爷："奥嘎，你说什么呀，我又不是不回来了。"

"等我们的选厂建起来了，这片草原上的年轻人全部招完还不够呢，到时他们可都成了拿工资的工人了。"李伟说话明显有些炫耀。

托瓦质问："那我们的羊谁来放？"

李伟一下哑口无言。

"没事，到时把我们家的羊和那木加的羊合到一起，让那木加来放。"银召尔接话道。

"如果那木加也被矿上招去呢？"托瓦又问。

"不会的，就那木加天天喝酒的样子，人家也不要呀。"银召尔说完，又问李伟，"是吧，小李哥？"

李伟看到这个情形，也不好说什么，只能应付回话："我们是……大型企业，是……有……严格的……规定的。"

托瓦使劲磕了下烟杆，猛然站起身，二话不说径直走出房门。

采矿点前彩旗飘飘，四周已经停了很多高档小轿车，晴朗的天空上飘动着很多拉着条幅标语的大气球，引来不少附近的牧民看热闹。

两排大型挖掘机、装载机的中间是临时搭建的主席台，横幅上大大地写着：宝隆矿业公司阿尔可铜矿开业庆典仪式。

主席台上已经坐满了领导，其中有县上的领导、乡上的安乡长，还有企业负责人。

李伟跑前跑后，忙着照相，突然，他在人群中发现了银召尔的身影，赶忙走过去打了个招呼，银召尔脸上挂着灿烂地笑，跟在李伟身后不停地拍照。

随着安乡长"宝隆矿业公司阿尔可铜矿开业庆典仪式现在开始"的开场语，侧面一台披红挂彩的挖掘机轰鸣着铲下碧绿的草皮，顿时，草原上鞭炮齐鸣，礼炮震天，彩纸飞舞，烟雾缭绕。

此时，托瓦老人就站在门前的一个高坡上，用手遮住阳光，看着远方，山背后庆典的炮声在这里已经能够很清晰地听到了。

托瓦叹了口气，双手合十，自言自语："唉，草原看来要遭罪了，天格尔①呀，您的眼睛难道被烟雾蒙蔽了吗？您的耳朵里难道听不到隆隆的炮声？您要佑护生灵啊，大地母亲的身体正在被伤害，草原正在流血呀！"

说完，托瓦双膝跪地，默默祈祷……

庆典活动已经结束了，人们也开始四散。不远处工人们正忙碌着拆主席台，草地上到处是花五颜六色的纸屑。

银召尔也正准备回家，

"银召尔！"背后传来李伟的呼唤声。银召尔转过身，看见李伟在不远处的车旁招手，身旁有安乡长，还有一位中年人，银召尔走过去。

"来，银召尔，我给你介绍一下。"还未走到跟前，安乡长已经指着李伟旁边的中年人，介绍起来，"这位就是李伟的父亲，宝隆矿业公司的李总经理。"

李总经理说话很客气："我们想去你们家，看看老爷子，可以吗？"

"当然，欢迎。"银召尔赶忙应道：

安乡长挥了下手："走，上车。"

大家上车，向银召尔家驶去。

不一会儿，轿车的前窗玻璃上已经出现了银召尔家的房子，还有站立在藏獒旁边的托瓦老人。

银召尔手指前方，说："前面看见的就是我家，站着的老人就是我奥嘎。"

"这里的草原真美呀，你家住的还是砖瓦房，我没有想到，以为现在的牧民还住帐篷。"李总经理说道。

安乡长回头解释："这里已经是草原腹地了，也就是所谓的后山地区，草场比较集中，基本都是定居，只有每年少部分的时间，是

---

① 天格尔：裕固族语，天神。

游牧生活。"

李总经理望着窗外感慨道:"好地方呀!"

说话间,轿车到达房子前,藏獒在托瓦身后兴奋起来,狂吠不停。

大家下车后,安乡长向托瓦介绍道:"宝隆矿业公司的李总经理来看看您老人家。"

李总经理上前和托瓦握手。托瓦握着李总经理的手,头却回过去呵斥了一声身后狂吠的藏獒,藏獒立刻无声,他回过头,说:"欢迎,欢迎呀,远方的客人快请屋里坐。"又对身旁的银召尔安排起来,"银召尔,快,快去煮肉。"

李总经理连忙推辞:"不麻烦了,我们只是来看看草原,看看你老人家。"

托瓦脸色一沉,说:"这话说的,到了我们草原,就得遵照我们草原人的习俗。"

大家互相望了一下,被托瓦恭敬地请进了屋。

大家围坐在炕桌旁,面前的炕桌上摆放着大盘的手抓肉、油饼、肉肠等食品。

银召尔忙前忙后为客人们斟上奶茶。

托瓦接过银召尔递上来的酒碗和哈达,说:"欢迎你们,尊敬的客人,美丽的阿尔可草原敞开胸怀欢迎你们的到来!"。

托瓦首先给李总经理献上哈达,敬上美酒。

李总经理端起酒碗一饮而尽,双手合十,恭敬地说:"感谢老人家,祝您福如东海,寿比南山。"银召尔在旁边赶忙给爷爷递上哈达,斟满酒。酒敬给安乡长,安乡长端起酒碗,按照草原习俗,用无名指蘸着碗中的酒,向天空弹了三下,双手端碗一饮而尽,然后又倒了酒,给托瓦回敬。

"老哥，这碗酒我代表扎阔乡的父老乡亲敬给您，我知道你心疼草原，可我们草原也要向前发展呀！这个铜矿是我们县历史上规模最大的招商引资项目。"托瓦老人接过酒碗。安乡长继续说："你想想看，将来这个铜矿项目规模大了，要给我们县带来多大的财政收入，要创造多少就业门路啊！我们不考虑个人，也要考虑考虑子孙，他们不能再围着牛羊转了，得给他们创造更加好的工作条件……"

托瓦一口将酒喝完，用大手抹了下嘴："话不说不明，理不讲不透，可你应该知道呀！大地是有生命的，草原是身体，河流是血脉，谁愿意眼睁睁地看着她受伤害，流血啊！"

安乡长指了指脑子："要转变思想观念啊！按照发展思路，这是一个天大的好事情！"

李总经理也赶忙附和："老人家，这点您放心，我们企业是清洁生产企业，我保证我们在开采过程中，开采面尽可能要小，最大限度保护草原植被。当然，和其他项目一样，对这个项目我们也要请专家认真进行环境影响评价，如何开采、如何保护专家说了算，他们说不行，我们立马停工，无条件撤离。"

托瓦走上前，盘腿坐在炕沿上说："大水流去才能看见石头，云雾散去才能看见青山，我老汉就想听你这句话，虽然你们说得深奥一些，但我能听出来，你们只要把草原当母亲、当生命，我知足了！"他斟满了酒碗，"好了，再不说这事，我们喝酒！"

房间里顿时热闹起来……

四

马蹄寺，祁连山中的大寺，建于东晋十六国时期的北凉，属于藏传佛教格鲁派青海东科尔寺的属寺。寺院自建寺以来，香火极为鼎盛，最盛时的僧众可达一千余人。马蹄寺石窟由于历史悠久，同敦煌的莫高窟、安西的榆林窟齐称为河西佛教圣地的三大艺术宝窟。

今天，这里天高云淡，和风习习。马蹄寺石窟前的草坡上，人山人海，络绎不绝。一年一度的草原民族祭鄂博仪式正在这里隆重举行——庄严的祭台，盛大的场面，僧人们吹响长长的法号。震耳的法号声中，桑火被点燃，青白色的烟袅袅升起。诵经的僧人们不断地往桑火上抛撒祭品，牧民们纷纷涌向鄂博……

祭鄂博已经成为当地牧民一年中盛大的节日。天刚麻麻亮，人们就起床准备一天的东西，包括行装，还有路途上的食物。压箱底的盛装，今天可以拿出来一展风采。不分老幼，人人脸上都洋溢着灿烂的笑。勤快的草原女人，早早就打好了酥油奶茶，照料老的少的填饱了肚子。男人们已经备好了马鞍，装好了一天的食物。伴着启明星，人们从四面八方走向马蹄寺。遥遥路途，大伙兴高采烈，一路高歌，一路笑声……天大亮时，马蹄寺前已经是人山人海。

李伟和银召尔也出现在人群中，东张张西望望。四周到处是身着漂亮民族服饰的牧民，衣服上的饰品在阳光下闪闪发光，夺人眼球。李伟已经完全被这壮观的场面和漂亮的民族服饰折服，不停地照相。

"太美了，太美了！"李伟连连赞叹，"你知道吗，银召尔？我完全被此情此景折服，我一定要将这里的所见所闻告诉省城的朋友，让他们羡慕去吧！"

"祭鄂博每年都举办吗？"李伟问。

银召尔说："每片草原都有自己的鄂博台子，这里算是最大的。"

"为什么要祭鄂博？"

"为了草原风调雨顺，河水长流，来年长出更多更好的草，让牛羊有更多的食物，这些还是奥嘎告诉我的。"

呜——呜——一声声白海螺发出的声音，将他们的视线牵了过去……

鄂博前，一位老喇嘛在高声朗诵祭文，四周站立着很多喇嘛，齐声诵经。牧民信众围着鄂博转圈，有的拿着木箭插进鄂博，有的拿着白色石块堆在鄂博底部，有的用柏枝蘸上茶水边走边洒向天空，老人把布条、白羊毛、马尾、牛毛等，一撮一撮拴到从鄂博拉过的绳子上。一些骑马者则围着鄂博高喊"拉衣尔加老……拉衣尔加老……"

此时，银召尔和李伟完全不会想到，有一双眼睛一直盯着他俩，这是那木加仇视的眼睛。他也是在人群中无意间发现了有说有笑的李伟和银召尔，脸色一下变得沉重起来。很长时间了，他就这样紧紧跟在他们的身后，窥视着他俩的一举一动。按他的个性，要是在平时，他早就上前动怒了。但今天是个特殊的日子，他的头脑没有被酒精俘获，目前还是清醒的。

跟了一会儿，那木加无奈地坐到旁边的一个啤酒摊上，要了一瓶啤酒，一边喝一边愤然目视着银召尔和李伟。

精彩的一天就这样过去了，牧人们拖着疲惫的身体，伴着落日都各自回家……

托瓦盘腿坐在炕桌旁看电视，炕桌上放着一个小酒壶，老人边看边喝上一口。银召尔坐在炕沿前，仔细地绣头面^①，间或看一眼电视。

"奥嘎，小李哥今天正式通知我，让我明天去他们那里上班，我上次给那木加哥说了，让他的羊和咱家的羊合到一起放，明天早晨我顺便再给说说。"银召尔突然说道，看起来很是兴奋。

托瓦呷了口酒："去吧，你就不用管羊了，我这把老骨头也还能

---

① 头面：裕固族服装饰品。

动弹两下。"

"等一会儿把您明天吃的东西都准备下，我中午就不回来了。"

"吃是小事，我也可以做，不过你和那木加的事可是大事，耽搁不得，你应该明白。"

银召尔猛地站起身，边收拾东西边说："这个我知道，不用你们操心，那木加哥也太不像话了，整天就知道喝酒！奥嘎，我去睡了。"

看着银召尔出去的身影，托瓦沉重地摇了摇头……

李伟公司的矿部很大也很红火。远处炮声隆隆，四周挖机铲车忙个不停。李伟快步走进一座简易的板房内，这是矿部的职工餐厅，银召尔已经正式在这里上班了。

板房里面很大，做饭的大师傅都忙碌着。银召尔也坐在旁边洗菜。

李伟走到银召尔面前，从身旁的菜盆里拿起一个黄瓜，咬了一口："怎么样，还习惯吗？"

"没事，很好。"银召尔一脸笑容。

"那我就放心了。"

"这事和放羊比起来简直就是一个天上一个地下，没想到干这么舒服的事情，也能挣钱。"

李伟哈哈大笑："看你说的，这还算舒服吗？城里坐办公室的那才算舒服，你们牧人啊，虽然环境优美，但生活条件艰苦，我真服了你们了，一辈子待在山沟里。你们真该出去走走，外面的世界其实很精彩。等我什么时候回去了，也把你带上，让你看看外面的世界。"

"真的，你可说话要算数呀，我还真想亲眼看看大城市到底有多好，来，拉钩。"说完，银召尔兴奋地跳了起来，两人高兴地拉起了手指。

烈日下，草原格外碧绿。那木加脸上扣着毡帽，仰卧在充满花香的草滩上。羊群在前面的草坡上缓缓移动，慢慢消失在草坡后……

火辣辣的太阳照在草原上，那木加坐了起来，看看四周，视线中却不见羊群。他赶忙站了起来，但还是看不到羊群。他急忙向前寻羊，脚步有点踉跄……

那木加翻过一个山梁，终于看见羊群就在矿部旁边的山包上。"这些狼吃的！"嘴里骂骂咧咧，但也算是找到了，他如释重负地坐了下来。

远处的矿部机声隆隆，一片繁忙。突然，那木加的视线里出现了银召尔和李伟的身影，虽然有一定的距离，但依然看得很清楚。银召尔和李伟正在摆弄矿部门前的一辆小翻斗车，银召尔坐在驾驶位置上，李伟站在旁边，两人又说又笑，十分投机。

那木加眼睛越睁越大，满脸怒气。攥紧的拳头，捶打着草地……

那木加越想越来气，体内的怒火瞬间骤增。他一下子站了起来，望望羊群，又看看银召尔和李伟，扭头向着银召尔的家奔去……

那木加愤然走进房里，托瓦莫名地看着他。

"这羊我不放了！"那木加一屁股坐在炕沿上，面色青灰。

"怎么了？"托瓦急问。

"银召尔和那个小白脸越走越近，太不像话了！"

托瓦笑了笑："我还以为怎么了，他们现在的工作就在一起，见面是很正常的。"

"可他们……"那木加站了起来，又坐下来，显得急躁又无主。

"好了，今晚她来了，我说说。"托瓦安慰道。

那木加使劲拍了下大腿："好，听你的。奥嘎，我走了，羊还在坡上呢。"

那木加又急匆匆走了出去……

天色渐渐暗了下来，茫茫夜色开始笼罩大地。牧归的羊群入圈，牧人们都结束了一天的劳作，享受惬意的休息。而矿部那里还是灯火通明，机声隆隆。

托瓦一个人坐在炕沿上看着电视，不时看看墙上的钟表，时针已经指向了十点。

"这丫头，怎么还不回来。"托瓦口中嘀咕道。

电视里播放着晚间新闻。托瓦的心思完全没有在电视上。他又看了下钟表，时针已指向十一点。

托瓦口中嘀咕着慢慢下炕，走出房门，急切地望向矿部。月亮高悬在空中，依稀能听到远处采矿机器的声音。

翌日，几乎整夜无法入眠的托瓦骑马向矿部走去……

出现在眼前的是一个什么样的情景，让托瓦的脸色变得愈来愈凝重。矿部已非昔日，到处是裸露的黄土、堆积的矿石，还有成堆成堆的红砖和水泥。

托瓦将马拴在电线杆上，疾步走向矿部办公室……

矿部办公室里坐着一男一女两个人，看见托瓦怒气冲冲走进来，都站了起来。

"李伟人呢，还有银召尔？"托瓦质问。

"他们都到市场采购东西去了。"男的站起来回答，女的赶忙倒水。

托瓦指着外面问道："外面那么多砖头和水泥做什么？"

"准备建选矿厂，老人家，怎么了？"男同志一脸茫然，搓着双手，"如果你们也需要，我们可以送过去一些。"

"放屁！"托瓦勃然大怒，用马鞭抽了一下桌子，"你看你们，你看你们都干了些啥？当时口口声声要保护草原，可现在呢，草皮一片一片就像剥人皮一样被剥去，你们就不心疼！"

女同志赶忙说："这是经过上面同意的。"

"我不管谁同意，这是我承包的草场，我有权利管理和保护，你们马上给我停下来！"

"这个……这个我们恐怕做不到。"男同志轻声说。

托瓦越发生气："好，你们做不到，我找能做到的人。"说完，摔门而出……

一天的里外忙活，让银召尔有了全身散架似的感觉。夜幕降临，她拖着疲惫的双腿回到了家。

看到爷爷，她顾不上喝口水就问道："奥嘎，你今天去了矿部，还大发脾气了？"

"你先说你昨晚为啥不回家。"托瓦托瓦满脸不高兴。

"昨天是小李哥的生日，矿上举办了个庆祝活动，所以迟了，我就住他们客房了。"银召尔这才喝了口水，反问道，"怎么了？"

"你还有脸说怎么了，一个姑娘晚上不回家，像什么样子！"托瓦使劲敲打着手中的烟锅。

"多大的事，人家矿部那么多姑娘，都能离开父母，来到这里，凭啥我就不能离开家！"银召尔说话满脸轻松，完全不把爷爷说的话当一回事。

"你和别人不一样，让那木加看到，多不好呀。"

"又是他，他能管好自己的嘴，少喝酒就谢天谢地了。"银召尔一下不高兴了。

托瓦轻声说："你怎么能这样说，你都定了亲的人了，迟早是人家的人啊，再说，人家已经好几次看到你和李伟在一起玩。"

银召尔跳了起来："一起怎么了，小李哥还答应过几天带我到省城玩。"

"不行！这两天我要到乡上还有县城，找一找有关单位，草原被挖成了这个样子，看他们管不管，实在不行，你也回来，上什么班，我看是哄人的，还是好好放羊吧。"

　　"不！"银召尔不依了，"我就不回来，我看这样很好，小李哥说了，要想经济发展，必须要付出一定的代价，再说，我看挖掉的草原也不多。"

　　"你说什么，才上班几天，就学会吃里扒外了！"托瓦大怒，"你哪像个草原人的后代，滚！你给我滚！"

　　银召尔咬着嘴唇，泪水慢慢涌出眼眶，突然，她猛一扭头："滚就滚！"说完，跑了出去。

　　托瓦气得使劲拍着胸膛，剧烈咳嗽去了……

　　矿部餐厅里依旧在忙碌，银召尔站在案板前使劲揉面。

　　咣当一声，房门被踢开，那木加醉醺醺地进来，晃悠着走到银召尔身边。其他大师傅都停下手中的活，看着他俩。

　　那木加一把拉住银召尔："跟……跟我回去！"

　　"我为什么要回去？"银召尔边挣脱边说。

　　"你就……不嫌丢人，我……都替你……害……害臊。"那木加嘴里说着，但眼神始终躲避着银召尔。

　　"我丢啥人了，你把话说清楚！"银召尔猛地甩开那木加的手。

　　"我……我都看见了，你和小白脸……那个……亲热……"

　　银召尔吼起来："那木加，你说的这是人话吗？亏你还是草原人，我看连个尕力巴①都不如！"

　　"我……不管，你今天……必须跟……我回去。"

　　"我不回去，你能把我怎么样？"

---

① 尕力巴：裕固族语，杂交牛，草原上骂人的话。

那木加急了，一只手高高举起。

"怎么？你还想打我！"银召尔靠前走了几步，指着自己的脸，"来呀，你打呀。"

"我……我……"那木加不知所措，但最终还是狠心打了下去。

啪的一声，银召尔的脸上重重地挨了一巴掌。银召尔捂着被打的脸，一下愣了。少顷，她大哭着跑了出去。也几乎是在同时，李伟冲了进来。

李伟大吼："那木加，你想干什么？"

"小白脸，你……你还有脸问，快将我的银召尔的心还给我！"那木加满脸怒气。

李伟双手一摊："你误会了，我只是把她当我的亲妹妹对待。"

"你这个……狼吃的……魔鬼，看我今天……怎么收拾你！"那木加说着，拔出了身上的腰刀，向李伟挥去，李伟用手一挡，胳膊上瞬间被划出了血。

几个大师傅们见势不妙，都冲了过来，扭住那木加，夺下了刀子……

五

又是一个艳阳高照的日子，一辆吉普车行进在山道上。车里坐着银召尔和李伟，李伟的手臂上还缠着绷带。

银召尔一言不发，默默地注视着车窗外的满目金黄。此时，正是油菜花盛开的季节，望不到边际的金黄色绵延千里，似乎是人为故意涂抹的油彩。自从上次的事情发生后，银召尔已经痛下决心，她要离开这片生她养她的草原了。感觉好像没有什么理由，就是想出去走走，看看外面的世界。在她的心中，这里已经变得到处很是狭隘，包括宽阔的草原，甚至每一个人。她要走了，她要放飞自己的心情，不管任何后果……

"你真就这样离开草原？"李伟看了看银召尔，问道。

"我心里很乱，出去看看外面也许会好一点。"银召尔低垂着头，"对不起小李哥，我替那木加给你说声对不起吧。"

"没事，一点皮外伤，其实，我这样离开对那木加应该是个好事，我一走，草原上不会有人再说那木加伤人的事了。"李伟说道。

银召尔眼含泪水，满是感激："是的，谢谢你，谢谢小李哥。"

当他们到达省城的时候，已经是晚上了。街道两边高楼林立，灯火辉煌。望着车窗外，银召尔禁不住连连赞叹。

"这就是我生活的城市，你看怎么样？"李伟突然问道。

"楼房比电视上的高，彩灯美，汽车多，人更多。"银召尔嘴里说着，眼睛却一刻也没有离开窗外。

李伟大笑道："哈哈，你今晚先到宾馆住下，明天我带你看更好的。"

银召尔点了点头，嗯了一声……

托瓦孤零零地坐在一个山包上，面前是四散的羊群。远处，那木加骑着摩托飞快地过来。

托瓦赶忙上前问道："还是没消息吗？"

"是的，乡上、县城都没有。"那木加满脸沮丧，"都是我不好，我不该打她。"

"现在不是自责的时候，我在担心，这丫头会到哪里去？"托瓦深深地望着远方，又抬头看着蓝天，双手合十，紧闭双眼，"天格尔，保佑我的银召尔平安无事……"

银召尔站在繁华的街道上，面前一块大展板上花花绿绿的招聘信息吸引了她的目光。

李伟从侧面跑过来，手里拿着两个冰激凌，把其中一个递给银召尔。

"看什么呢？"李伟问道。

银召尔说："我想找个活儿干，这都来几天了，我不能天天这样闲待着呀。"

李伟连忙问："你真想待在这儿，不回草原了？"

"先找个事干，过一段时间再看。"银召尔平静地说。

李伟思忖片刻："那好吧，我有个哥们是开歌舞厅的，你歌唱得好，就到那里干几天，先适应适应，如果不合适，我们再换。"

银召尔点了点头……

这是省城里随处可见的歌舞厅。里面彩灯闪闪，歌声震耳欲聋。舞台上银召尔高声放歌，虽然歌声听起来略显紧绷，但嗓音还是高亢有力。台下光线昏暗，中间有人在跳舞，两旁的桌子边有很多人喝酒聊天。

银召尔歌声刚落，灯光骤亮，如雷掌声四起。当银召尔有些拘谨地走下舞台时，老板就满面笑容地迎上来，说包房里有个领导，点名要见银召尔，让去陪陪。银召尔赶忙回绝，但老板还是硬拉着她，说什么人家去过草原，对草原有情意，等等。银召尔只好无奈地去了包房。

可是，不一会儿就发生了不愉快。银召尔草原野性的脾气爆发了，她怒形于色，骂骂咧咧愤然离去。还没有干上一天，银召尔就这样离开了歌舞厅……

原来包房里是一个什么领导，还有他的秘书。刚开始一切顺利，银召尔给领导敬了酒。领导也毫不推辞地喝完，还指着自己旁边的沙发，让银召尔坐下。不一会儿，他的手有意或者无意中拍到了银召尔的大腿，口中连连称赞，说什么好好干，要为草原人争气哩！还用了一句草原谚语"好走马的走势是骑出来的，好汉子的本事是闯出来的"。要大胆放开干，草原人比较开放，我就喜欢你这种开放的姑娘。此时秘书意会地走了出去，银召尔还没来得及想，领导的另一只手，已搭在了她的肩上。银召尔无名之火一下子升上脑门，甩开手臂，站了起来，开口大骂。秘书和老板冲了进来，领导极为尴尬。老板也开始责怪起银召尔来，她流泪了，双手抖个不停，说不出一句话。

"像这样的领导不配我尊重，像你这样乌七八糟的场合，更不会让我稀罕！"这是银召尔离开时说下的话……

第二天，银召尔无精打采地行走在街道边。路旁招聘信息的展板再次吸引了她，她边看边拿出一张纸认真记着。

一位中年妇女走过来，问道："姑娘，找工作吗？"

银召尔点了点头。

"我们这里什么样的工作都有，你交一百块钱给你找个好的工作，一般的二十块钱。"中年妇女介绍道。

银召尔捏了捏口袋："我……没有钱。"

中年妇女嗔怒："什么，没钱？没钱你找什么工作，喝西北风去吧！"

银召尔刚准备回骂，突然，她的眼睛直直地盯着中年妇女的身后。

中年妇女有些迷惑，骂道："看什么看，一看就是个傻帽……"

银召尔根本就没有听进去半句话，她看见远处的人群中，李伟搂着一位装扮时髦的姑娘边说笑走进一个时装店。银召尔呆站着，泪水慢慢涌出眼眶，引得中年妇女和行人一脸茫然……

这是省城里的一家排档餐馆。房子里有很多方桌，但客人并不多，只有两三张桌子零零落落坐着几个人。桌子上杂乱无序，扔着酒瓶，还有就是残羹剩菜，有人脸色红润，有人用牙签剔牙。银召尔身着服务员服装忙碌着。几乎同时，两个桌子上的客人们三三两两站起来，有的出门，有的到吧台算完账后也走了出去。

银召尔走过去收拾桌子，突然，在其中一个桌子上发现了一部手机，她连想都没想，抓起手机就跑出门……

门外正好有几个人在话别。银召尔举着手机，问这个手机是谁的，其中一个男子摸了下口袋，一把拿过手机，说了几句客套话就走了。银召尔返回餐馆还没多长时间，门口就匆匆进来一个男子，急切地打问桌子上丢下的手机。

银召尔一脸茫然，说手机已经给了主人。男子惊诧，随后开始大骂。银召尔顿感事情不对，急忙跑出去，可是刚才给了手机的几个人早已经不见踪影。男子态度强硬，找餐馆老板理论，要求赔手机，如果不赔，就到派出所报案。餐馆老板是一位老人，说话还是很随和。

"你们草原上的人，也太实在了。你走吧，我很想帮助你，但无能为力了。"老人说。

"不行，她不能走，她走了我的手机谁负责。"男子不依不饶。

老板说："你去报案吧，事情发生在我的店里，作为老板，这里的一切我负责。"

男子无语。

银召尔慢慢脱下服务员的服装，递给老板，又深深鞠了一躬，然后走向街道……

一次次的打击让银召尔泪流满脸，身心疲惫。她开始想念起草原来，想到了奥嘎，想到了那木加，想到了羊群，想到了无忧无虑的草原生活。银召尔手扶着黄河护栏，失神地盯着流动的黄河水。身后的街道边灯光通明，街道上车水马龙，人来人往。

很长时间了，银召尔口中不由得唱起了那首熟悉的歌：

那草原上飘荡的云

是阿爸给我的帐房

生生息息一辈子

心中难忘是草原

云飘过来

云荡过去

里面有故乡的语言

小伙的骏马姑娘的蓝天

那草原上飘荡的云

是阿妈给我的夹袄

长大行走在他乡

读懂才知是温暖

云飘过来

云荡过去

敞开是故乡的胸怀

父亲的高山母亲的草原

歌声使路边行走的人驻足，慢慢围了过来。银召尔依旧面对黄河，全然不知地投入歌唱。

街边急促地走着一男三女四个身着裕固族服饰的年轻人，他们都化了妆，看样子是去演出。

突然，他们看到了围观的人们，听到了银召尔的歌声，四人急忙走进了人群……

六

一辆红色的班车吃力地行进在县城通往阿尔可草原的公路上，路边是绿色的草原。

车厢内乘客们大多数都紧闭双眼，随着车的运动，来回摇摆。银召尔的眼睛却始终盯着车窗外熟悉的草原……

那天，银召尔意外见到了几个老乡。他们是兄妹四人，成立了一个演唱组合。通过多年的打拼，现在总算取得了一些成绩，在全省演艺界有了一定的影响。他们聊了很多，从家乡的原始美丽谈到了大城市的举步维艰。不要以为谁都会成功，其实光环背后是何等的艰辛，那些酸甜苦辣只有自己默默品尝。回去吧，回到家乡，回到大草原，那里才是自己真正的家！银召尔不住地点头。那天晚上的黄河边格外热闹，他们伴着花灯、伴着永不停流的黄河水，共同演唱了裕固歌曲，祝福裕固草原明天更美好。

> 甘甜的美酒哪里来哪里来
>
> 千年的冰雪酿出来酿出来
>
> 圣洁的哈达哪里来哪里来
>
> 祁连山云朵连起来连起来
>
> 哎～我们唱吧　噢～我们跳吧
>
> 优美的歌声哪里来哪里来
>
> 裕固族的姑娘们唱出来唱出来
>
> 愉快的舞步哪里来哪里来

幸福的生活中蹦出来蹦出来

哎～我们唱吧　噢～我们跳吧

远方的朋友那里来

欢腾的草原迎你来呀

裕固的裕固的儿女们

今天啊今天真高兴

舞跳得如此欢快

歌唱得如此动人

远方的朋友们一起跳起来

裕固草原迎你来呀

裕固草原迎你来

……

随着歌声，人群里到处是挥动的双臂……

那木加已经坐在草坡上很长时间了，看见前方公路上缓缓而来的班车，他站起身，拍了拍屁股，跨上摩托，向班车驰去……

银召尔仍望着车窗外的群山草原。突然，车窗外出现了那木加的身影，和班车并排前行。

银召尔急忙站起身，大吼起来："停车！师傅，停车！"班车戛然而止，尘土四起。

班车带着尘土远去了，摩托车的两边站立着银召尔和那木加。银召尔低着头，那木加目视远方，久久沉默。

"对不起，让你受苦了。"那木加说道。

银召尔仍低头不语。

"我彻底戒酒了，已经很长时间没再碰过那个东西，不会再喝了，真的不会。"那木加脸色看起来红润了很多，他用一只手捂住胸口，抬头望着天，"我对佛爷发过誓，再喝就让我……"

不等话完，银召尔猛地抬起头，一下扑进那木加怀里，失声痛哭起来……

两只雄鹰在蓝天白云间穿梭，飞翔，盘旋。

那木加抚摸了一下银召尔的头，轻轻地推开："好了，什么都不说了，回来就好，我们赶快回家吧，奥嘎最近身体很不好。"

银召尔急问："奥嘎怎么了？"

那木尔说："还不是为了那片草场，特别是那个选厂，他找了很多单位，都没有得到好的答复，人家选厂的手续很全，奥嘎一气之下，给法院写了个东西，回来后就躺倒了。"

听到这些，银召尔几步上前，抓住摩托把手，一脚踩下去，摩托轰鸣而响。银召尔刚准备抬腿跨上摩托，又思忖了一下，退了回来，望了下那木加。那木加上前几步，跨上摩托，带上银召尔，飞速离去……

房子里很寂静，托瓦躺在炕上。

"奥嘎、奥嘎"随着银召尔近乎哭叫的喊声，房门被推开，银召尔扑向托瓦，后面跟着那木加。

"奥嘎，我回来了。"银召尔伤感落泪。

托瓦异常激动，费力地坐了起来，不停地说："回来就好，回来就好。"

"不，不，是我不孝，没能好好伺候您。"银召尔自责。

"我没事，最近可能跑得多了，心口总感觉有点难受，再说，有那木加很好地照顾。"

"明天我带你上县城，到县医院好好查查。"银召尔急切地说，"顺便看看县上建起来的老年公寓和祁连山移民搬迁定居点，听说都很好，报名的人也很多。"

"不管别人说得多么好听，老人们办事从来有自己的规矩，我生在草原，长在草原，草原上有我的根呐！"托瓦不时叹气，"唉，老年公寓再好，也拴不住我们老牧民的心，我是一辈子也离不开草原了。再说了，我这把老骨头还能撑多久呀……"

银召尔打断爷爷的话："奥嘎，看您都说的什么！我们还不是想让您老了享点清福，清闲清闲。"

那木加也赶忙接话："是啊，听说八字墩草原那边去了很多人，公寓里条件也好，吃住都有政府补贴，生活上还有专门的服务员照料，可好哩。"

托瓦大笑道："哈哈，八字墩那边的牧民能不去吗，那里的草原已经被他们折腾成什么样子了。其实，我上次去乡上，还有县城，早已经看了老年公寓，还有正在建设的牧民定居楼，说实话，现在政府对人民也真是太好了，这都是改革开放的成果啊，对于政府现在开展的恢复和保护祁连山生态环境移民搬迁，我是双手赞成，这可是一件功在当代，利在千秋的大事情，如果早几年搞就更好了！我倒是希望大家都参与到这个大事情上，特别是你们年轻人。所以呀，也没征求你们的意见，我已经给你们报了名，到那时，这里没有人了，草原就该自然恢复了。"

银召尔和那木加互相望着，说不出一句话了。

七

东山顶上布满朝霞，预示着太阳即将升起。

银召尔走到羊圈门前，打开栅栏，羊群拥了出来，咩咩声此起彼伏。

不知道为什么，托瓦今天也醒得很早。他走出房门，看着忙碌的银召尔。

银召尔也看到了爷爷，心存疑惑，爷爷平时不是这样啊！托瓦脸上挂着笑容，向银召尔摆了摆手，又向前挥了挥手。银召尔呀了一声，她明白，爷爷的意思是自己没事，让她放心，便放羊去了。托瓦眼睛始终盯着越来越走远的羊群和银召尔，久久不愿离开……

天空瓦蓝瓦蓝，天边挂着朵朵白云。

绿草滩上，羊群追逐着青草，尽情撒欢。银召尔坐在不远的草坡上，望着远处尘土飞扬、机声轰鸣的矿部，心中有说不出的感觉。

此时，前面的山路上驰来一辆黑色的桑塔纳，这是乡政府的车。安乡长是专门找爷爷来的，他让银召尔带路，一同往家驶去……

安乡长带来的不是什么好消息，而是一张法院的不予受理的通知书。他将那张纸放到炕桌上，对托瓦说道："法院的裁定我给你也念了，人家不予立案也符合法律程序。"

托瓦不说话，使劲抽烟。

安乡长继续说道："老哥，不管你听不听，我还是要说你几句，你爱护草场的心情我们也理解，本意也是对的，我们举双手支持，但是你好好想想，土地所有权永远属于国家。再说，我们这里引进这么大的一个项目容易吗，破坏是暂时的，但我们得到的利益却是长远的。"

"可我心疼那些草原呀，都成啥样了，还建什么选矿厂？"托瓦低头说。

安乡长双手一摊："他们一切手续都完备，就前几天召开的环境影响评价会议上，连专家们都没有提出异议，你说我们还较什么劲啊！"

"据羖①再瘦尾巴扎着，人再穷志气要有着。"托瓦站了起来，大声说，"我豁上我的这条老命，也要把这个事情管到底，哪怕到市上、省上。不能再糟蹋了，再糟蹋了……"

说完，托瓦捂着胸口，猛烈咳嗽起来，银召尔急忙上前捶背。

看此情形，安乡长也只好安慰了几句，然后离开了……

晚上，托瓦坐在炕上，手里依旧拿着法院的裁定书，看了很长时间。

"奥嘎，新闻开始了。"银召尔过来打开电视，将频道调到新闻。

托瓦摆了摆手："关了吧，我今天心里不舒服，有点闷。"眼睛还是盯着那张纸。

"这一张纸，你都看了一下午了，已经这样了，我就不相信，你还能把它给看回来？"银召尔说着关了电视。

托瓦摇了摇头："我在想，这些城里的干部，也都是从草原出去的，怎么就这么狠心，眼睁睁地看着草原糟蹋不管？"

"法院要的是证据，不会凭空说话，更不会感情用事。"银召尔说。

托瓦猛地抬起了头："不行，我还得上县城，实在不行就走市上，你明天早点起来打茶，我一早就走。"

银召尔明白爷爷经不起这样的折腾，就说："不行明天让那木加用摩托把你送过去。"

托瓦摆着手，说："不用了，那个我坐不惯，我还是骑我的枣红马。"

银召尔看着满头白发的爷爷，无奈地摇了摇头……

清晨，一切依旧，只是东山顶上出现了大块的红霞，一条一条。

银召尔已经熬好了奶茶，她看到还在熟睡的爷爷，就出去给枣红马备鞍。一切收拾妥当，时间也差不多了，她进来调制茶碗，放

---

① 据羖：方言，指山羊。

炒面，调酥油、曲拉，然后，揭开锅盖边舀茶边呼唤爷爷。托瓦没有反应，银召尔将碗放到炕桌上，又摇了下爷爷，还是没有反应。

银召尔揭开被角，看见老人的脸色铁青，用手摸了下额头，已经冰冷。房内里立刻传出银召尔歇斯底里的哭喊——枣红马在门口静静地站着，银召尔跌跌撞撞、毫无目标地冲了出来，转了一圈才发现了眼前的马，慌乱中登上了马背，向荒野奔去……

天空布满了乌云。一顶褐色牛毛帐篷扎在草地上，从门里可以看见帐篷里有张小方桌，上面点着酥油灯，供奉着哈达、肉、酒、茶叶、糖果等，地上的香炉里燃放着柏香，青烟不断涌出。

喇嘛站在帐篷两边诵经超度，陆续走来的人们，表情凝重地将一条条哈达挂在帐篷上。

那木加等几个人搀扶着几乎瘫软的银召尔，站在帐篷的一侧，银召尔脸庞红肿，已完全哭不出声，流不出泪了。

安乡长、李总经理、李伟都来了，敬上哈达后，来到了银召尔的面前。

"对托瓦老人的不幸去世，我们深表遗憾，以后你们有啥困难，尽管说，我们乡上在力所能及的情况下会全力帮助。"安乡长说道。

"我今天才真正懂得了什么叫草原人，托瓦老人用实际行动诠释草原人对草原的深深热爱，让人敬佩。我虽然是商人，但今天站在这片草原上，我愿意做违背商人的事，我要用实际行动回报草原，让老人安息！"李总经理说道。

"我们要走了。"李伟拍了拍银召尔的肩说道。

法号响起，一位年老的喇嘛，在阵阵诵经声中，用手中的酥油灯点燃了帐篷内的柴火，火焰熊熊燃起，帐篷瞬间变成火海。

银召尔凄惨的呼唤声，在天幕中一遍又一遍地回响……

几天后，满载着设备的车辆从沟里一辆一辆驰出，速度很慢，向山外走去。

银召尔在家中仔细擦拭着托瓦爷爷的遗像，那木加急匆匆跑了进来。

"你说怪不怪，他们全部撤了。"那木加一脸诧异。

"啥撤了？"银召尔说话没有底气。

"就是宝隆公司的矿部，全部走了，东西都拉走了，一切都恢复了。"

"什么？"银召尔惊诧，"开得好好的，他们为啥又走了？"

突然，外面传来汽车的鸣笛声……

门外的吉普车内走下的是李伟，他微笑着缓缓走过来。

"上次的事是我的不对，让你受苦了，我找了很多地方，最后听说你回去了。"

"你没有错，是我不应该到那个地方，那里暂时还不适合草原人。"

"我父亲决定撤走这里的项目，虽然公司为此要赔很多钱，但父亲觉得，他要对得起托瓦爷爷，让这片原始草原休养生息，为子孙留一片绿色。"

"我不知道说啥，但我知道这里会更好的，因为恢复和保护祁连山移民搬迁工程已经进入实施阶段，这里很多牧民都走了，过一段时间，我们将作为最后下山的牧民，放下羊鞭，也要搬迁到山下的定居点。"

李伟双手合十："衷心祝福。"

"等到了山下，我准备搞暖棚养羊，有了一定的基础，我们将举办盛大的裕固族婚礼，到时请你参加。"那木加搂过银召尔的肩。

"一定的，我一定会来的。"李伟说完挥手告别。

吉普车越走越远，银召尔的视线慢慢向上，绿色的草原，蓝蓝的天空，洁白的云朵……

金驼铃

阿尔可草原最后一位拉驼人——九十高龄的才华老人在昨天晚上，伴着风雪驾"驼"西去，离开了人世。

祁连山下的小镇一片白色，不时还有阵阵刀子般的寒风四处游弋。而才华居住的小屋四周，却围满了人，小镇几乎所有的成年人都自发聚到了这里，为阿尔可草原最后的拉驼人送葬。葬礼是按照裕固人特有的最高仪式举办的，灵堂里点燃了代表老人生命的九十盏玛米灯，并有马蹄寺活佛诵经……

当送葬车队伴着月亮、星星离开小镇时，人群开始有点骚动，人们相互打探、猜测、议论：金驼铃遗落何处？大凡阿尔可草原的子民都听说过才华老人生前有个金驼铃，但谁也没有亲眼所见，如今老人归西，金驼铃莫非成了个"谜"……

才华老人的一生既风光又有磨难。十五岁开始跟驼队，二十岁有了亲自掌舵的驼链（十二峰骆驼为一链）。自治县成立前，还得到了阿尔可草原上人人羡慕的最高荣耀，受到了草原最后一位顶格尔汗——安什加的亲自接见，听说金驼铃就是当时安什加奖赏的。自治县成立后，他参加了草原剿匪，至今身上还留着一处弹痕。才华老人的驼户人生足迹走遍了阿尔可草原的山山水水，听人说他的驼队最远还到过内蒙古的包头哩。

才华生前经常给人们讲起的自豪事儿，不是金驼铃，也不是草原剿匪。那时，他已经五十多岁了，但身体很是硬朗。有一次去玉门送盐的途中，遇见了一只个头很大的孤狼，当时人狼距离很短，四目相视，僵持了很长时间。突然，才华大吼一声，那狼顷刻间倒地身亡……老人一说到这事，精神倍增，唾沫星子四溅，好像十只狼也不是他的对手似的。可后来发生的一件事却让他伤心无颜。八十年代后期，阿尔可草原有了汽车，才华才以最后一位拉驼人的身份放下了本行。此时，老伴已寿终多年，女儿已出嫁，三个儿子也都成家立业，并嫌老人寒酸、固执，逐年另立门户。孤独的才华老人只有接过包产到户的牲畜，开始以牧为生。正当生活渐渐有点起色时，1992 年夏季的一个下午，草原上热得出奇，平日里不怎么来往的三个儿子，突然间要请老爷子过去吃饭。老三家像过年似的，儿子们莫名的客气，见了老爷子点头哈腰，还破例宰了只羯羊。老人很高兴，看到来了个光头"回回"收羊皮，不由得凑过去讨价还价……

爷几个坐到一起，这肉吃得格外香、也舒心。完了，老人还破例喝了几杯酒，却也感到有点醉意，这时候，大儿子说："阿爸一个人生活也不容易，还不如到我们哪个儿子家一起过。"老人听了也高兴，说："这两年我身子骨还可以，过两年再看，再说我这老汉到谁家还不是添麻烦。"老三赶忙接过话题说："阿爸不是有个金驼铃吗？怎么我们都没见过。"老人家有点明白了，就说："哪有什么金驼铃？"老大慢悠悠地说："不可能，整个阿尔可草原人都知道大头目给过你金驼铃……"此时，爽直的老二不等老大说完，就急切地说："还不如把金驼铃拿出去卖了，也好让老人家你安度晚年……"才华老人全明白了，不由得怒火上升，一蹦子跳下炕，骂道："呸！你们这群败家子，我算没养你们……"老人一边骂一边跨出房门，在走到伙房门时，昏暗的灯光下，光头"回回"还冲他笑了一下，老头心里骂道："笑个屁，天都黑了，还不回家……"气头上，老人不一会儿就回到了家。这是一个月明之夜，睡着的老人突然感到屋内有什么动静，睁眼一看，面前有个人，似乎戴着鸭舌帽，脸上还被什么东西蒙着，拿着一把光线很弱的电筒，正在翻箱倒柜。他一骨碌从炕上站起，仍像当年吓死狼的那个架势，大吼一声："干什么的？！"声音很大，那蒙面人被惊得帽子都掉了下来，手电也灭了。霎时，屋里静得出奇，在月光下，一个光光的"圆球"就在老人面前，并听到他在问金驼铃，老人大声说没有。随后，也就一两分钟，咚的一声，才华老人感到什么东西打在了腿上，很疼，人不由得跪在了炕上，继而，那东西落在了头上、肩上，一下、两下……老人猛地想起了常放在门后的那把柴斧，不知何时已成为"黑影"的武器。老人试图用手去挡，但无济于事，不一会儿，他便失去了知觉……过了很长时间，老人醒了过来，蒙面人已不知去向，屋里一片寂静，只有月光从门窗直射到炕沿上，那把带血的柴斧，此时就放在炕沿上，在月光下发着冷光。才华酿跄着走过去拉门，门已被"黑影"反锁。老人也不知哪来的力气，拿起柴斧，几下劈开了门，走了出去……

当才华摇摇晃晃地闯进一里外的三儿子家时，满面是血，只说了句家里有贼，便瘫软在炕，昏了过去。儿子赶忙带人跑到老人家，一阵狂找，但早已没有了贼影。

老人被迅速送到了乡卫生所，大夫一看病情甚重，也不敢耽误，简单进行诊治后，便电话通知了老人远在镇上工作的亲兄弟。兄弟很快派车将哥接到了镇人民医院，进行全面诊治。昏迷了整整一个星期，老人总算保住了命，转危为安。这时，刑警队也来人调查，取证后还告诉才华，现场已遭到破坏，没有找到任何有用线索。躺在医院静静的病房中，老人想了很多很多，现场破坏、光头黑影、儿子请客到金驼铃，一连串的事必有蹊跷，但才华没有告诉任何人，包括警察，他丢人啊！

几天来，他始终没有说话。出院后，他便住到了兄弟家，沉默不语，到死也没有回去。

此后，小镇街道上经常会出现才华老人的身影，干瘦，驼背，头顶礼帽，黝黑的脸上架着副石头镜，挂着拐杖，还提着把小折叠椅，走走停停，但从不跟人打招呼。当然，人们在惋惜老人处境的同时，同样也在关心着金驼铃的下落。

老人在小镇里整整生活了十个年头，兄弟对他如同父亲般关心，吃香的，喝辣的，穿得也干练，大凡熟悉他的人都说，这老汉到老算是享福了，死了也值！可老家的几个儿子不这么想，谁知道叔叔得到什么好处了，莫非是金驼铃？

送葬车队是在傍晚到达老家的，全村成年人几乎都来了，包括老人的三个儿子。葬礼很宁静，没有哭声，没有悼词，兄弟虽然很生气，但也没有作任何解释，便连夜回镇了。

几天后，《甘肃日报》刊发了一篇悼念才华老人的文章，作者是一位在北京民族研究所工作的裕固族学者。文中谈到了金驼铃，说他几年前采访过才华老人，老人给了他金驼铃，要求他转交给有用的地方，并严守秘密。当时，回京路过兰州，他就将金驼铃交给了省民族博物馆。同时，文旁还有金驼铃的照片，大小如同人的手指。

一时间，阿尔可草原一片哗然……

又过了几天，才华老人的坟茔旁赫然出现了一块碑，落款只有四个字——不孝三子。有人说，曾看见老人的三个儿子在墓碑前长跪不起……

狼毒花艳

笃笃笃，敲门声很轻。

"请进！"白局长连头都没有抬，继续盯着电脑屏幕。

笃笃笃，依旧是很轻的敲门声。"请进！"白局长纳闷地看了下门，口气明显提高了。

笃笃笃，门第三次被敲响，白局长叹了口气，走过去拉开了门。

"哎呀，这不是托拉大哥吗？如果没亲眼看见你，我绝对不会相信这门是你敲的。"白局长说着，做了个请进的手势。

"白局长，我找你有点事。"托拉就像是做错事的孩子一样。

"你没喝酒吧？我怎么感觉你好像完全变了个人似的，我都有点不习惯了。"白局长边说边走向办公桌。

"我已经戒了，都快一个月了。"

"不会吧？哎呀，怎么像个木棍？进来坐呀。"看到托拉还站在门口，白局长指了下沙发，又开始沏茶。

托拉木讷地走进来，怯怯地坐在沙发上，盯着白局长。

"说吧，什么事？该不会又闹事了，想换地方？"白局长说。

"是的，我想……"

"什么？你呀你呀……我都不知道怎么说你了，几个月前你闹事，我把你从开发区戈壁滩调到了县局里的后勤工作，这都调几次了，你还想让我把你放到哪里？难道把你调到赫藏大板不成？"白局长打断了托拉的话句，一口气说了很多。

"是的，我就是想调到赫藏大板！"托拉说话虽低沉，但态度坚决。

"啊？你不会喝烧了吧？那地方是老后山，海拔高，条件艰苦，没人会自愿要求去的，你不要开这个玩笑。"白局长的眼睛瞪得老大老大。

"我说的是实话，没开玩笑。"

"好吧，我听听理由。"白局长摇了下头，一脸茫然。

"真不好意思说，前些年因为酒我给局里添了不少麻烦，打过人，闹过事，人人见到都像看到草原上的死哈拉①一样，躲而远之。到开发区后我终于想明白了，好好做人，把这酒戒了。可戒起来真不容易呀，这段时间我没喝过一口酒，浑身痛啊，看见商店腿就不由得迈不动了。这几天，我和尕姆商量了，要想彻底戒酒，就到没人烟的赫藏大板，那里有钱也买不到酒，所以，就找您来了。"托拉说话时的语气始终很慢，感觉有气无力。

白局长考虑了半天，说："如果真要这样，我一万个支持。"白局长又指了指门上的玻璃。"我门上的玻璃都被你砸过，你说你酒后都胆大到了什么地步？"

"是的，我今天都没脸进您的门。"托拉的头更低了。

"好吧，如果这样，我同意你的要求，亲自送你上山，不过一年轮换的政策不能变，我相信你能成功，一年后的今天，我会亲自再把你接回来。"白局长说完，走过来拉住托拉的手，长时间不放。

托拉自愿上山的消息不胫而走，一时间成为电力局内部的特大新闻，很多电力职工不约而同走进托拉的小家，嘘寒送行。就连平时不怎么来往，甚至挨过托拉打骂的工友也来了，给托拉来了个不

---

① 哈拉：当地人对草原旱獭的称谓。

自在，但却让托拉的老婆尕姆高兴了很长一阵子。

到赫藏大板的那天中午，天空瓦蓝瓦蓝，没有一丝云絮。

白局长特意到"一号塔"下举行了简单的交接仪式。这里很高，可以很清晰地看到不远处的值守房。值守房上空已经开始炊烟袅袅，利索的尕姆此时肯定已经把从县城特意带来的羊肉煮上了，她还说什么要专门下个拉条子面让白局长尝尝。

"这里是全县电力系统的自豪，因为海拔高，加之它是后山地区用电的命脉，我们将它定为一号塔，你应该知道它的重要性！"白局长手指"一号塔"郑重说道。

"我明白。"托拉低声说。

"麻烦你了，这里冬季风雪大，我心里最担心的就是这个塔，如果这个塔出问题，山里的牧民们就有大问题了！"白局长说这话的时候很严肃。

"我保证，会像保护生命一样保护它。"托拉的声音一下大了很多。

白局长吃完饭离开的时候，从车里拿出了两瓶酒，说："该不该拿酒，我想了很长时间，不过，我最终拿了。我支持你戒酒，但这两瓶酒我希望你保存好，也算是考验你。这里气候反复无常，天冷的时候可以抿两口，御御寒。"

托拉说啥也不接受，最后白局长差点翻脸，他才接了过来。等白局长走后，他再次和尕姆来到"一号塔"旁，将酒埋进了土里。

几天后，托拉和尕姆完全适应了这里的一切。在一个阳光灿烂的日子，两人坐在"一号塔"下，望着绿色的群山，惬意地享受着大自然的拥抱。

"这里其实挺好的，蓝天，白云，绿色，还有这烂漫的山花，真想在这里待上一辈子。"托拉说。

尕姆看了看托拉黢黑而又深沉的脸，说："听这话，你来这里不是情愿?"

"说实话,当时也是赌气,可现在彻底变了。"

"我看你们单位的那些工友对你还是挺不错的。"

"你真以为他们到我们家是看我呀?其实,他们是在送我,巴不得我走,因为我走了,他们就安稳了。"

尕姆望着天上高飞的孤鹰,没有说话。

"你说我真那么坏吗?"托拉突然问道。

"你怎么样,你最清楚,我不想想你的过去,我只喜欢你的现在。"尕姆说话的时候眼睛仍盯着那只孤鹰。

托拉指着身旁盛开的点点粉色的花问尕姆:"知道这叫什么花吗?"

尕姆摇了摇头。

"你看它的花朵多像火柴头呀,所以牧民们都叫它火柴花,不过还有一个专业名称叫狼毒花,名字很吓人,但花朵十分美丽,你说怪不怪?"

尕姆抚摸着身旁一个花朵:"听你一说,还真像火柴头,它的确很好看。"

托拉向后伸展,仰卧在草地上,长叹了口气,说:"太美了,我感觉我这辈子是离不开这个地方了,假如哪天我死了,埋在这里最好不过了,我可以天天守望这片草原,守望这座塔,守望……"

尕姆打断了托拉的话:"你胡说什么呀?这才刚刚开始,说实话,我这几天感觉很幸福,我找到了以前的你,我希望这样的日子长久下去。"

秋后的一天,托拉像往常一样去巡线,很长时间都没有回来,尕姆急得不时走出值守房,看看山下。到太阳落山时,托拉笑容满面地回来了,手里提着一包绿色蔬菜,身上还背着一个羊腿。

托拉脸上看不出一点疲惫，把东西都递给尕姆，说："把羊腿煮上，再好好做几个小菜，今天我们改善一下伙食。"

尕姆急问："你这是从哪里弄来的？"

"山背后的那个牧场，这肉还很不好弄。"

"牧场？那可很远呀，我都不知道你是怎么来回的！"

"我们这都吃了很长时间的洋芋疙瘩和白水面条了，不能让你跟我受罪呀！你把肉煮上，我出去再找点柴火。"托拉说完，就转身走出了房门。

尕姆流泪了，久久看着托拉离去的背影……

那晚，托拉在饭前像变魔术一般从怀里拿出了一条鲜红的围巾，递给了尕姆，说很少给你买东西，今天在牧场上看到这条围巾好看，就给你买上了。说得尕姆就差掉眼泪了。吃完肉托拉擦着嘴，长叹了一口，大加赞赏肉多么多么香，还说要是再有点酒，就更好了。尕姆提出不行就把那瓶酒挖出来喝点，托拉喝着茶拒绝了。

冬天很快到来了，放眼望去，赫藏大板一片枯黄。

几天后，这里下雪了。起初只是点点小雪，山顶上开始出现了白色的雪，天气也逐渐冷了下来。托拉没怎么当回事，因为谁都知道这里的条件就那样。可后来，天气急剧降温，雪越下越大，根本就没有好转的迹象，托拉着急了。

雪将近下了一个月，外面一片白色，根本看不出哪里是沟沟，哪里是坎坎。托拉和尕姆已经几天没有出门，房间完全没有了温暖，他俩只好整天依偎在炕上。

那天天刚亮，托拉就反常地起来说要出去走走，看看山下能不能上来车，可房门怎么也推不开，急得他在房内走来走去，不时还对尕姆发几句脾气。

"这样的天气谁不急，白局长肯定比你还急，可这雪连我们出去走几步都困难，山下的路能通吗？发脾气也是白搭，就是个死等了。"孕姆边说边下炕。

"不行，我得出去看看，再这样，线路就有大麻烦了！"

突然，头顶的灯泡忽闪了几下，在两双眼睛的注视中，啪的跳闸声中灯泡完全灭了。随即，仪表盘上的指针全部归零。

"一号塔！"托拉大喊了一声，提起一把斧子，连踢带砸将门打开，就准备冲出去。

"等等！"孕姆叫住了他，她拿起红围巾仔细围在了托拉的脖子上。

托拉出门后又进来了，对孕姆说："我去收拾，你看到我的信号后，就把闸刀合上。"

用了很长时间，托拉跌跌撞撞赶到了"一号塔"下。大雪中"一号塔"格外高大，上面布满了厚厚的冰凌，电线摇摇欲坠，几乎压到了地面。

托拉二话不说，艰难地爬上了塔顶，开始进行清理。塔顶上呼吸异常困难，托拉手中斧子越挥越慢，冰凌越来越少，此时该死的风又来了。托拉浑身已经没有了一点力气，手脚完全麻木了，望着最后一点冰，他休息了很长时间，最后用劲砸下……

孕姆提心吊胆地在门口已经等了很长时间，她终于看到了那片红，是托拉手中轻轻挥动的红围巾，在银色的世界里变得格外醒目。

孕姆赶忙走进房子里，合上了闸刀，灯泡又亮了。她兴奋地跑了出去，那片红在空中随风慢慢飘落，塔上已经没有了人影，孕姆傻眼了……

托拉静静地躺在"一号塔"下的白色雪地上，孕姆扑了上去，抱着大喊着。托拉嘴角流着血，浑身颤抖不停，眼睛却始终盯着"一号塔"。

"托拉，你不能吓我呀，你要挺住！"孕姆吼着，感觉想起了什么，"你等等，我去把酒挖出来，你喝几口，会好的。"

托拉摇了摇头，尕姆急忙跑过去跪在埋酒的地方，拼命用双手挖了起来。

厚厚的积雪挖开后，是冻实的黄土，尕姆边哭边刨，十个指尖很快磨出了血，旁边的白雪上布满道道红色，她都全然不知，口中发出歇斯底里的哭吼声，在山谷间回荡……

几天后，白局长亲自指挥，在铲车的开道下，艰难地赶到了赫藏大板，托拉已经离开了人世。按照托拉的意愿，他被埋葬在"一号塔"旁，永远守候自己未竟的事业。

又是一年草原山花烂漫的季节，尕姆围着那条红围巾，和白局长再次来到了"一号塔"旁。托拉的坟茔上盛开着一朵粉色的花朵，尕姆说那是火柴花，也叫狼毒花。

尕姆和白局长挖出那两瓶深埋了一年的酒，慢慢洒在了坟茔的四周……

雪 莲

一

几天前，我们办公室几个人还说起城中心开业不久的"草原红"酒楼，如何民族，如何红火等，我还仗着曾去过阿尔可大草原的资本，大说特说草原的美丽和诱惑，并对酒楼的前景担忧起来，我真怕大城市的快节奏和细腻，难以接受大草原的粗犷和单纯。可今天早晨，我就在同事们妒忌的眼神下，接到了"草原红"酒楼从邮局发来的请柬。虽然感到意外和纳闷，但我仍装着很正常，大致翻看了一下请柬，就扔到了办公桌上。请柬在同事们的手中被传看着，突然，有人嚷嚷道，请柬下面还有字，是雪莲妹妹寄给托拉哥哥的……听到"雪莲"两字后，我肯定是略显失态地抢过了请柬，字在请柬的最下端，很小，是用铅笔写的。看到这儿，我的思绪一下子又回到了阿尔可大草原……

二

那是十年前的事儿了，我被抽调到偏僻的阿尔可草原下乡。早晨天刚麻麻亮，一阵动听的歌声传入耳中，打开窗子，清晨的草地格外绿，空气清新，远处那顶帐篷上方的袅袅炊烟，如舞动着的少女的长袖，在向我招手。歌声就是从帐篷后面的松树林中传来的。

我顺着歌声走去，来到那片松树林中，看见一位身着裕固族服装的姑娘，上身还套了件时髦的红色皮夹克，正在很投入地放歌。我禁不住拍起手掌来，霎时，歌声中断，她转过身来。

"你是从城里来的？"她一点不拘束。的确，她长得很美，身材窈窕，且嗓音纯真可人。

"是的，我是从县上来的。"

"是干部！那你可以管全村的人？"说完，又加了一句，"还有村长？"

"应该可以吧。"我说。她的话很幼稚。

我看她低下了头，便问道："你有什么事要告诉我吗？"

"我……不，没什么。"她突然莫名地中断了话头，明亮的眸子平视着我的身后。我不由得转过头，看见村长正急慌慌地走过来。

"雪莲，大清早你吊个什么嗓子？吵得人家托拉干部都睡不好！"还不等我为雪莲抱不平，村长又大声吼道，"还不赶快做饭去，你再这样，干部的饭可一天也不安排你们家！"

雪莲很顺从地走了，注视着她的背影，我问村长，"她歌唱得这样好，为什么不推荐到县文工队？"

村长叹了口气："唉，这丫头，一天到晚吼来吼去，说什么将来要当歌唱家，我当了几十年村长，过的桥都比她走的路多，你说，咱这深山草原，还能飞出金凤凰？"

"那不一定。"

"噢，对了，我忘了告诉你，这丫头是我未过门的儿媳，你想，我能不想办法吗！"村长很急促地说道。

"村长，你可真有福气啊！"我有点羡慕。

此后几天里，我还真没有被安排到雪莲家去吃过饭，也没有听到她唱过歌。有一天，我又来到了那片松树林中，没有见到雪莲姑娘，却碰上了一个傻小子，他拦住我，还一个劲地问我要媳妇。我正纳闷时，村长匆忙过来大吼了几声，傻小子乖乖地走了，边走还边对我傻笑。

村长很简单地告诉我，傻小子是雪莲家的，至于什么关系，他没有说。

几天后，我结束了阿尔可草原上的调查，回到了县城，向有关单位汇报了情况，并特意找到文工队队长，汇报了雪莲的情况，他们说要研究，让我等一段时间。我连夜给雪莲写了一封信，让她等我的好消息，并着重提到让她多练练声。

三

一年多时间过去了，经过我的耐心介绍，文工队终于答应让我把雪莲带来进行初试。我高兴地坐上翌日早班车，赶往阿尔可。在前一站倒车时，身后有人在叫我。

我倏地转过身去，雪莲就站在我的面前。是的，是她，身上依旧是那件红夹克，只是颜色比以前暗多了，脸色也变得异常苍老。

我吃惊地盯着她，想寻回一点点往日的雪莲姑娘，但变得非常困难。她左手拉着在松树林碰见的那个傻小子，右手吃力地抱着一个小孩，小孩嘴里还淌着口水……

"别发愣了，我介绍一下，这是我男人，也就是村长大人的儿子，这是我的娃……"她说着，声音变得哽咽起来。

"什么？他是村长的儿子，可……"我更吃惊了。

"没办法，认命吧，在我们村里，村长说了算。"

"你为什么不反映？"

"没有用。我们家是从八个家迁来的，阿爸去世得早，阿妈很可怜，再说，我们家的羊还是村长调整给的，所以只能……"

"我的信你没有收到？"

"哪有什么信！你离开阿尔可的那个月，村长就急忙为我们举行了婚礼。"

目视着渐渐走向公共汽车的她，我的心流泪了。我似乎看到年迈的母亲，带着两个孩子，在艰难地行进……

四

我失望地回到了城里，给村长写了一封长信，谈到了对此事的看法，还痛骂了他，以泄怨艾。此后，我再也没有去过阿尔可，雪莲也从我的记忆中渐渐消失了。捧着请柬，我仍心存疑惑，难道世界真这么小，不可能，"草原红"的雪莲绝对不可能是阿尔可大草原放歌的雪莲姑娘！苍老的脸，褪色的夹克，傻小子丈夫，还有淌口水的小孩，容不得她跻身城市环境，大草原得留住她，生活更得拴紧她。

然而，我还是去了，为的是看看"草原红"，也为了心中留恋的大草原。酒楼装饰得很有民族特色，并融入了现代气息。地面完全是如草地般的绿色地毯，四周墙面整个涂上了天蓝色，并有朵朵白云。客人被安排在了两边的高台上，中间是表演民族舞的场地，前方是唱歌的台子。有人唱歌，有人跳舞，有人敬酒，客人的情绪完全被调动了起来。当有丝醉意时，听旁人说，现在唱歌的是酒楼的老板，唱得很好。是的，歌声很优美、地道，将我又一次带入了遥远的阿尔可大草原。而女歌手也很前卫，大胆地对裕固族服饰进行了改造，连衣裙变成了入眼的裙裤，上身穿着马甲，细长的胳膊裸露着，头戴裕固族传统红缨帽。真如我想象的，她看起来根本不是阿尔可的雪莲姑娘。

失望之下，我还是多喝了几杯。恍惚中，老板的歌也唱完了，麦克风中又传出她的说话。

"我雪莲之所以能走到今天，离不开大家对草原人的关心和支持。在此，我还要特别感谢一个人，他就在这里，我以前喜欢叫他干部，因为他是唯一看得起我的人，而今天，我更愿意叫他一声托拉哥哥，你使我有了自己的事业！"

听到我的名字，我蒙了。我呆呆地望着歌台，看见她在向我楚楚走来，并伸出了手。

"你好吗？托拉哥哥。"

"我……还好。"

她很大方地坐在了我的面前，我却心神未定。平静后，我终于注视了一下她。是阿尔可大草原的雪莲姑娘，只是变化很大。面色油光可鉴，白而红润，头发乌黑发亮，此时根本就不敢相信车站前那位左手拉着傻小子，右手吃力地抱着小孩的雪莲，如今俨然就是一位城市姑娘。

雪莲一口干下了桌子上放着的银碗酒，开始给我讲起了她十年间的生活……

五.

车站邂逅后，雪莲的确如她所说的，彻底认命了。很快，母亲病入膏肓，她身上的担子异常重，既要抚养儿子，又要照顾傻丈夫，还要伺候母亲。我真不敢想象，雪莲是怎样度过那段日子的。第三年，不幸更是"偏爱"了她，先是孩子夭折，紧跟着母亲病逝。她说，她曾一度对生活失去了信心，差点走上了绝路。此时，村长公公说话了，前后完全判若两人，他代替傻儿子结束了那段辛酸的婚姻（其实本身就没有办理什么手续），并给了她五千元钱，然后，含泪领走了傻儿子。村长的泪不论为谁，他的选择是对的，也许那封长信真的起了作用。

雪莲最后望了一眼大草原，离开了阿尔可，走进了省城，边打工，边学习声乐。当具备了一定条件后，她又闯进了深圳，在民族村落了脚。几年间，她跻身主要演员之列，有了一定的影响，并学到了先进的管理经验。

说话间，她的手机响了，但她很老练地看了下，关了机。

"你猜是谁？"她没事般地问我。

我摇了摇头。

"是我的村长公公打来的。"思忖片刻，接着说道，"我不恨他，因此每年都给他寄钱，一方面为了报答，另一方面也为他的儿子，但我不想听他说话，怕回忆起那段日子。"

雪莲确实在深圳站稳了脚，有了一定的地位，工资很高。真如她所说，钱挣得再多，也难了故乡情，走得再远，你仍是裕固人，跳动的心难舍大草原啊!

回来后,我整夜难以入眠,想了很多,我为阿尔可大草原出了这样一位女子,感到骄傲!

我真心地祝雪莲姑娘一路走好……

草原今夜有风

召曼措大娘这几天脸上一直挂着微笑，患有风湿痛的罗圈腿也似乎变得格外轻快，逢人便夸：我那闺女真行，找了个好女婿，明天就来订婚哩……

召曼措大娘的独生女阿依基斯是这片草原数得上的好姑娘，但因照顾大娘，操持家务而黄了岁数，成了远近闻名的大姑娘。这姑娘岁数大了，找对象就成了问题，几天前，听姑娘说，找了个对象，是附近农区的庄稼人，小伙子不错，家境也好，还买了"三叉机"①。大娘心想，庄稼人就庄稼人呗，只要闺女看上，能使闺女幸福就行了。

明早小伙子就要来相门户，大娘很早圈了牛羊，并随手找出几条"丝路春"酒瓶上的红绸带，搓成细绳绳，套在了那只留了几年的大羯羊脖子上，准备明天招呼未来女婿。

夜里刮起了呜呜直吼的大风，牧羊犬也吠得异常欢。召曼措大娘躺在热乎乎的炕头，浑身感到有种散了架似的疲惫，也懒得顾及狂吼的牧羊犬。

翌日早晨，大娘出牧时发现，那只系红绳绳的大羯羊不见了。

---

① 三叉机：当地人对"兰驼"后三轮农用摩托的称谓。

她匆忙左寻右找，更使她惊讶的是整整十只大羊在一夜间消失了。召曼措大娘彻底瘫软了……

阿依基斯要求到派出所报案，大娘却嫌丢人，说什么草原人多少年来，丢羊谁找过公安？再说，放羊的连羊都看不住，还叫什么羊把式？说完，她气呼呼地跟在唯一发现的痕迹——两行摩托轱辘印，向前走了一段，等到阿依基斯叫她时，她才摇了摇头，沮丧地走了回来……

门前停着一辆崭新的"兰驼"，头次上门的未来女婿穿戴整齐，手提大包小包，脸上略带莫名的尴尬，但仍很恭敬地向召曼措大娘鞠了个躬。一时间，大娘苦痛的心豁然舒畅，刚才的事一下子抛到了脑后。

相亲在欢笑声中结束了。送走客人后，在昏暗的煤油灯下，阿依基斯脸上挂着幸福的微笑，而召曼措大娘却笑不起来，那十只羊揪着她的心，阵阵发痛。这夜格外宁静，大娘失眠了……

天刚麻麻亮，阿依基斯从外面大叫着跑了进来。

"阿娜，那羊……那羊又回来了。"

"什么？什么羊……？"大娘从睡梦中一下惊醒。

"就是那个……大羯羊！"

"真的……是大羯羊？"

召曼措急忙披上棉袍，趿拉着鞋跑了出去……

羊确实一夜间又出现在羊圈中，而且一只不少，只是少了那根红绳绳。召曼措大娘茫然了，少顷，她的目光盯在了那新留下的摩托车印，脑海中蓦地想起了一件事。大娘迈着罗圈腿，匆忙走进房中，拿出了未来女婿送来的礼品……

她简直不敢相信自己的眼睛，礼品上系着的红绳，分明是自己亲手搓成、拴在大羯羊脖子上的那根……

大娘病倒了，整整躺了一个星期。起来后的第一件事，便是要求阿依基斯退婚，并亲自提着那些礼品，硬拉着女儿去了他家。她什么也没说，放下东西后，便拉着女儿回家了。

几天后，召曼措大娘家中又丢了羊，而且比上次还多。听人说，大娘这次却去了公安派出所，而且是挺着胸膛走进去的……

图书在版编目（CIP）数据

白房子黑帐篷 / 苏柯著. -- 北京：作家出版社，2018.6

（中国少数民族文学发展工程·出版扶持专项丛书）

ISBN 978-7-5212-0071-3

Ⅰ.①白… Ⅱ.①苏… Ⅲ.①中篇小说 – 小说集 – 中国 – 当代
②短篇小说 – 小说集 – 中国 – 当代 Ⅳ.① I247.7

中国版本图书馆 CIP 数据核字（2018）第 128799 号

白房子黑帐篷

作　　者：苏 柯
责任编辑：史佳丽　李亚梓
装帧设计：孙惟静
出版发行：作家出版社
社　　址：北京农展馆南里 10 号　　邮　　编：100125
电话传真：86-10-65930756（出版发行部）
　　　　　86-10-65004079（总编室）
　　　　　86-10-65015116（邮购部）
E–mail:zuojia@zuojia.net.cn
http://www.haozuojia.com（作家在线）
印　　刷：北京玺诚印务有限公司
成品尺寸：170×240
字　　数：193 千
印　　张：16.25
版　　次：2018 年 11 月第 1 版
印　　次：2018 年 11 月第 1 次印刷
ISBN 978-7-5212-0071-3
定　　价：38.00 元